L
DE LVCIVS

DU MÊME AUTEUR CHEZ ACTES SUD / ERRANCE

Le Voyage de Marcus. Les tribulations d'un jeune garçon en Gaule romaine, roman illustré par Jean-Claude Golvin, 2000 ; Babel, 2005.
Le Dossier Vercingétorix, 2001.
L'Enquête de Lucius Valérius Priscus, 2004.

ISBN 978-2-7427-6533-1

Illustration de couverture :
Portrait dit « de Sappho »
Pompéi, maison de la *Regio VI*,
insula occidentalis
Naples, Museo archeologico nazionale

CHRISTIAN GOUDINEAU

L'ENQUÊTE DE LVCIVS VALERIVS PRISCVS

roman

BABEL

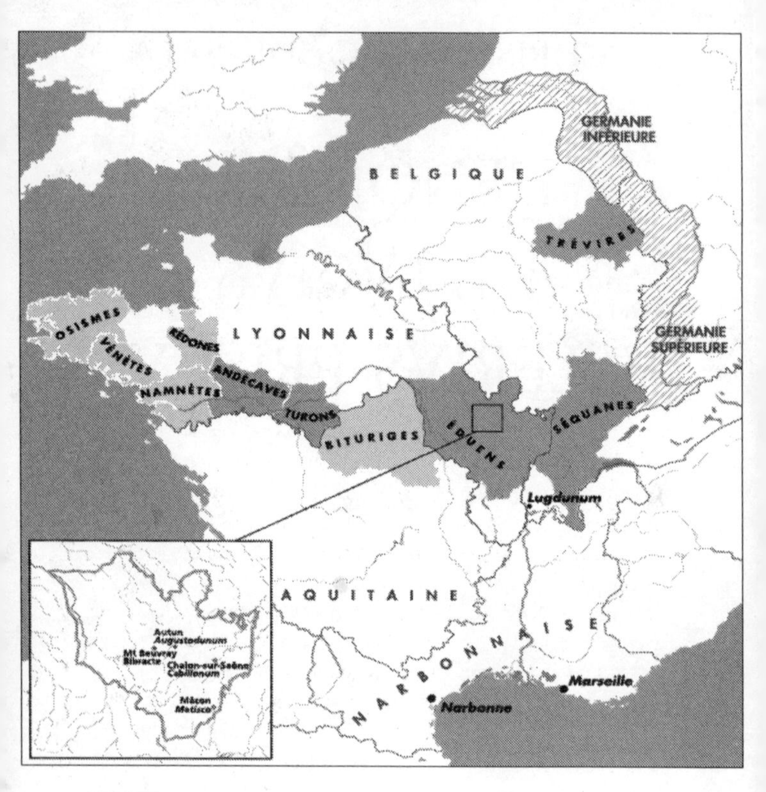

District des Germanies :
- Germanie Inférieure commandée par le Légat Caius Visellius Varro.
- Germanie Supérieure commandée par le Légat Caius Silius Largus.

Peuples révoltés

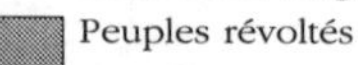

Peuples cités dans le récit

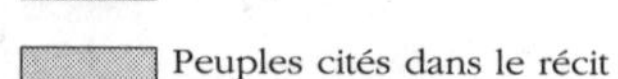

Province de Gaule Lyonnaise, gouvernée par Marcus Acilius Aviola

Prologue

Alexandrie, octobre 2001

Hassan Barakat observait d'un œil désenchanté le spectacle qui s'offrait à lui. Depuis combien de temps n'avait-il plus mis les pieds dans le « vieil entrepôt » – pour reprendre les termes qu'utilisait son père? La mémoire lui revint, ressuscitant de terribles souvenirs. Cette semaine de juin 1997... Son fils aîné, Hosni, venait de réussir le concours d'entrée à « médecine ». Bien que profondément déçu de voir s'interrompre la tradition familiale (le fils aîné succédait à son père à la tête de la petite entreprise consacrée au commerce d'antiquités), Hassan avait organisé une fête. Cent quarante et un convives... Son propre père avait suscité la stupéfaction en dévoilant le cadeau qu'il faisait à Hosni: une énorme moto, rutilante, allemande ou japonaise. Lui-même avait remis à son fils les clés d'un studio situé à deux pas de la place Midan el-Horreya.

Sans doute sous le coup de l'euphorie (ce jour-là n'avait pas coulé que du thé), le grand-père avait proposé à Hassan et à Hosni de venir avec lui, le lendemain, dans le « vieil entrepôt », où ils trouveraient de quoi meubler le studio du Caire. Le « vieil entrepôt » se trouvait à Alexandrie, dans un quartier pouilleux à proximité des docks. Rien à voir avec les superbes magasins d'antiquités que la famille possédait à El-Atarin et au Khan el-Khalili. C'était une bâtisse datant du XVIIIe siècle, aux murs épais, pratiquement sans fenêtre, où l'on pénétrait par une porte unique, dont les doubles battants étaient solidement verrouillés.

Hassan avait entendu parler de l'entrepôt pour la première fois treize ans plus tôt, lorsque son père, au terme d'une cérémonie très solennelle, lui avait confié les rênes de l'entreprise. Il entendait encore ses paroles : « Hassan, mon fils, je perpétue la tradition de notre famille. Le jour de ses soixante ans, mon grand-père remit la direction de notre modeste négoce à mon père. Mon père fit de même à mon égard, et je bénis sa mémoire. Le jour est venu pour moi de me conformer à leur conduite. Tu deviens le maître ». Suivit un discours émouvant et bien tourné qui reçut les acclamations de tous. La gorge nouée, Hassan n'avait répondu que par quelques mots de reconnaissance éperdue. Quelques heures plus tard, au terme de fantastiques agapes, son père l'avait pris à part.

– Hassan, m'accorderais-tu une petite faveur?

– Père, tu plaisantes! Toutes les faveurs que tu veux.

– Je souhaiterais continuer... (il hésitait)

– Parle, je te prie... Tu veux continuer à...

– À m'occuper du vieil entrepôt.

– Du « vieil entrepôt »? Tu ne m'en as jamais parlé. C'est quoi?

– Une sorte de... hangar, à Alexandrie. J'y ai stocké des choses sans importance, mais qui me plaisent, que je restaure à l'occasion.

– Évidemment, fais comme tu veux, tu m'as tant donné!

Hassan n'y avait plus pensé. Le « vieil entrepôt » n'avait donc refait surface que lorsque son père – passablement éméché – avait suggéré de venir y chercher des meubles pour Hosni. Suggestion qu'il avait dû regretter car, le lendemain, c'est tout juste s'il les fit entrer, déclarant que, vérification faite, rien ne pouvait convenir et remettant à Hosni une enveloppe généreusement garnie. Hassan avait vaguement aperçu un gigantesque bric-à-brac, mais l'image s'évanouit rapidement car, dix jours plus tard, le studio à peine équipé, la moto tout juste ornée des décalcos indispensables, Hosni se tuait, la faute à pas de chance. La circulation du Caire…

Ce 11 octobre 2001, c'était donc la première fois que Hassan Barakat parcourait le « domaine » qu'avait voulu conserver son père, emporté par une crise cardiaque le lundi précédent. Hassan était venu sans enthousiasme, mais il fallait bien établir un état des lieux avant la visite probable des agents du fisc. Le « vieil entrepôt » avait toutes chances de n'abriter que des pièces sans grande valeur, mais avec les fonctionnaires…

La surface au sol, à vue d'œil, représentait 400 à 500 m². Commençant à déambuler, Hassan fit deux observations. La première n'avait qu'un intérêt réduit : le désordre apparent dissimulait quelques principes d'organisation. La seconde lui coupa le souffle : il se trouvait dans une sorte de caverne d'Ali Baba, où se côtoyaient les produits de pillages archéologiques, de vols dans des musées ou ailleurs. Une sorte de halle du recel.

Il n'avait jamais ignoré que les générations précédentes avaient eu des pratiques… disons… peu soucieuses de la légalité. Son grand-père racontait volontiers, à force d'anecdotes savoureuses, d'où lui venaient les pièces qu'il revendait avec le maximum de profit : soit de misérables *fellahs*, soit de hauts fonctionnaires des services officiels ! Lui, Hassan, avait eu (grâce à son père) la chance d'étudier et de voyager en Europe, aux États-Unis, en Orient, nouant des relations avec les grands musées, avec des Fondations, également avec les plus célèbres salles des ventes. Bref, depuis sa promotion à la tête de l'entreprise familiale, celle-ci avait abandonné toute conduite douteuse. Il se rappelait le jour où il expliqua à son père comment les ordinateurs permettaient de « retracer » l'origine et le parcours des œuvres d'art. Il découvrait les effets de sa force de persuasion. Merci, Père!

Une fois passée la porte d'entrée, un grand quart du dépôt regroupait du mobilier récent. Certaines pièces provenaient manifestement des vols qui accompagnèrent la prise de pouvoir par Gamal Abdel Nasser en juillet 1952 (lui-même était né en août de cette année-là). Les troubles n'avaient pas duré longtemps, mais, comme d'habitude, une nuée de pillards s'était lancée sur les palais officiels et – apparemment – sur quelques édifices religieux. Invendable, se dit Hassan. Invendable mais peut-être échangeable... Un beau geste: restituer à l'État ces « pièces d'une inestimable valeur historique » contre... une exemption (ou une diminution) des droits de succession. Excellente base de négociation. Malheureusement pour lui, Hassan n'en était qu'au début de la visite.

Ayant quitté le « quartier des meubles », il se trouva au milieu d'une foule de sculptures, de tableaux, de mosaïques entières ou fragmentées, de céramiques, etc. N'importe laquelle de ces pièces valait quelques milliers de dollars, la plupart dix ou cent fois plus. Hallucinant.

Son cœur s'arrêta. Face à lui, deux statues d'Akhénaton, dont il avait vu les photographies sur le site Internet de la police internationale chargée de la répression du commerce illicite des œuvres d'art. À peine sorties de terre par les fouilleurs du temple de Karnak, à peine photographiées, elles avaient mystérieusement disparu. Les choses se compliquaient. S'il n'avait eu, chevillée au corps, la passion pour l'Art, il eût souhaité un incendie, un attentat – bref, un malheureux accident qu'il n'était pas trop difficile ni très coûteux d'organiser à Alexandrie.

Restait le fond de l'entrepôt, séparée du reste par une cloison de briques crues. Hassan comprit au premier coup d'œil. Deux paillasses avec arrivée d'eau, une sableuse, trois établis, quelques outils caractéristiques. La panoplie du restaurateur opérant sur des objets issus de fouilles clandestines, les préparant pour la revente.

Dans un coin, une cafetière électrique. Hassan examina le contenu du filtre qui n'avait pas été jeté. La machine avait servi deux ou trois heures auparavant, le marc était encore humide. La situation devenait de plus en plus préoccupante : le « vieil entrepôt » n'abritait pas de petits trafics auxquels – après négociation – une bienveillante administration pourrait accorder l'absolution. Il révélait au contraire les activités d'une organisation redoutablement structurée et, pour tout dire, criminelle. Combien de millions de dollars pour une statue d'Akhénaton ?

Hassan sentit la peur l'envahir. Les découvertes qu'il venait de faire le mettaient en danger, c'était évident. Recevrait-il des... émissaires qui lui proposeraient de continuer le jeu de son père ? Le menacerait-on ? À l'inverse, comment résoudre légalement une affaire aussi effarante ? S'adresser au Chef de l'État ? Passer par des organisations internationales ?

Ses interrogations furent interrompues (et réglées) par le stylet qui pénétra avec douceur dans sa nuque avant de lui traverser le cerveau.

La femme de Hassan Barakat, qui avait attendu son mari toute la nuit, déclara sa disparition le lendemain matin, juste avant de se rendre aux obsèques de son beau-père, où régna l'ambiance que l'on imagine. L'enquête, lancée simultanément au Caire et à Alexandrie, ne déboucha sur aucun résultat. Hassan n'avait informé personne avant de se rendre au « vieil entrepôt ».

Alexandrie, Le Caire, novembre 2001

Le mardi 6 novembre vers seize heures trente, deux jeunes agents de la police d'Alexandrie, lancés à la poursuite d'un dealer, furent entraînés près des docks. Ayant perdu leur gibier dans un entrelacs de ruelles, ils regagnaient le centre lorsque leur regard fut attiré par une porte entrouverte qui donnait accès à une grande bâtisse. Ils décidèrent de jeter un coup d'œil. Les lieux étaient entièrement vides. Est-ce leur sixième sens qui les alerta, ou simplement leur odorat? Ils se dirigèrent vers le fond. Une cloison, que l'on n'apercevait pas depuis l'entrée, isolait une pièce comportant des éviers, des établis et d'autres installations. Dans un coin, d'une sorte de paquet de taille humaine, émanait une odeur pestilentielle. Les deux agents repartirent à toutes jambes vers la rue puis, après avoir calmé leurs nausées, firent sur leur portable le rapport qui s'imposait. On leur enjoignit de rester sur place.

Du remue-ménage qui s'ensuivit, celui qui est de règle pour la plupart des homicides, nous ne retiendrons que deux choses. Premièrement, il ne fallut que quelques minutes à Izzat Daker, sergent-chef blanchi sous le harnais, pour faire la relation entre le cadavre enroulé dans cette couverture et le personnage connu dont la disparition avait été signalée quinze ou vingt jours plus tôt. Il est vrai que son génie reçut de l'aide : une énorme gourmette d'or au poignet gauche de la victime, portait en lettres très élégantes le nom de Hassan Barakat.

Se produisit aussi un événement inattendu, dont la cause principale tint au fait que l'agent de deuxième classe Tarek Moussa avait une passion pour les sports de force, genre haltérophilie. S'ennuyant ferme au milieu des techniciens qui cherchaient des traces de toutes sortes, il décida d'exercer ses muscles et pensa qu'une expérience intéressante consisterait à soulever les établis de bois et de fer, dont, à vue d'œil, on pouvait estimer le poids entre cent cinquante et deux cent cinquante kilos. Sans attirer l'attention de ses collègues, il commença par quelques mouvements d'échauffement, puis se dirigea vers le plus léger, celui qui n'avait qu'un gros pied central. S'accroupissant un peu, il passa les bras autour de l'espèce de poteau, assura sa prise, se redressa, et souleva l'établi sans difficulté. Comme font les haltérophiles, il n'avait pu s'empêcher de pousser un cri pour accompagner son effort. Les autres se retournèrent, la honte le prit de se voir fixé par tant de regards alors qu'il serrait dans ses bras un bébé d'un quintal et demi.

Il allait le reposer lorsque l'un des techniciens lui hurla de ne pas bouger. Ne pouvant le garder trop longtemps contre lui, il banda ses abdominaux et alla le lâcher plus loin. Tous s'étaient rassemblés. Grâce à son intelligente initiative (qui devait lui valoir une promotion), Tarek Moussa avait mis au jour, sur le plancher, un anneau de fer. En soulevant le linoléum, on trouva les contours d'une trappe. Celle-ci donnait accès à un petit escalier menant lui-même à une cave dont la superficie correspondait à celle de la pièce où ils se trouvaient, sept ou huit mètres sur quatre ou cinq. Tout bon policier se déplaçant avec sa torche, des feux croisés firent émerger de l'obscurité des objets dont la nature parut évidente. Une tombe antique? Des tombes antiques? L'affaire se compliquait. Ils sortirent les portables.

Le docteur Ahmed Shain, jeune conservateur en poste depuis peu au musée d'Alexandrie, comprit au premier coup d'œil qu'il ne s'agissait nullement de tombes en place, mais du produit de pillages, peut-être opérés tout près, dans la nécropole qui était en cours de fouille, hypothèse d'autant plus probable que les objets en question ne remontaient pas aux anciennes dynasties. À la lueur des torches, il pensait à l'époque hellénistique ou à la période romaine. Il suggéra que le tout fût transféré au musée et quitta la bâtisse le cœur en liesse, ignorant que le « vieil entrepôt » avait recelé des trésors infiniment plus précieux. Il pouvait cependant se réjouir : ces objets avaient été laissés dans la cave par négligence ou précipitation. Ou alors, les « déménageurs » avaient ce jour-là manqué d'un athlète aussi performant que Tarek Moussa ! Ils ne comptaient pas revenir puisqu'ils ne s'étaient pas donné la peine de refermer la porte.

Le contenu de la cave partit donc au musée archéologique, le transfert s'entourant de toutes les précautions possibles. La première impression avait été la bonne : ces pièces avaient été prélevées dans des tombes datables entre le IIe siècle avant et le IIe siècle après J.-C. Des objets intéressants mais pas extraordinaires, tous exigeant d'être restaurés ou rafistolés avant d'être mis sur le marché – nécessité qui expliquait leur stockage sous la salle des « restaurateurs ».

Parmi ces pièces somme toute banales, une trouvaille retenait l'attention : quoique en voie de décomposition, l'enveloppe extérieure n'avait pas disparu. Il s'agissait d'une petite malle de bois, recouverte de cuir avec renforts et cerclages de métal. Les pilleurs, conscients de sa possible valeur, n'avaient pas cherché à l'ouvrir, se contentant de découper une minuscule fenêtre. Ahmed Shain prenait peut-être ses désirs pour des réalités, mais il avait l'impression que ce coffre contenait des étuis de cuir (eux aussi près de tomber en poussière). Leur forme cylindrique laissait supposer qu'ils pourraient renfermer, protéger, des *volumina*, ces manuscrits sur papyrus organisés en rouleaux.

Et si ces derniers reproduisaient une œuvre inconnue? Un traité d'Aristote, des poèmes anciens, l'œuvre de Manéthon? Le rêve de tout archéologue! Le cœur lui cognait, et il dut déployer toute sa volonté pour ne pas chercher à savoir, ne serait-ce que l'état de conservation ou l'écriture employée: égyptienne, grecque, latine? Ahmed Shain, retrouvant son calme, analysa la situation avec lucidité: les modestes services de son musée n'étaient pas compétents pour traiter une affaire de ce genre, qui pouvait tout aussi bien se révéler décevante que faire la une des journaux.

Le lendemain, à neuf heures trente, il téléphona au Directeur général du musée égyptien du Caire, sachant pertinemment qu'il n'avait aucune chance (ou plutôt qu'il ne courait aucun risque) de joindre ce haut personnage à une heure si matinale. Mais il resterait une trace de sa tentative. Il appela ensuite, au même musée, l'un de ses amis (ils avaient fait leurs études ensemble), lui donnant rendez-vous vers treize heures dans un restaurant au sortir du Caire sur la route d'Alexandrie. Intrigué par le ton mystérieux de son camarade, Mohamed Ibrahim Tantaoui se laissa convaincre sans peine. Trois heures plus tard, attablés devant un plat de *taameya*, toutes explications données, ils se regardaient en silence, parfaitement d'accord sur le but à atteindre mais aussi conscients des difficultés. Si les très hautes sphères avaient vent de la découverte, on pouvait tout redouter, y compris une « ouverture » du coffre devant les caméras de télévision, superbe opération médiatique, voire publicitaire, qui, probablement, aboutirait à la destruction des neuf dixièmes des rouleaux – si rouleaux il y avait!

Comment obtenir des analyses soigneuses et une restauration irréprochable? Il n'y avait pas trente-six solutions. Soit on passait par le musée égyptien du Caire avec les risques qu'ils venaient d'évoquer – sans parler des délais, probablement plusieurs années –, soit on s'adressait à des ateliers privés (où travaillaient d'ailleurs, au noir, les meilleurs spécialistes du musée). Mais, dans le deuxième cas, il fallait payer, fort cher. Où trouver l'argent? Mohamed Ibrahim s'exclama subitement:

– Le type qu'on a trouvé mort dans le bâtiment, tu m'as dit qu'il était antiquaire. Tu sais son nom?

– Oui, Hassan Barakat.

– Rien que ça!

– Tu connais?

– Ahmed, sors de temps en temps de tes réserves éclairées à la lampe à huile! Si la famille Barakat avait une fille, j'en aurais fait le siège depuis dix ans! Ils croulent sous le fric. En plus, ils sont plutôt réglo. Ton Hassan a signalé plusieurs fois au musée des transactions douteuses ou bien des objets qui pouvaient nous intéresser et qu'il nous a toujours vendus sans faire de bénéfice.

– En effet, dommage pour toi qu'il n'y ait pas eu de fille!... Mais t'aurait-elle choisi?

– Silence, misérable! Mon cerveau fonctionne à toute allure pour régler ton problème. Si ma mémoire est bonne, ce Hassan avait un fils aîné qui est mort accidentellement, on en a parlé il y a trois ou quatre ans. J'étais allé à l'enterrement pour représenter mon Directeur Suprême et Vénéré. J'y ai aperçu deux autres fils, qui doivent être majeurs aujourd'hui. Bref : si tu allais voir les héritiers ?

– Les héritiers ?... Moi ?

– Évidemment ! « La dépouille de votre père... Sous son corps, ce coffre mystérieux : quelle coïncidence et quel symbole ! » Tu brodes, et c'est dans la poche. Sinon, tu t'adresses à la veuve.

– Je ne me vois pas mener ce genre de... tractations. Non, franchement, j'en suis incapable.

– Ahmed, tu m'exaspères. Tu me donnes carte blanche, avant de retourner dans ton trou ?

– Tu ferais ça ?

– Si tu m'offres mon poison favori.

Nous tairons la nature du poison, lequel conféra apparemment à Mohamed Ibrahim une énergie redoutable, puisque, en moins de deux jours, ayant obtenu l'accord du deuxième fils de Hassan, choisi l'atelier qui lui paraissait le meilleur, transféré (pas trop régulièrement) le coffre dans ledit atelier, il obtint les informations de base. Oui, c'étaient bien des *volumina*, ils étaient inscrits en langue latine, leur état de conservation paraissait, sinon parfait, du moins remarquable. Il appela son ami Ahmed, lequel fut à la fois rassuré et déçu. Déçu, car il avait espéré un manuscrit qui renouvelât ou précisât l'histoire de l'Égypte pharaonique. Rassuré parce que les autorités du Caire ne lui feraient pas d'ennui : des textes latins, ça intéresse qui ?

Alexandrie-Le Caire, juin 2003

La restauration de la malle et (surtout) de son contenu demanda à peine un an et demi – un exploit. Le docteur Shain s'informait régulièrement de l'avancement des travaux, il en parlait avec son ami Mohamed Ibrahim Tantaoui, mais ne prenait aucune disposition pour la suite, se refusant à « empiéter sur l'avenir », de peur de le rendre funeste. Sa superstition irritait Tantaoui qui comprenait mal par quel processus étrange les *volumina* tomberaient en poussière si l'on s'occupait du sort à leur donner. Il parvint à convaincre Ahmed de demander à la fois une couverture photographique des rouleaux à mesure qu'on les dépliait, et même leur « numérisation » avec transfert sur CD-ROM, opération qu'il fallut expliquer longuement au docteur Shain.

Le jeudi 3 juin, vers seize heures trente, quiconque se serait trouvé près du musée d'Alexandrie aurait eu un coup au cœur, certain d'assister à une attaque en règle. Bien au contraire, avec un extraordinaire luxe de précautions, les responsables (anonymes) de la restauration venaient livrer au docteur Shain :

1) la malle et son contenu,
2) les photographies et les CD-ROM,
3) une facture.

La malle et son contenu prirent aussitôt place dans la superbe vitrine (blindée) prévue pour eux. La facture fut envoyée à la famille Barakat : son montant mirobolant devant être diminué des avances consenties tous les deux mois, le solde correspondait à peine au prix d'une petite Mercedes 300.

Restaient les photographies des manuscrits, c'est-à-dire les choses sérieuses. Cette fois, Ahmed Shain ne pouvait plus éluder, il se trouvait face à ses responsabilités.

Ahmed était spécialiste de l'époque saïte. Lors de ses années d'Université, il avait évidemment reçu une formation générale sur l'Antiquité. Quand le hasard des concours et des postes disponibles l'avait conduit au musée d'Alexandrie, il avait dû en apprendre davantage sur les civilisations de l'époque hellénistique (après Alexandre-le-Grand, le fondateur de la Ville) et de la période romaine, durant laquelle Alexandrie brillait de mille feux. Mais il connaissait mal le latin – tout juste un peu d'épigraphie –, et lire un manuscrit excédait ses compétences. Il lui fallait une aide. Pour les motifs qu'on a dits, elle ne pouvait être recherchée dans les milieux « officiels ».

Lui revint subitement à l'esprit le visage du professeur Gamal Abd el-Qouddous, qui avait tenté (en vain) d'inculquer à lui-même et à quelques congénères des notions de latin et grec. C'était quand? Quatorze, quinze ans auparavant? Il compulsa l'annuaire téléphonique du Caire. Le nom y figurait. Il appela. Après plusieurs sonneries, une voix féminine répondit.

– Oui?

– Désolé de vous déranger. Je voudrais parler au professeur Gamal Abd el-Qouddous.

– Mon mari est mort. Il y a quatre ans.

– Oh, je suis navré. J'ai été autrefois l'un de ses élèves, Ahmed Shain, du musée d'Alexandrie.

– Sans être indiscrète, pour quelle raison vouliez-vous le contacter?

Ahmed hésita.

– Pour qu'il m'aide dans la traduction d'un texte latin.

– Je comprends. Malheureusement...

– Je regrette de vous avoir dérangée, peut-être d'avoir réveillé des souvenirs douloureux. Je vous prie de...

– Attendez. Mon mari avait un ami très cher, Ihsan Idris. Vous le connaissez peut-être, au moins de nom?

– Oui, son nom m'évoque quelque chose.

– Je ne l'ai pas vu depuis un an, un an et demi. Nous nous parlons parfois au téléphone. Il doit approcher des quatre-vingts, comme moi. Mon mari m'a toujours dit que, des deux, c'était le meilleur latiniste.

– Il travaille, enfin... Il travaillait à l'Université?

Elle baissa la voix.

– Plus depuis longtemps... Vous savez, enfin, les problèmes, tous ces changements...

Ahmed savait. L'université égyptienne avait connu, comme d'autres, les chocs en retour dus aux bouleversements politiques, voire simplement à la nomination de tel ministre, ce qui pouvait vous coûter votre place.

– Il pourrait m'aider. Vous avez ses coordonnées?

– J'ai son téléphone. Dites-lui que c'est de ma part.

Ahmed nota, et remercia avec effusion. De fait, à la réflexion, le nom lui paraissait familier. Fronçant les sourcils, il se dirigea vers sa bibliothèque, le rayon du haut, et retrouva rapidement un livre assez épais intitulé: *Principaux extraits des historiens romains traduits en arabe égyptien*. Il l'avait eu comme bouquin de cours, et s'y trouvaient encore des annotations qu'il avait portées en marge, ainsi que quelques fiches jaunies. La vieille dame avait raison: si quelqu'un pouvait l'aider, c'était bien ce professeur. S'il avait encore sa tête.

S'il avait encore sa tête et surtout – ajouta-t-il instinctivement – s'il n'était pas grillé politiquement. Si les visites qu'il recevait, si ses coups de fil n'étaient pas surveillés. Quelle heure était-il? Cinq heures du soir. Le docteur Shain décida de ne pas lui téléphoner. En revanche, il appela son club d'échecs et réserva une place pour le dîner et pour la soirée.

Parmi les nombreuses étrangetés d'Alexandrie, le club d'échecs fait figure d'antique institution. Il occupe l'une des salles gigantesques de ce qui fut jadis un hôtel somptueux, hélas en voie de délabrement. Une quarantaine de tables accueillent des convives qui se contentent généralement d'un dîner médiocre avant de s'affronter soit de gré à gré (entre partenaires habituels) soit après tirage au sort. Ahmed s'y rendait une fois toutes les deux ou trois semaines. Sans atteindre le top-niveau, il se défendait plus qu'honorablement.

Les membres du club provenaient de milieux plutôt intellectuels et « bourgeois » (si l'on pouvait utiliser ce terme), mais on y relevait quelques personnalités un peu excentriques. Par exemple, les avocats, les médecins, les armateurs, les négociants se disputaient souvent le droit d'affronter un type dégingandé à la moustache rousse, habillé n'importe comment, qu'on appelait « l'Écossais », qui n'avait jamais un sou en poche (l'établissement lui payait son repas), mais dont le génie éclatait dès qu'il manipulait les pièces. Pour le battre, il fallait réussir à l'enivrer, condition nécessaire mais pas toujours suffisante. Ahmed ne s'était jamais frotté à lui. Autre anecdote : un soir, l'un des membres était venu accompagné d'un ami russe, lequel avait proposé des parties simultanées, où il jouerait contre tous les autres. On avait fait des paris, distribué des boissons. Le Russe avait tout gagné. La semaine suivante, ils avaient vu son nom dans les journaux, c'était l'un des challengers au titre de champion du monde. L'ami du Russe avait conquis une extraordinaire popularité, on lui demandait régulièrement des nouvelles de son poulain, il n'avouerait jamais que, lors d'une croisière, il l'avait trouvé dans le lit de sa jeune maîtresse.

Au sein du club, ce soir-là, le docteur Shain tenait à rencontrer un officier des Renseignements Généraux avec lequel il sympathisait pour les raisons les plus profondes qui soient : l'un et l'autre étaient farouches partisans d'une ouverture que l'évolution du jeu avait fait juger dépassée (le pion du Roi avancé de deux cases). Seuls, ils s'arcboutaient à cette stratégie, à cette vérité, gentiment moqués par les partisans d'ouvertures plus au goût du jour.

Profitant d'un moment de calme, Ahmed donna à son partenaire le nom et le numéro de téléphone du vieux professeur. Après quoi, il perdit deux parties de suite. Il n'avait pas la tête au jeu.

La réponse lui parvint le lendemain vers onze heures. Le vieux prof était totalement « clean », ou plutôt « out ». Son interlocuteur lui donnait un bref CV : études au Caire, long séjour en France, une thèse à la Sorbonne, un poste de professeur associé dans ladite Université (durant quatorze années), retour au Caire, cours à l'Université, puis privés. Pas d'engagements politiques signalés. Célibataire, pas d'enfants. Un lointain cousin emprisonné pour une banale escroquerie. Aucune surveillance : trop vieux. Il habitait dans un quartier excentré.

Ahmed hésita entre écrire et téléphoner. Il se décida à appeler. On décrocha aussitôt. Une voix étonnamment jeune.

– Qui m'appelle ? Un vivant ou un spectre ? Voilà deux mois que cet engin n'a pas sonné !

– Professeur, excusez-moi... Je suis le docteur Shain, du musée d'Alexandrie...

– Conservateur ?

– Euh, oui...

– Alors, à la fois un vivant et un spectre.

Une espèce de gloussement déconcerta Ahmed.

– Ne perdez pas vos moyens, spectre vivant ! Qu'est-ce qui me vaut l'honneur de votre appel ?

– Professeur, j'aurais du mal à vous l'expliquer par téléphone. Pourriez-vous m'accorder un entretien ? Ah, je me permets de vous signaler que c'est la femme de Gamal Abd el-Qouddous qui me recommande à vous.

– Une diablesse et une peste, mais je lui reconnais de la jugeote. Vous habitez Alexandrie, je suppose ?

– Oui.

– Notre entretien serait long ?

– C'est possible.

– Demain, vers quinze heures ? Ça vous laisse le temps de vous perdre trois ou quatre fois avant de débusquer ma tanière. Je vais tenter de vous aider. Prenez un papier.

Armé de ces indications et ne s'étant perdu que deux fois, le docteur Shain se présenta un quart d'heure en avance. La maison au pied de laquelle il se trouvait constituait une espèce de relique. À deux pas sur la droite, s'élevait un immeuble sordide de huit étages. À gauche, des cabanes avec des toits en tôle ondulée. En face, une fabrique de tuiles, de briques et de parpaings. La rue, défoncée, était encombrée de camionnettes.

La maison comportait, à l'avant, un espace (autrefois un jardinet ?) profond de trois ou quatre mètres. La grille était rompue des deux côtés, mais la porte (qui ne fermait pas) était munie d'une sonnette à l'ancienne. Ahmed actionna la chaîne, la clochette émit un son grêle. Aussitôt, la porte de la maison s'ouvrit, et surgit un vieux monsieur.

Plutôt petit, bedonnant, chauve, et revêtu d'une robe jaune. Il descendit les trois marches en bondissant.

– Bienvenue à la Sorbonne, bienvenue, jeune homme !

Il ouvrit la porte de la grille, prit Ahmed dans ses bras et lui donna l'accolade en lui assénant de vigoureuses frappes dans le dos. Le docteur Shain faillit laisser tomber les deux lourdes serviettes qu'il transportait.

– Pas de panique, mon garçon, entre, je suis si heureux de recevoir une visite. Surtout aussi distinguée : un conservateur de musée... Ça existe donc encore ? Loué soit notre Dieu Pharaon qui ne les a pas tous exterminés !

La porte donnait accès à une minuscule entrée.

– Voici le grand hall de l'Université de la Sorbonne. Ne sois pas impressionné. Tu imagines les problèmes que me pose son entretien. Tu vois toutes ces portes ?

Ahmed en apercevait deux.

– La plupart desservent les amphithéâtres. Il y a aussi les salles pour les professeurs. Elles sont occupées en ce moment. Nous allons devoir nous entretenir dans l'une des bibliothèques. Laquelle ? Je pense que celle-ci n'a pas trop de lecteurs. Tu m'excuseras si nous devons chuchoter.

Il le fit entrer dans la pièce de droite. Un vrai capharnaüm. Des piles et des piles de bouquins, de journaux, de papiers s'entassaient du plancher au plafond. Une petite table devant la fenêtre, avec une chaise et un tabouret.

– Ah, les lecteurs sont repartis, nous avons de la chance. Assieds-toi.

Le docteur Shain avait la tête qui tournait. Il se demandait comment il allait s'en tirer avec ce fou. Dangereux ou pas dangereux ? Fallait-il le bousculer, s'enfuir ? Sans qu'il comprît pourquoi, la situation lui parut tout à coup burlesque, intéressante et surtout inoffensive. Il sourit en regardant son interlocuteur dans les yeux.

– Merci de votre accueil, je crois que je comprends.

Le professeur éclata de rire.

– Eh bien, tu es l'un des rares. Tu comprends quoi?

– Je ne sais pas exactement. Un petit rite d'initiation. Votre passé. Une accointance entre ceux qui ont étudié. Une manière de me tester. Votre... robe, c'est une toge universitaire, non?

– Oui, de la Sorbonne, en France, dont je suis docteur.

– Vous voyez, moi je suis conservateur de musée. Je me réfère à de grandes choses, alors que je me sens si minuscule. De temps en temps, je suis Alexandre. Comme votre maison, c'est la Sorbonne.

– Rappelle-moi ton nom.

– Ahmed Shain.

– Ahmed, nous allons nous entendre. J'enlève ma toge, qui me tient chaud. Elle m'aide à écarter de temps en temps quelques imbéciles, qui s'enfuient épouvantés. Parlons sérieusement. Qu'est-ce qui t'amène?

Ahmed lui raconta toute l'affaire, depuis la découverte de la petite malle jusqu'à la restauration des *volumina*. Il conclut sobrement:

– Dans ces cartables, j'ai toutes les photos. Moi, je ne suis pas capable de lire des manuscrits en latin.

– Montre.

Le docteur Shain sortit la première chemise. Le professeur s'en saisit. Au bout de quelques instants:

– Une écriture très soignée, ça se lit d'un trait. Il y a beaucoup de lacunes?

– Non, pas beaucoup, et elles sont généralement courtes. J'en ai fait une liste annexée aux numéros de photographies. J'ai aussi des CD-ROM qui récapitulent le tout.

– Inutile. Tu penses que je me sers de ces… ordinateurs?

Ahmed tapota ses classeurs.

– Tout est là. Ça vous intéresse d'y jeter un coup d'œil?

Il fut fusillé du regard.

– Si ça m'intéresse? C'est peut-être la trouvaille du siècle pour les lettres latines ou pour l'histoire romaine! Si, toi, tu t'en fous, ne parle pas pour les autres!

Le professeur lisait, parcourait, tournait les planches de photographies.

– À première vue, il s'agit d'un récit qui concerne les Gaules.

– Les Gaules?

– Oui, tu sais quand même où c'était à l'époque romaine?

– La France?

– Approximativement. Moi qui suis docteur en Sorbonne, francophile et francophone, tu imagines bien que ta trouvaille me passionne.

Silence.

– Tu es prêt à me confier ces planches?

– Bien sûr, puisque je suis là.

– Personne d'autre n'est au courant?

– Si, un de mes amis, mais c'est un frère.

– Je vais lire. Peut-être que deux jours suffiront ou qu'il me faudra deux semaines. Je t'appelle, je te dis ce que j'en pense, et on réfléchit à la suite. D'accord?

– D'accord.

– Docteur Shain, tu me fais le plus beau cadeau de ma vie. Nous allons fêter cet instant merveilleux. Puis-je implorer une confidence?

– Une confidence? Laquelle?

– Tu es plutôt Bourgogne ou plutôt Bordeaux?

Ahmed demeura interloqué.

– Je suis quoi ou quoi??

Le professeur Ihsan Idris écarta du pied une pile de dossiers derrière laquelle se trouvait une caisse de bouteilles. Il en préleva deux. D'un tiroir du bureau, il extirpa un torchon, deux verres – qu'il essuya – et un tire-bouchon. S'ensuivit une dégustation sérieuse – et alternée – au terme de laquelle le docteur Shain reconnut qu'il appréciait le Bourgogne plus que le Bordeaux, à moins que ce ne fût l'inverse.

*

Le vendredi de la semaine suivante, une secrétaire (à mi-temps) se précipita dans ce que l'administration considérait comme un bureau. Quatre ou cinq mètres carrés, le royaume du docteur-conservateur Ahmed Shain. Celui-ci examinait des lampes à huile romaines qu'une drague avait sorties du port la semaine précédente.

– Docteur, docteur, il y a un appel pour vous!...

– Pourquoi ne me l'avez-vous pas passé?

– Parce que... je crois que c'est un fou. Il parle de manière étrange, avec des mots que je ne comprends pas.

Le docteur Shain n'eut pas d'hésitation sur l'identité de celui qui appelait.

– Passez-le moi.

Quelques déclics.

– Ah, c'est toi, conservateur? La civilisation se perd. Lorsque ta secrétaire me demande « de la part de qui? », que je réponds « de la part de l'*Alma Mater** » et que suivent trois ou quatre minutes de silence, je me dis que les musées sont peuplés d'ignorants.

* *Alma Mater*, « la Mère nourricière », expression utilisée depuis le Moyen Âge pour désigner l'Université.

– La pauvre, elle fait un mi-temps chez nous pour payer ses études.

– Admettons, encore que… Bref, mon cher, j'aimerais bien te revoir. Pour parler de ces… menus papiers que tu m'as confiés.

– On est vendredi. Je suis libre ce week-end.

– Ouiquende. Superbe expression classique, cicéronienne, à moins que tu ne la tires des hiéroglyphes. Passons. Tu connais la Sorbonne?

Ahmed fut décontenancé et préféra ne rien dire.

– J'entretiens des relations privilégiées avec le Rectorat de Paris et la Présidence de l'Université. Ces très Hautes Autorités se réjouiraient si tu acceptais leur hospitalité. Le logement qu'elles te réservent dépasse tes rêves les plus fous.

– Quand?

– Demain, si tu veux.

– Pas de problème.

– Le Président m'a prié de te faire une suggestion.

– J'écoute respectueusement.

– Si tu as un lit de camp et une couverture, apporte-les.

– J'ai.

– Bon. Moi, j'ajoute quelque chose de plus sérieux. Ce soir, tu n'as pas l'intention de passer la nuit dans une boîte avec des créatures, ou à t'abrutir devant la télévision?

Le docteur Shain se sentit choqué.

– Je plaisantais. Permets-moi d'être un peu directif pour préparer nos entretiens. Tacite, tu sais qui c'est?

– Évidemment. J'aperçois ses œuvres sur l'étagère en face de moi.

– Parfait. Alors, voilà de quoi t'occuper cette nuit. Tu vas prendre son bouquin intitulé *Annales*.

– Une seconde. Oui, je l'ai ici.

– Tu n'es pas forcé de tout lire, mais je te recommande les trois premiers livres. En tout cas, si tu n'as pas lu le troisième, inutile de te présenter à la Sorbonne, les huissiers te chasseraient à coups de verges.

Ahmed se mit à rire.

– Silence, analphabète ! Allez, je suis bon, je te signale les passages essentiels, cruciaux. C'est au livre III, les chapitres 40 à 47. Mais tu ne comprendras rien si tu n'as pas parcouru ce qui précède, au moins ce qui concerne les Gaules et les Germanies.

Ahmed prit un ton accablé.

– Bien. Je vais décommander les femmes sublimes que je devais rencontrer ce soir.

– Une chance pour ces malheureuses.

– À demain.

– L'*Alma Mater* te bénit.

Le docteur Shain passa une soirée studieuse, lisant Tacite dans l'édition anglaise. Il en avait commenté autrefois quelques extraits, qui portaient sur la psychologie et les mœurs des premiers empereurs romains. À parcourir les *Annales*, qui allaient du règne de Tibère à celui de Néron, il se sentit pris par le cours des événements et par la logique implacable que l'historien imposait à son lecteur. Au sommet de l'Empire, quelques personnages façonnaient l'histoire au gré de leurs qualités, de leurs passions, de leurs défauts, voire de leurs perversités ou folies. Ahmed s'interrogeait : cette conception de l'histoire était-elle recevable ? Un homme et son entourage pouvaient-ils décider du sort de millions d'autres ? Des cerveaux déréglés habités des plus hautes ambitions, ou, au contraire, des incompétents notoires, voire de pures crapules ne songeant qu'à leurs intérêts et à leurs plaisirs ? L'histoire contemporaine, l'actualité immédiate ne le portaient guère à contredire le pessimisme qui se dégageait des pages de Tacite.

L'accueil de la Sorbonne ne le déçut pas. Le professeur s'était lancé dans la confection de plats français à peine mangeables, mais les vins incitaient à l'indulgence. Les échanges prirent des heures et des heures. Pour résumer, il en résulta ceci.

– Ahmed, je ne saurais trop te remercier. Ces documents sont passionnants, et même plus que ça.

– Pourquoi ?

– Allez, je vais voir si tu as été sérieux. Tacite, les *Annales*, tu as étudié ?

– Mais oui. Je récite : « Tacite, né en 55 après J.-C… »

– Je t'interromps : *où* est-il né ?

– On l'ignore, non ?

– Certains soupçonnent qu'il est originaire de Gaule…

– La France ?

– Ou l'Italie du Nord. En tout cas, il s'intéresse beaucoup aux Gaules, comme on disait à l'époque. Bref. Continue, mon garçon.

– Euh…, Tacite est un homme politique, un avocat, un historien…

– Tu peux dire : de premier rang, dans les trois domaines ! Mais on ne va pas jouer au dictionnaire. Tu as eu le temps de jeter un coup d'œil aux *Annales* ?

– J'ai lu les trois premiers livres.

– Parfait. Ne te vexe pas, docteur Shain, c'est juste pour simplifier : ce que tu as lu, tu vois les dates ?

– Le règne de l'Empereur romain Tibère, le successeur d'Auguste : 14-37 après J.-C.

– Les chapitres que je t'ai signalés (III, 40-47), tu te les rappelles?

– Évidemment, à cause d'eux j'ai renvoyé d'adorables créatures. 21 après J.-C., une révolte en Gaule. Elle éclate...

– Stop. Pas la peine de me raconter, je connais par cœur. Donc Tacite décrit une grande révolte, d'accord? Due à quoi?

– Au poids des impôts, si je me rappelle bien.

– On passe sur les épisodes. Les légions interviennent, les chefs gaulois se donnent la mort, c'est liquidé.

– Je ne comprends pas où vous voulez en venir.

– Les *volumina* que tu m'as confiés concernent ces événements-là, en Gaule, en 21 après J.-C. Ils contiennent la relation d'un certain Lucius Valérius Priscus que l'Empereur Tibère a envoyé enquêter (après coup) sur cette révolte.

– Il dit autre chose que Tacite?

– Ta, ta, ta, tu ne le sauras pas, enfin pas immédiatement. Le type, ce Valérius, c'est un vieux militaire, enfin pas si vieux que ça, la quarantaine, avec des racines gauloises du côté de sa mère. Donc, on l'expédie en Gaule en lui réclamant un rapport dans les six mois: les causes de la révolte, les noms des responsables. Et il va se trouver pris dans toutes sortes d'embrouilles.

– Excusez-moi d'insister: il contredit Tacite?

– Tu ne le sauras pas, je t'ai dit. Pour moi, le plus passionnant, c'est ce qu'il décrit, les gens qu'il rencontre. On est encore très près de la conquête par César, deux ou trois générations. Bref, l'enquête concerne avant tout la Gaule, mais on en apprend aussi beaucoup sur Rome, le pouvoir impérial, les intrigues, etc.

Le docteur Shain, qui avait avoué son incompétence pour l'histoire romaine de l'Occident et qui n'avait de la Gaule (ou des Gaules) qu'une idée « spectrale », exprima son inquiétude :

– Vous êtes vraiment sûr que ça vaut le coup, la Gaule, la révolte de 21 ?

– Ahmed, je vais sonner les huissiers ! Ce texte, c'est un petit miracle. De l'ex-tra-or-di-naire.

– Alors, on fait quoi ?

Le professeur fut sidéré par le changement de ton.

– « On fait quoi ? » Je n'en sais rien. Le manuscrit t'appartient, enfin à ton musée – je suppose.

– Vous pensez qu'il faudrait le publier ?

– C'est l'évidence absolue ! Plusieurs dizaines de pages qui ressurgissent du Ier siècle après J.-C., admirablement conservées, on ne les publierait pas ? Ce serait un scandale. Il *faut* les publier. En France évidemment, puisqu'il s'agit de la Gaule. Les éditeurs ne feront pas défaut, j'en suis sûr.

– Vous vous en chargez ?

– Mon garçon, tu n'es pas philologue. Pour « éditer » un texte comme celui-ci, il faut, à vue de nez, cinq ou six ans, peut-être dix. Je me vois mal me lancer dans une telle entreprise : ma vieille carcasse risque de faire défaut à mes fulgurances intellectuelles. En revanche, j'ai des liens avec certains universitaires français qui seront ravis de prendre ce dossier en charge.

– Professeur, je dois vous avouer quelque chose…

– Qu'est-ce que les conservateurs d'Alexandrie ont encore mijoté pour embêter la Sorbonne ?

– Sérieusement. La famille Barakat a payé la restauration des *volumina*. Fort cher. En souvenir du père (et du mari) Hassan Barakat, assassiné en octobre il y a deux ans, tous aimeraient organiser une cérémonie en octobre prochain. Pas du macabre. J'ai pensé que présenter le contenu des rouleaux...

– « Présenter », ça veut dire quoi?

– Leur remettre une traduction en arabe égyptien.

– Faite par qui?

– Par vous, évidemment.

– Ahmed, tu es ici à la Sorbonne dont je suis docteur. Ce manuscrit concerne les Gaules. C'est en français qu'il faut le traduire. Mais ton idée me paraît excellente : avant l'édition scientifique, pourquoi ne pas proposer rapidement une traduction sans prétention, pour faire connaître le contenu et l'intérêt de ce texte? Oui, plus j'y pense, plus l'idée me séduit.

– Mais je ne vais pas donner à la famille un livre en français...

– Et moi, je ne veux pas me polluer la tête en traduisant à la fois en français et en arabe : rien de mieux pour rater l'un et l'autre.

– Professeur, j'entrevois une solution. La femme d'un de mes amis connaît parfaitement le français. Elle pourrait... transposer en arabe votre traduction française.

– Voilà qui serait acceptable. Mais les délais se raccourcissent encore!... Remarque, je pourrais te donner la copie au fur et à mesure. À propos, ne t'attends pas à autre chose qu'à des feuilles de papier, écrites à la main avec mon bon vieux stylo!

– Ne vous inquiétez pas, les problèmes de mise en forme, d'édition, je m'en charge : la famille m'a donné carte blanche et... les moyens correspondants!

– Je t'abandonne ces détails sordides. Et maintenant, il serait temps de fêter notre accord! Tu m'as démontré l'autre jour la duplicité de ta nature : Bourdeaux.

– Bourdo???

– Oui, Bourgogne *et* Bordeaux.

Ainsi naquit une belle amitié qui produisit ses fruits : deux livres. Le premier, en arabe égyptien, fit l'objet d'une édition de luxe, tirée à deux cents exemplaires. Sa couverture en cuir était ornée d'un portrait de Hassan Barakat. Le second, en français, publié par un éditeur parisien, connut trois tirages successifs en moins d'une année.

LVCIVS VALERIVS PRISCVS

Mémoire sur les événements survenus dans les Gaules

Caesar Augustus Imperator étant consul pour la quatrième fois et Drusus Julius Caesar pour la deuxième fois

Présentation, annotations et traduction par Ihsan Idris, docteur en Sorbonne

Présentation

L'ouvrage de Lucius Valérius Priscus nous est parvenu sans titre. Ayant dû l'intituler pour des raisons bibliographiques, j'ai tenté de rester le plus proche possible de la neutralité en choisissant le terme de « Mémoire », auquel j'ai ajouté, pour fixer la chronologie, les dates consulaires qui correspondent pour nous à l'an 21 après J.-C.

Jusqu'à présent, nous ignorions tout de cette œuvre et de son auteur. Il a fallu une série de hasards pour que, à Alexandrie, en novembre 2001, fût trouvé un coffre contenant des *volumina* – apparemment dans un dépôt de fouilleurs clandestins. Après avoir assuré la restauration de ces manuscrits, le docteur Ahmed Shain, conservateur au musée d'Alexandrie, s'aperçut que ce texte, écrit en latin, concernait des événements « survenus en Gaule ». Il a eu l'extrême amabilité de me communiquer la « couverture » photographique de ces rouleaux et de m'en confier l'étude. Je l'en remercie très vivement.

En dépit de quelques lacunes, ce manuscrit représente environ 200 pages d'une publication actuelle de format classique. C'est dire que son édition scientifique exigera quelques années. Pour des raisons diverses, le docteur Shain et moi-même sommes tombés d'accord pour faire précéder cette édition savante d'une traduction française destinée à donner une idée de l'importance de la trouvaille, de l'intérêt de ce texte. C'est cette traduction, ce « premier jet », que je propose ici.

Avant d'aborder les problèmes philologiques, je rappelle en quelques mots le contexte historique. Les événements qui vont nous intéresser se situent en 21 après J.-C. César a été assassiné il y a... soixante-cinq ans. La guerre des Gaules, le siège d'Alésia sont aussi lointains que, pour nous, l'année 1930. L'Empereur Auguste (le fils adoptif de César) est mort en 14, sept ans auparavant, après avoir vu disparaître, les uns après les autres, ceux qu'il s'était choisis comme successeurs. Par défaut, il avait fini par désigner son beau-fils Tibère, qui avait à peine vingt ans de moins que lui. Tibère avait donc pris le pouvoir en 14, à l'âge de cinquante-six ans.

Voici un tableau simplifié de la famille impériale.

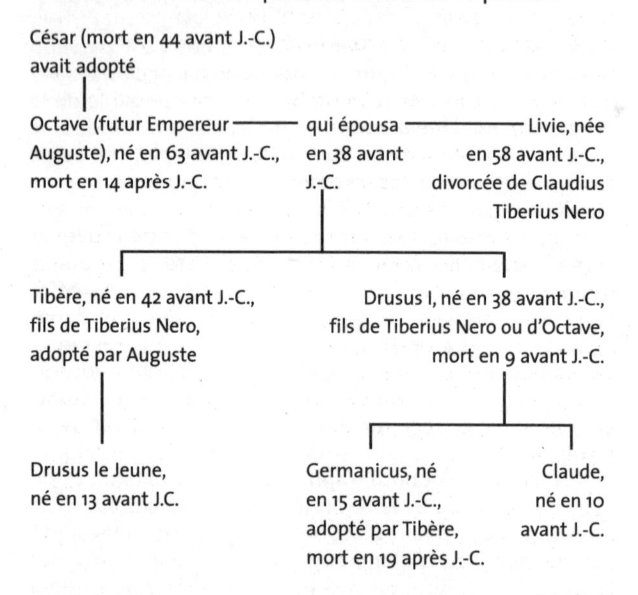

Donc, en 21 après J.-C., règne depuis sept ans l'Empereur Tibère, lequel est âgé de soixante-trois ans.

Dans un passage célèbre (*Annales* III, 40-47*), Tacite fait référence aux agitations qui secouèrent les Gaules en 21. Pour aller à l'essentiel : deux « nobles » gaulois, un Trévire (Julius Florus) et un Éduen (Julius Sacrovir) fomentent une révolte et s'attirent de nombreuses complicités. Les premiers soulèvements se produisent chez les Andécaves et les Turons**. Ils sont aisément matés. Fait curieux, que signale Tacite : « *Les troupes romaines reçurent l'assistance*

* L'intégralité du texte est donnée p. 327-331.

** Les Andécaves ont donné leur nom à Angers et à l'Anjou, les Turons à Tours et à la Touraine. Cf. carte p. 4.

de certains chefs gaulois pour dissimuler leur défection [...]. On vit même Sacrovir combattre pour les Romains, la tête découverte ». Les Trévires prirent alors les armes et succombèrent à leur tour. Suite du texte de Tacite : « *La révolte des Éduens fut plus difficile à réprimer, parce que cette nation était plus puissante et nos forces plus éloignées. Sacrovir s'était emparé d'*Augustodunum*, *la capitale, où les enfants de la noblesse gauloise la plus distinguée étudiaient les arts libéraux : c'étaient des otages qui attacheraient à sa fortune leurs familles et leurs proches* ». Sacrovir réunit quarante mille hommes, auxquels il ajoute les esclaves à l'entraînement dans l'école de gladiateurs. Des concours individuels renforcent cette armée. Peu entraînée, mal équipée, celle-ci vola en éclats lorsqu'elle affronta deux légions envoyées rétablir la situation.

La fin : « *Sacrovir regagna* Augustodunum *puis, craignant d'être livré, se retira dans une maison de campagne voisine avec les plus fidèles de ses amis. Là, il se poignarda lui-même, les autres se donnèrent mutuellement la mort. Ils avaient mis le feu aux bâtiments, qui leur servirent de bûcher* ».

La relation de Tacite s'est attirée une particulière considération de la part des historiens et des archéologues de la Gaule. D'abord, parce que, au cours du Haut-Empire, peu d'événements sont signalés par les sources textuelles concernant les provinces gauloises : l'essentiel se déroule dans les Germanies et plus à l'Est. D'autre part, beaucoup d'observations archéologiques (des couches d'incendies, l'enfouissement de trésors monétaires, des destructions et reconstructions de monuments, publics et privés) ont été mises en relation avec « la révolte de 21 » (à tort ou à raison).

Grâce à la trouvaille d'Alexandrie, voici que Tacite ne constitue plus notre unique source. Nous avons sous les yeux un texte écrit par un Chevalier de Rome, chargé d'une mission dans les Gaules pour établir un rapport sur les événements de 21, ou plutôt sur leurs causes. Inutile

* Aujourd'hui, Autun.

d'en dire plus : les deux premières « pages » (au sens actuel) de son manuscrit expliquent sa démarche.

Le lecteur m'excusera de redire que cette « traduction » en français ne saurait constituer l'« édition scientifique ». C'est une œuvre d'attente. Je me suis autorisé quelques libertés – sans, je pense, déroger à la déontologie. Rendre la relation un peu plus vive, transposer d'interminables passages écrits en « style indirect » pour en faire des dialogues, supprimer des répétitions, gommer des lacunes de peu d'importance (celles qui comptent, je les signale et les commente). Bref, cette traduction ressortit au genre des « infidèles » mais j'espère avoir respecté à la fois l'esprit et le message de Valérius Priscus, auquel me lie désormais une indéfectible sympathie !

Le Caire
3 septembre 2003

– 1 –

Moi, Lucius Valérius, Chevalier de Rome, ne me suis jamais considéré comme un personnage exceptionnel, il s'en faut. Tant d'autres, au sein de la République puis de notre Empire – si jeune soit-il –, ont connu la gloire militaire ou se sont distingués par des talents éclatants! Évoquant certains noms, des souvenirs, des visages, je me sens ramené à la modestie, qui ne m'a guère quitté, je crois, sauf en une seule occasion, celle dont nous allons parler, et dont je suis – hélas – vite revenu.

Je n'écrirais pas de telles phrases si je ne me savais proche de ma fin, et surtout si le temps n'avait passé depuis – comment dire? – l'« aventure » qui a représenté le plus fort de mon existence. Elle me passionna, même si la fin me déçut cruellement. Évidemment, la vérité ne pouvait être exposée ni même suggérée : elle heurtait trop d'intérêts, trop de stratégies qui dépassaient ma modeste personne. J'ai apposé ma signature au bas d'un rapport totalement faux, mais en toute loyauté!

Aujourd'hui, les principaux intéressés sont morts, les enjeux ont perdu de leur force. Même s'il demeure, dans les « hautes sphères », des personnages que mes révélations n'arrangeront pas, j'ai décidé de passer outre.

La première raison est anecdotique. Lorsque j'ai quitté l'Occident pour m'installer ici, j'ai emporté avec moi puis fait me rejoindre des bagages de toutes sortes, des meubles, des tableaux, des tapis, etc. De ce bric-à-brac, j'utilise… on dira le dixième! Mais je vais contempler de temps en temps ces réminiscences du passé. Il y a quelques mois, ouvrant l'une des malles, voilà que je tombe (que je retombe!) sur l'énorme dossier que j'avais constitué lors de cette fameuse mission, des dizaines de tablettes. Évidemment, je me suis précipité, j'ai relu, re-relu, retrouvant ce passé que j'avais occulté, qu'on avait voulu m'obliger à occulter!

Se produisit alors un phénomène étrange – qui correspond à ma seconde motivation. Une honte indicible m'envahit. Quoi? Moi, le compatriote du plus grand historien de Rome, Titus Livius*, moi dont la maison ancestrale était pratiquement en face de la sienne dans la voie du temple de Saturne à Padoue, notre ville, moi qui avais assisté à ses funérailles en pleurant, moi, j'allais mourir en étant complice d'une falsification? Les mots d'histoire, de vérité ne signifiaient donc rien? Quitterais-je ce monde sans parler? Sans doute, la malle contenant les documents pouvait témoigner par elle-même, mais je doutais que quiconque prît la peine de s'y intéresser. D'ailleurs comment s'y retrouver, comment comprendre?

Je me suis lancé dans une entreprise que j'aurais dû amorcer plus tôt. Les dieux m'accorderont peut-être le privilège de la mener à bien. Si tel est le cas, je laisserai une copie de mon manuscrit à mes héritiers qui jugeront du sort à lui donner. L'original, cacheté et scellé, ira à la bibliothèque de cette ville sous la condition d'une confidentialité centenaire.

Me trouvant face à un ensemble assez disparate j'ai choisi de relater les faits de la manière la plus simple possible, c'est-à-dire à l'aide de mes souvenirs personnels, auxquels j'adjoindrai [...]

Première lacune, d'une cinquantaine de lignes. L'auteur devait d'abord évoquer les « pièces » qu'il produirait à l'appui de son récit. Peut-être justifiait-il cette démarche inhabituelle en

* Tite-Live, né à Padoue en 59 avant J.-C., mort en 17 après J.-C.

précisant qu'il présentait un « dossier » (comme nous dirions) et non un livre d'histoire à la Tite-Live ?

En perdant la fin de cette sorte de « préface », nous ignorons si l'ouvrage avait été dédié à tel ou tel, et si l'auteur indiquait, pour sa rédaction, un lieu et une date – nous verrons plus tard les hypothèses qui semblent s'imposer.

Manque enfin le début du récit, mais il se reconstitue sans trop de difficulté. Lucius Valérius Priscus se trouve dans sa *villa* (sa résidence rurale) à quelque distance de Rome lorsqu'il reçoit une visite inopinée.

[*Cette intrusion?*] me laissa interdit. Je ne l'avais pas croisé depuis longtemps. Le voyant se présenter devant moi, chez moi, comme en terrain conquis, avec son sourire supérieur, entouré d'une dizaine de colosses qui portaient les insignes de la garde prétorienne, j'éprouvai un coup au cœur. Il parcourut du regard mon salon-bibliothèque, me toisa avec ironie (il est vrai que, le soir, je ne fais guère d'effort de toilette, et que ma tunique portait sans doute les traces de ma promenade rituelle au bord de mon étang).

– Désolé d'avoir un peu insisté pour te rencontrer, Lucius Valérius Priscus (il s'inclina). Noble Chevalier, le misérable que je suis... ne te demande nullement pardon (il éclata de rire et se releva).

– Ça va, ça va. Je me doute que tu ne viens pas ici pour une conversation entre amis (où seraient-ils?). Mais tu n'étais pas obligé de brutaliser mes serviteurs.

– Le service de César Auguste ne souffre aucun retard, ni aucune explication (il rit de nouveau).

– Je le comprends parfaitement, l'ayant moi-même servi avec loyauté. Mais quelle est la raison de... ta visite?

– Très simple. Dans les plus brefs délais, tu te prépares quelques bagages et tu me suis.

– Où?

– À la Maison impériale.

– Mais… Pour quoi faire?

– Pas la moindre idée. Je dois t'amener, c'est tout.

Je le crus. Quoique n'ignorant pas l'importance que ne cessaient de prendre les affranchis dans les bureaux impériaux – ni le rôle que tenaient certains d'entre eux auprès du *Princeps* lui-même –, je ne pouvais imaginer que mon interlocuteur eût pu accéder à un poste de haut niveau. Tout juste parmi les « hommes de main », ce qui, hélas, suffisait pour que j'obtempère.

– Des bagages, tu veux dire que je risque de voyager?

– Je te répète ce qui m'a été dit: « Qu'il prenne avec lui ses bagages ».

Inutile de chercher à en savoir plus. J'appelai Victorinus, mon vieux serviteur mais aussi mon complice de tant de campagnes, lui donnai de vagues instructions. J'allai me changer.

– Dois-je emporter mon équipement militaire? Ma cuirasse, mes armes?

– Sûrement pas, sinon ils l'auraient précisé.

– Alors, je suis prêt.

Mes serviteurs me virent partir avec angoisse. Moi-même ne me sentais pas vraiment rassuré dans la voiture qui me conduisait vers Rome. D'autant moins que tombait une pluie épouvantable, et que les chevaux, qu'un imbécile forçait à galoper, hennissaient régulièrement.

Nous entrâmes dans Rome au début de la matinée. La pluie s'était calmée, un soleil hésitant colorait avec une douceur inouïe les eaux du Tibre – que je n'avais pas vues depuis… combien?… trois ans, quatre ans?

Je n'eus guère le temps de me livrer à la poésie ni à la nostalgie. Arrivés à la Demeure impériale, après une enfilade de couloirs, on me fit entrer dans une vaste pièce équipée de tables, de chaises, de canapés. Dans un coin, un petit buffet: des fruits, des gâteaux, du vin. Je me servis avec plaisir: mon estomac criait famine, et j'ignorais de quoi demain serait fait.

J'avais des figues plein la bouche lorsque j'entendis:

– Très bien. Lorsque l'appétit va, tout va. Qui a dit ça? Épicure, Aristote, Horace, Lucrèce? Eh non, c'est Plaute!

Je me retournai. Me souriait un personnage hallucinant. Très grand, très maigre. On remarquait surtout son crâne énorme, bosselé, rasé (ou chauve) et sa dentition proéminente.

– Très bien, très bien. Mange. Je vais d'ailleurs t'accompagner.

À une vitesse incroyable et en se servant des deux mains, il expédiait vers sa bouche les grains de raisin, les olives, les petits gâteaux, tout en parvenant à me sourire d'une manière qu'il jugeait sans doute sympathique.

– Très bien, très bien. Ah, Lucius Valérius Priscus… Quelle joie de te rencontrer!

– Merci, mais puis-je savoir à qui…

– Tu ne me connais pas?

– Non, je ne crois pas…

– Tu as raison. Mon nom ne t'est sûrement pas inconnu, mais mon visage, si. Je suis de ceux qui servent dans l'ombre de César Auguste, *Princeps, Imperator*… Je suis également l'un des rares habilités à parler en Son nom. Tu me crois?

Tout me prouvait qu'il en allait ainsi.

– Évidemment.

Le secoua une espèce de rire mécanique qui fit ressortir toutes ses dents et provoqua je ne sais combien de rides sur son crâne.

– Très bien, très bien. Continue, nourris-toi, je te veux en pleine forme.

– Je suis prêt.

Il me fixa, et je sentis un frisson me parcourir, tant son regard et son visage, à l'état naturel, inspiraient l'inquiétude. Ils étaient anormaux. Pas inhumains ni terrorisants, mais étranges.

– Peut-être m'en veux-tu des... procédés qu'ont utilisés, je viens de l'apprendre, des brutes stupides pour te convier à venir ici?

– « Me convier »? J'apprécie la formule!

– Mes ordres ont été outrepassés (il soupira). Accepte mes regrets. Ces imbéciles ont l'habitude d'aller se saisir de criminels, ou de... suspects.

– Tu me rassures: je ne ferais pas partie de l'une ou l'autre catégorie?

Il rit de nouveau, sans répondre, puis alla s'asseoir derrière un bureau. Il consulta une série de tablettes, comme si je n'étais pas là, puis releva les yeux.

– Je vais te poser quelques questions.

La rage me prit, j'explosai:

– Mais enfin, de quoi s'agit-il? Je suis Chevalier de Rome, j'ignore qui m'interroge, pour quelles raisons, à quel titre!

Ses yeux d'outre-tombe me considérèrent comme s'ils observaient un insecte ou un poisson d'espèce inconnue. Le silence s'éternisa.

– Tu es calmé? S'il faut vraiment tout t'expliquer, je vais le faire (il soupira), quitte à perdre du temps. César Auguste m'a donné l'ordre de... résoudre un problème. Après avoir... travaillé, j'ai conclu que tu pouvais être l'homme de la situation.

– Moi? Par Jupiter, comment...

– Laisse-moi continuer, je te prie. Pour savoir si, au nom de César Auguste, je vais te confier une mission qui sera pour toi un devoir et un honneur, j'ai besoin de cet entretien. Les choses sont claires? À moins que tu ne préfères repartir dépourvu de ta qualité de Chevalier, voire ne pas repartir du tout (il m'adressa un sourire… chaleureux).

Mieux valait ne pas répondre. Il ne s'y attendait d'ailleurs pas. Il replongea le nez dans les tablettes.

– Bien que nos archives soient correctement tenues, je cherche toujours à en vérifier l'exactitude. Ne m'interromps que pour signaler une erreur ou apporter une précision. Ta famille est originaire de Padoue. Padoue… Vieille colonie, ville superbe. Ton grand-père a fait partie des recrues que le dieu César leva en Cisalpine. Il est mort lors d'une grande bataille, à… Al… Alésia. Trente-deux ans, trois filles et deux fils – tes oncles et tantes. Ton père était l'aîné.

Il leva les yeux.

– Tu les revois? Je veux dire, tes oncles et tantes de Padoue?

– Cela m'arrive (j'étais gêné). Certains sont morts. Je sais que mon père a aidé les autres. Mais…

– Mais vous ne faites plus partie du même monde, je comprends.

Il changea de tablette.

– Venons-en à ton père. Carrière des armes lui aussi. Des états de service éblouissants. D'abord, auprès du dieu César.

Il s'interrompit:

– Auprès du dieu César, comme son père? Est-ce possible?

– La légende familiale veut que mon grand-père ait engendré mon père lorsqu'il avait quinze ans. Aujourd'hui, on est même tombé à douze-treize.

– Je comprends mieux. Donc, il sert sous les ordres du dieu César puis de son divin fils. Nous n'allons pas faire le compte des campagnes, ni des blessures, ni des récompenses. De simple soldat, il est devenu primipile*. Le divin Auguste lui a donné l'anneau de Chevalier. (Il me fixa). J'espère que tu es fier de lui. (Il reprit). Il a voyagé dans tous les coins du monde.

Il s'éclaircit la gorge.

– Il a passé pas mal de temps en Gaule Belgique et dans les districts des Germanies. Il a épousé une… citoyenne de Gaule Lyonnaise. Ta mère. Ils n'ont eu que toi comme enfant, exact?

– Pour une raison simple: ma mère est morte en me mettant au monde. Mon père ne s'est jamais remarié.

– Désolé. Perdre une mère… Moi, je dois tout à la mienne.

Pour la première fois, nos regards se croisèrent sans hostilité. Il reprit ses tablettes.

– Donc, ton père reçoit des faveurs (amplement justifiées) de la part du dieu Auguste. Il s'installe dans la propriété où l'on est venu te dénicher. Il t'engage à devenir soldat toi aussi. Contrairement à lui et à son père, vous aviez une grande différence d'âge.

– Quarante ou quarante et un. J'avais moins de vingt ans quand il est mort.

– Tu es venu enrichir ce monde l'année où le précédent Impérator a reçu de notre Sénat le titre d'*Augustus***. Heureux présage pour toi! Inutile que je retrace ta carrière, tu la connais mieux que moi.

N'empêche, il lisait en détail, tout en commentant.

– Évidemment, toi, tu ne partais pas de rien. On t'a confié immédiatement des responsabilités, des postes importants. Tiens, je constate que tu n'as

* Le plus haut grade pour un centurion.

** Le fils adoptif de Jules César, Octave, reçut ce titre en 27 avant J.-C. Donc, Lucius Valérius Priscus, né cette année-là, a 48 ans.

jamais été sous les ordres de César Auguste, notre Impérator?

– Le hasard. Mais j'ai servi d'autres membres de l'Auguste famille.

– J'ai cela sous les yeux. Pas mal... Et puis voilà que, tout à coup, il y a douze ans, à moins de quarante ans, tu te retires. Évidemment, c'est en rapport avec la... hum... défaite de Varus*?

Je ne répondis pas.

– Peu importe. Depuis lors, tu vis dans ta... campagne. Célibataire endurci, hein?...

Il toussa de nouveau. Nous atteignions le cœur de notre entretien. Je sentis qu'il choisissait soigneusement ses mots.

– Dans ta... résidence rurale, les nouvelles de l'Empire te parviennent peut-être avec... hum... un peu de retard. As-tu entendu parler de certains... événements récents qui se sont produits dans les Gaules?

– Pas du tout.

– Le contraire m'eût étonné. Les rumeurs qui ont commencé à circuler à Rome ne pouvaient guère se répandre, car toutes les informations ont été bloquées. Ici même.

Il m'adressa son sourire étrange.

– Désormais, nous entrons dans un... domaine bien particulier. Celui des affaires d'État. Évidemment, si je suis autorisé à t'en dévoiler une, c'est en raison de la confiance que l'On te porte. En raison

* Le général romain Publius Quintilius Varus commandait les troupes romaines en Germanie lorsqu'il tomba dans une embuscade tendue par le chef germain Arminius, en 9 après J.-C. Ses trois légions furent anéanties, ou presque; lui-même se suicida. Ce désastre fut ressenti à Rome comme une tragédie. L'Empereur Auguste, disait-on, gémissait dans son sommeil: « Varus, mes légions, rends-moi mes légions!... ». Lucius Valérius Priscus aurait donc quitté l'armée en 9, c'est-à-dire douze ans avant les événements qui vont suivre.

également de la mission que Nous comptons te confier.

« On », « Nous »: les pronoms ne brillaient pas par la précision. Je ne dis rien. Mon silence semblait l'agacer. Mais, je ne me faisais nulle illusion: mon interlocuteur était d'un sang-froid à toute épreuve, ce n'est pas moi qui le déconcerterais. Il me lança un regard perçant, comme s'il me jaugeait.

– Je résume. Les détails, tu les trouveras dans les documents que l'on te remettra. Au printemps, des... agitations se sont produites dans plusieurs cités des Gaules. Il a fallu combattre. Deux légions ont réglé l'affaire. Tout est fini depuis quelques semaines.

Il reclassa les tablettes sans y prêter garde.

– Tu te demandes quel rôle tu pourrais jouer si tout est fini.

De fait.

– Pour simplifier. Lorsque l'on dirige, il ne suffit pas d'avoir réprimé une révolte, une rébellion, une émeute, n'importe quel mouvement violent. Il faut en connaître l'origine, la raison. C'est elles qu'il faut éradiquer, sinon des mêmes causes peuvent renaître les mêmes effets.

Il sourit encore, comme pour s'excuser de m'infliger ces considérations philosophico-politiques.

– Ces causes, nous les ignorons. Celles qui ont été alléguées par les gouverneurs provinciaux ne sont pas convaincantes – je les passe sous silence pour ne pas t'influencer. César Auguste attache une importance extrême à ce qu'on les élucide.

Tout en accordant à César Auguste l'infini respect que je lui devais, il m'était difficile de m'ôter de l'esprit certains... travers que lui attribuaient à la fois la rumeur publique et telles de mes connaissances qui l'avaient fréquenté dans sa jeunesse. Sa crainte obsessionnelle des complots, l'idée fixe selon laquelle ses proches machinaient sa mort pour s'emparer du pouvoir suprême.

– Julius Florus : le nom te dit quelque chose ?

– Non, je ne crois pas. De quelle cité ?

– C'est un Trévire. Et Julius Sacrovir ?

– Un Éduen d'*Augustodunum* ? Non ?

– Tu peux utiliser le passé. Il est mort. C'était l'un des chefs de la... rébellion.

Silence.

– Mon intuition était juste : tu es l'homme de la situation. Tu vas partir dans les Gaules. Tu iras où tu voudras, tu rencontreras tous ceux que tu jugeras utile. Dans six mois, tu me remettras un rapport circonstancié. Les raisons de ces... agitations, les noms des responsables et de leurs complices.

– Mais enfin, César Auguste dispose de toutes les sources de renseignement possibles, les gouvernements provinciaux, les commandements militaires, les...

– Tu apprécies la situation mieux que César Auguste ?

Son ton était redevenu glacial. Il soupira, puis me sourit.

– Je pourrais me contenter de te donner des ordres et faire mienne la devise « Qu'il me haïsse pourvu qu'il me craigne » (tu sais quel en est l'auteur ? Accius). Mais, par rapport à tant de... crapules qui défilent chaque jour dans cette pièce, tu me parais si... si honnête que je vais te dire deux choses. La première : évidemment, je t'ai choisi en raison de tes relations avec les Gaules – en tout cas, de la connaissance que tu en as. Secundo : tu es l'un des rares qui ne soit pas inféodé... comment dire... à un parti, tu es totalement étranger au jeu des factions (ne me regarde pas ainsi, oui, elles existent), depuis douze ans tu ne t'occupes que de faire pousser je ne sais quoi dans tes champs et tes potagers, sans parler de l'équitation ou de la lecture. Tu as même refusé toute responsabilité locale.

– Que me demandes-tu exactement?

– Je te le répète : un rapport. Tu as six mois. À ta disposition, des moyens illimités. Tout l'or que tu voudras. Les gouverneurs suivront tes instructions. Pour faire parler, tu peux acheter, corrompre, séduire, torturer, mettre à mort. À ta guise. Moi, je veux des résultats.

Il se leva, je fis de même.

– Tu vas t'organiser. On t'a préparé un appartement. J'y ai fait porter tous les documents relatifs à notre affaire – enfin, des copies. Étudie-les. Puis, choisis ta stratégie.

Il agita une sonnette. Survint un homme assez jeune, athlétique, au visage ouvert.

– Voici Egnatius. Il est à mon service, il passe au tien.

– Salut, Egnatius.

– *Ave,* Chevalier. Honoré de te servir.

– Egnatius exécutera tes ordres. Il disposera des signes de reconnaissance et des lettres qui t'ouvriront toutes les portes.

Il me fit un vague salut en inclinant légèrement la tête.

– Bonne chance. À dans six mois. Tu réussiras, j'en suis sûr.

– *Vale.*

Nous sortîmes. Je demandai à mon nouvel… auxiliaire :

– Tu sais le nom de cet homme?

Il s'arrêta net, stupéfait.

– Tu plaisantes ou quoi?

– Pas du tout.

– Mais enfin, Chevalier, c'est *Lucius Aelius Seianus*!

Mon sang s'arrêta.

Séjan, le personnage le plus puissant de l'Empire, après César Auguste lui-même! Moi qui avais cru me trouver en face de l'un des nombreux affranchis qui peuplaient la maison impériale! Quelle stupidité! J'en chancelais. Egnatius me prit par le bras.

– Ça ne va pas? Tu es tout pâle.

– Si, si…

– Assieds-toi un instant.

Séjan, le Préfet du Prétoire, l'âme damnée (disait-on) de l'Empereur… Je ne l'aurais jamais imaginé sous ces traits, ni surtout attifé d'une tunique quelconque. Maintenant, je comprenais mieux certaines de ses réflexions, et surtout son… autorité, sa certitude d'être obéi. Je me relevai.

– Egnatius, mène-moi à mon logement.

Nous parcourûmes ce qui me sembla un labyrinthe. Il ouvrit une porte.

– Entre, je te prie. Tu es chez toi.

J'avais encore la tête qui tournait. Je ne prêtai guère attention à la disposition des lieux. Egnatius me conduisit dans une chambre.

– Allonge-toi, tu es fatigué. Dors un peu, je te réveillerai pour le déjeuner.

Je partis très vite au royaume de Morphée, rassuré par la présence de ce grand gaillard. Rôdait cependant dans ma tête une question lancinante: dans quel guêpier étais-je en train de me fourrer?

– 2 –

L'amoncellement de tablettes et de *volumina* me laissait stupéfait.

– Egnatius, tu es sûr que… c'est pour moi?

– Évidemment, pour qui d'autre?

Le déjeuner m'avait remis en forme: il était digne de l'Olympe. J'avais proposé à Egnatius de le partager pour que la commensalité m'aidât à mieux le connaître, mais il avait refusé, me déclarant (avec le sourire):

– L'hôte de César Auguste, c'est toi, un misérable de ma sorte ne saurait goûter à ces nourritures ni à ces boissons. Mais si tu veux m'interroger, je suis à ta disposition. J'irai plus tard manger un morceau aux cuisines: les restes de ton repas… ou l'équivalent!

– Egnatius, nous allons passer ensemble des semaines, des mois. Manifestement, tu es au courant de ma mission.

– Tout à fait. Je sais qui tu es et pourquoi mon Maître t'a choisi.

– Ton Maître? Tu veux dire César Auguste ou Séjan?

– Le Chevalier Séjan. Je suis né dans sa *villa* de *Volsinii**.

– Il y a longtemps?

Il se mit à rire, plissant les yeux et découvrant des dents d'une blancheur éblouissante.

– J'ai vingt-huit ans. Je vais tout te dire d'un coup, si tu permets. Donc, je nais dans sa propriété d'Étrurie, au milieu de centaines d'esclaves qui faisaient chaque année je ne sais combien de

* Grande cité, établie par les Étrusques à Orvieto, puis transférée par Rome sur le site de l'actuelle Bolsena.

bébés. Au bout de quatre ou cinq ans, je suis remarqué par l'un des régisseurs. J'avais des dons, je comptais et je parlais mille fois mieux que les autres. Et puis, les dieux m'avaient fait un cadeau qui allait décider de tout. Lequel?

Il me regardait d'un air amusé. Je ne me sentis nullement choqué: les esclaves des Grands détiennent des responsabilités qui les extirpent, en quelque sorte, de leur condition, ou – en tout cas – qui leur permettent une certaine liberté de ton.

– Mes dents. Elles avaient la blancheur qu'elles ont gardée. Or, mon géniteur venait d'Ibérie.

J'étais complètement perdu. Il rit de nouveau.

– Chevalier, tu n'as aucune chance de comprendre la devinette, sauf si tu as appris par cœur les poèmes de Catulle*.

– Catulle, euh..., je connais un peu, mais...

– Je te raconte. Donc, le régisseur me remarque et me confie à un vieil esclave qui avait attrapé de l'instruction je ne sais où. Le vieux m'apprend à lire et à écrire. Un beau jour – j'avais sept ou huit ans –, on me récure des pieds à la tête, on me coupe les cheveux, on me fait enfiler une tunique pas trop rapiécée, et je me retrouve face à la Maîtresse et à son fils, tremblant de tous mes membres. Ils me posent des questions auxquelles j'arrive à peu près à répondre. La Maîtresse décide de faire de moi l'esclave de son fils. Le fils, c'était Séjan, tu l'as compris.

– Mais... les dents blanches?

– Ah, je n'ai eu la clé que plus tard. Le Chevalier, à cette époque, avait une vingtaine d'années, il était fou de poésie, et particulièrement de Catulle.

* Catulle est un poète né en 84 avant J.-C., mort à une date inconnue, vers 50-40.

Séjan fou de poésie : je n'aurais jamais imaginé ! Lors de notre entretien, il est vrai, il avait cité deux ou trois auteurs, j'avais oublié lesquels.

– Dans l'un de ses poèmes, Catulle « exécute » un certain Egnatius qui rit à tout propos pour montrer ses dents blanches. Il est d'origine ibérique, et le poète l'accuse de se nettoyer les dents chaque matin avec l'urine qu'il vient de produire en se levant – un vieux racontar à propos des Ibères. Tu vois, mes dons m'ont valu de quitter la *villa*, et mes dents m'ont conféré mon nom, Egnatius, un nom que ne doit porter nul autre esclave ! Heureusement, aujourd'hui, Catulle est considéré comme un peu dépassé, et personne ne m'interroge sur mon nom.

– Moi, j'aime surtout Virgile et un peu Horace.

Brusquement, je fus frappé par l'étrangeté de la situation : dans le palais de César Auguste, alors qu'on venait de me confier une mission importantissime, j'étais en train de parler poésie avec un esclave qui avait évité le travail des champs grâce à la blancheur de ses dents ! Je me secouai :

– Alors, le bureau, les tablettes ?

C'est ainsi que je me trouvai face à cet incroyable amoncellement.

– Par tous les dieux, les six mois seront passés avant que j'aie gravi la moitié d'une telle montagne !

– Chevalier, permets-moi de t'expliquer, au nom de Séjan. Celui-ci a donné ordre aux secrétaires de rechercher (et de copier à ton intention) tous les documents officiels ou officieux concernant les Germanies, la Gaule Belgique et la Gaule Lyonnaise depuis six ans. Il n'a pas jugé utile de remonter plus haut.

Je remerciais Séjan de m'avoir épargné la guerre de Troie et la fondation de Rome.

– Il y a sûrement beaucoup de choses inutiles. À toi de survoler, de trier, de conserver ce qui peut te servir.

– Le survol, comme tu dis, me prendra un temps fou !

– Rien ne presse, on n'est pas mal ici, tu verras. Excuse-moi, je te laisse. (Il sourit). Je pars à la recherche des reliefs de ton repas. De toute façon, je ne saurais t'aider. Ah, quand même, viens voir.

Il ouvrit la porte de l'appartement. Dans le couloir, se tenait accroupi un jeune garçon, noir de peau, à moitié nu.

– Si tu as besoin de moi, tu l'appelles, il comprend notre langue, il saura où me trouver. Bon courage, Chevalier !

Il faisait presque nuit, lorsque, terminant le « survol », je relevai les yeux, encore plein de la fascination qui m'avait envahi des heures plus tôt. Difficile de la faire partager. En gros : tout en n'ignorant pas que, depuis le règne du divin Auguste, chaque citoyen un peu en vue faisait l'objet d'enquêtes et de surveillance, je n'avais imaginé ni l'étendue ni la sophistication du système. Loin de se cantonner à Rome, il avait tissé sa toile sur toutes les provinces. Au sein des gouvernements provinciaux, des procuratèles et même de l'armée (j'en fus hérissé), avait été institué un réseau d'« information ». Lequel, à son tour, recherchait des « renseignements » dans les cités, auprès des magistrats en place. Ces multiples ruisseaux et rivières finissaient par former un vaste fleuve qui débouchait à quel endroit? À la Préfecture du Prétoire. Chez Séjan.

Si l'on réfléchissait, rien de plus logique. Les prétoriens constituaient la garde rapprochée de César Auguste. Mais la protection de l'Empereur ne tenait pas seulement à cette présence physique, elle consistait surtout à écarter des menaces beaucoup plus dangereuses, d'ordre politique. D'où le rôle éminent du Préfet du Prétoire, qui devait parer à tous les risques et, pour ce faire, utiliser des dizaines de malheureux de mon genre.

Bref, de ce fatras, je réussirais (peut-être) à faire émerger une intrigue, ou, au moins, quelques éléments qui orienteraient mon voyage en Gaule. Je remis au lendemain le début de l'étude méthodique. J'avais faim, et surtout soif. J'ouvris la porte. Le petit Noir sommeillait, un coup de pied dans les côtes le réveilla :

– Va chercher Egnatius !

Il fila comme s'il disputait, à Olympie, la course du double stade.

– On a l'impression, me dit Egnatius, que tu reviens du fond de la Germanie, ayant marché trois semaines sans dormir, te nourrissant d'herbes et de vers de terre.

– Ça me ferait peut-être les dents blanches ?

– Ah, ah ! Bien répondu !

– Egnatius, j'ai vaguement exploré ce continent – ou cet océan – de tablettes, dont l'étendue eût fait reculer Alexandre-le-Grand, voire le dieu César !

– Chevalier, tu es en forme !

– Au contraire. Ma tête est prête à exploser. Je m'en remets à toi.

– Quel est ton problème ?

– J'ai faim, j'ai soif.

– Tu es l'hôte de César Auguste, toutes les ressources de l'Univers sont à ta disposition. Déploie ton imaginaire, tu es sûr d'obtenir satisfaction.

– Non, je suis fatigué. Tu es à mon service, n'est-ce pas ?

– Tout à fait.

– Alors, organise.

– D'accord. Deux ou trois questions. Pour le vin : grec ou italien ?

– Falerne pour commencer. Après, on verra.

– Les plats : plutôt simples ou du raffiné ?

– Pas la peine d'être ici pour demander du simple.

– Le service : garçons ou filles ?

– Les deux.

Je n'aurais pas consigné cet échange si, Egnatius à peine parti, je n'avais vu paraître... Séjan !

– Excuse l'irruption. L'envie m'a pris de partager ton repas. Oui, il y a un système grec qui me permet d'écouter ce qui se dit dans cette pièce. Ne te mets pas en colère, je me suis excusé.

Je me sentais plutôt résigné, voire intéressé. Pourquoi était-il venu ?

– C'est vrai que tu connais Catulle par cœur ?

– Ah, Egnatius t'a raconté ! J'adore Catulle. Le connaître par cœur, peut-être pas. D'ailleurs, je ne suis pas sûr de posséder tous ses manuscrits.

– Pourquoi Catulle ?

– Pourquoi Catulle ?... Pourquoi lui ?... Ouvrons la fenêtre.

Nous apercevions les dernières lueurs du soleil couchant.

Soles occidere et redire possunt
Nobis cum semel occidit brevis lux
Nox est perpetua una dormienda

– « Les feux du soleil peuvent mourir et renaître. Nous, quand est morte la brève lumière de notre vie, il nous faut dormir une seule et même nuit éternelle... »*.

Venant d'une bouche habituée à prononcer des paroles terribles, dont certaines avaient conduit à la

* Les références précises des citations sont indiquées p. 333.

mort nombre de citoyens romains, comment mettre en doute la sincérité de ces accents?

– Pour chaque instant qui compte, pour chaque situation, je puis me remémorer un passage de Catulle, éblouissant. Je m'en sens réconforté. Ou plutôt, Catulle m'accompagne. (Il hésita). Dans ma position, on se sent plutôt seul.

Je ne m'interrogeais plus sur les motifs qui l'avaient poussé à me rejoindre. Nous échangions quelques phrases de temps en temps, à propos de tout et de rien, savourant – avec la lenteur appropriée – les mets exquis et les divins nectars que nous procuraient les cuisines et les caves de César Auguste, dégustant également les charmantes créatures (lui préférait les garçons) qui ne se contentaient pas de remplir nos coupes et nos assiettes.

Séjan se leva brusquement, en soupirant.

– J'ai à travailler. Content de mieux te connaître, Valérius.

– Moi aussi.

– Valérius, ne te fais pas avoir. Si tu savais à quel point règnent… la corruption, la brigue, le mensonge… Surtout dans les provinces.

– Pourquoi ne t'adonnes-tu pas à la poésie?

Il rit franchement (j'avais cessé d'observer les plissements de la peau sur son crâne).

– Je n'ai pas ces capacités. Mais j'en ai d'autres (il fit le geste d'étrangler de ses deux mains). Donne-moi des noms, tu verras.

– À moi, tu donnerais quelque chose?

– Demande toujours.

– Tu m'as inspiré le désir de connaître Catulle. Me ferais-tu parvenir une copie?

– Dans les deux jours.

– Je pourrai te remercier de vive voix?

– Non. Je vais être très occupé, je dois voyager.

– Alors, merci d'avance.

– Valérius, au revoir, *vale*.

Au moment de refermer la porte, il se retourna.

– Tu n'imagines pas ce qui t'attend. Méfie-toi de tout. Ne crois personne. Vérifie deux fois, trois fois, les propos que te tient celui en qui tu as placé ta confiance. Lorsque tu penses avoir trouvé la solution, commence par te dire que tu te trompes.

– Catulle m'instruira.

– Certainement, si tu trouves les bons vers !

Il me grimaça son sourire bizarre et s'en alla.

Je ne devais plus le revoir. Aujourd'hui encore, je regrette amèrement d'avoir accordé si peu d'importance à ses recommandations.

La soirée m'avait donné l'envie de me mettre au travail, de me colleter avec ces fichues tablettes ! Pas immédiatement, quand même. J'avais gardé deux des petites, et n'eus pas à le regretter : le service de César Auguste ne laissait rien à désirer ! La nuit fut excellente, et même exquise.

Le lendemain matin, après avoir avalé d'énormes portions de fromages, de gâteaux et de fruits, j'entrai dans le bureau, fixai du regard (comme pour les impressionner) tablettes et *volumina*, et leur déclarai :

« Je suis venu, je vois, je vaincrai ! »

Puisse le dieu César me pardonner ! Si je me mets en scène de façon aussi risible, c'est pour faire comprendre à mes (éventuels) lecteurs le degré d'excitation, de passion, qui m'animait. Une mission de César Auguste. Des centaines de documents confidentiels, des secrets d'État ! Il y a encore trois jours, je m'intéressais à mes figuiers qui allaient battre tous les records et à la tendinite de ma petite jument. Mon dîner avait consisté en une soupe, un peu de fenouil, et deux tranches de fromage de brebis. J'avais changé d'univers.

La veille, en effectuant mon « survol », j'avais éliminé nombre de tablettes et de *volumina*, qui m'avaient paru sans intérêt. Se côtoyaient des contrats commerciaux (telle entreprise de Gaule Lyonnaise expédiait en Italie de la charcuterie, des lingots d'étain ou des caisses de céramiques, telle entreprise italienne ou ibérique envoyait à Lyon ou Bordeaux du vin, de l'huile ou du poisson en sauce), des courriers officiels d'une grande banalité (telle cité adressait à l'Empereur et à l'Auguste Famille ses vœux de prospérité, l'Empereur remerciait), des rapports rédigés chaque mois par les gouverneurs des provinces (tout allait admirablement bien grâce à leur activité et leur dévouement). Je n'avais mis de côté qu'un dixième, voire moins encore.

Les pièces qui pouvaient me servir étaient de deux sortes. La première catégorie rassemblait des suppliques, voire des protestations (respectueuses) adressées aux gouverneurs provinciaux ou à César Auguste lui-même par le sénat de certaines cités :

> « Réuni ce jour *[suivait la date]* sous la présidence du duumvir *[un tel]*, l'ordre des décurions [*ou : le sénat]* de la cité x… a pris connaissance du montant des contributions que l'administration provinciale vient de fixer pour l'année en cours. Alors qu'il a déposé un recours concernant le montant exigé l'année passée, il constate une augmentation considérable, mesure dont le fondement n'est pas explicité. Il porte à la connaissance du Très Illustre Gouverneur l'impossibilité de réunir de telles sommes et lui demande un arbitrage susceptible de rétablir la justice et d'éviter de graves troubles ».

Ce genre d'envois se comptait par dizaines. Traduisaient-ils un réel malaise, s'agissait-il de protestations formelles (et inutiles)? Je n'en savais rien, il me faudrait m'informer sur place.

La seconde catégorie, que j'avais conservée intégralement, regroupait les pièces auxquelles j'ai précédemment fait allusion, celles qui relevaient du

« renseignement ». Plusieurs dizaines, de nature et de longueur très différentes. Probablement sur ordre de Séjan, les noms des rédacteurs (disons des « indicateurs ») avaient été effacés. Quelques exemples :

> « Lors de la cérémonie qui vient de clôturer la réunion du Conseil des Gaules, des conciliabules se sont tenus entre les représentants des cités de Lutetia, Samarobriva, Augustodunum, Lemonum *, et Caius Trébonius Optatus. Les mêmes se sont retrouvés le lendemain et ont déjeuné ensemble ».

Ignorant tout de ce Caius Trébonius Optatus, j'aurais pu n'accorder aucune importance à la tablette. Sauf que, plus tard, je retrouvai son nom :

> « Trébonius Optatus vient de rencontrer Germanicus à Apamée**. Nous n'avons pu apprendre la nature de leur conversation ».

Beaucoup plus loin encore :

> « Après la réunion annuelle du Conseil des Gaules à Condate, Caius Trébonius s'est rendu dans les régions danubiennes et a obtenu une audience de Drusus, fils de César Auguste. Leur entretien a occupé l'après-midi et plusieurs heures de la nuit ».

Si j'ai sélectionné ces trois notes, c'est pour faire comprendre la méthode que j'essayais de mettre en pratique : classer selon les noms ou les centres d'intérêt. En l'occurrence, le nom de Trébonius apparaissait une trentaine de fois, c'était un proche de Germanicus, ils évoquaient ensemble des « affaires » relatives aux Gaules. Après la mort de Germanicus, Trébonius s'était adressé à Drusus – mais on ne savait rien du contenu de leurs conversations.

C'est le troisième ou quatrième jour que se produisit le déclic. L'évidence absolue. Comment n'avais-je pas compris plus tôt ? J'avais envie d'ajouter : comment la Préfecture du Prétoire, comment

* Lutèce, Amiens, Autun, Poitiers.
** En Syrie, où Tibère avait envoyé Germanicus en mission.

les services impériaux n'avaient-ils pas compris? Tout s'organisait, chacune des pièces trouvait sa place.

À mes héritiers, qui connaissent l'histoire d'Alexandrie mieux que les dynasties de Rome, je demande un léger effort. Essayez de vous concentrer si vous devez lire la suite de ce manuscrit.

L'Empereur Tibère avait eu un frère : Drusus (mort depuis longtemps). Ce Drusus avait engendré, entre autres, un fils que ses succès en Germanie firent saluer du nom de Germanicus. Drusus avait acquis en Gaule une immense popularité, que son fils accrut encore. Germanicus passa des années de part et d'autre du Rhin, vengeant la défaite de Varus, écrasant plusieurs fois les troupes d'Arminius, augmentant la solde des légionnaires, s'attirant la sympathie générale en étant toujours accompagné de sa femme (Agrippine) qui lui donnait chaque année ou presque un nouveau bambin. L'un d'entre eux, qu'il trimbalait partout, avait été surnommé par les troupes *Caligula*, le « petit godillot » : on avait confectionné pour lui des mini-chaussures de légionnaire !

Si je reliais entre elles toutes ces pièces, il devenait clair que Germanicus avait fait l'objet de sollicitations, de propositions insistantes : qu'il se portât candidat au pouvoir suprême, il aurait derrière lui les Gaules et les légions du Rhin. Ce qui suffirait largement pour faire tomber Tibère, dont la popularité était quasi nulle.

Alerté ou non, César Auguste Tibère avait fait revenir à Rome son neveu (dont il avait fait son fils adoptif) et l'avait comblé d'honneurs : un triomphe, un nouveau consulat. Après quoi, Germanicus partit pour l'Orient, chargé d'une mission d'étude et de réorganisation. Il n'en revint pas vivant. J'ignore s'il succomba à l'une de ces maladies qu'on attrape là-bas, ou bien s'il fut empoisonné. C'était il y a moins de deux ans*. Voyant Agrippine, entourée de ses enfants, portant l'urne qui contenait les cendres de son défunt mari, Rome connut des scènes de désolation. Moi-même, qui avais combattu deux ans sous les ordres de Drusus (son père) puis six années sous son commandement, qui avais admiré ses dons de stratège, sa simplicité dans les rapports humains, son courage personnel, lorsque j'appris la nouvelle, j'éclatai en sanglots. Mourir à trente-quatre ans, alors que les plus hautes destinées lui étaient promises !

Que Germanicus eût été poussé à fomenter un coup d'État, j'en avais les preuves sous les yeux. Mais j'étais également certain que sa loyauté lui avait interdit de donner suite à de telles propositions. Jamais il ne s'en serait pris à Tibère, son père adoptif. De même, quoique ne connaissant pas César Auguste, je ne croyais pas que celui-ci se fût défié, qu'il eût à dessein retiré Germanicus des armées du Rhin pour l'expédier en Orient – et pourquoi n'aurait-il pas également commandité sa mort ? On prête tant aux Princes en matière de vices comme de vertus !

De toute manière, Germanicus avait quitté les Gaules depuis quatre ans et ce monde depuis deux ans. On ne pouvait lui attribuer la moindre responsabilité dans la révolte du printemps dernier.

En revanche, j'étais plus que troublé en voyant revenir régulièrement le nom de Drusus, le propre fils de César Auguste Tibère (ainsi appelé en souvenir de son oncle). Des « indicateurs » anonymes signalaient que tel ou tel Gaulois, qui auparavant s'était adressé à Germanicus, avait demandé une audience à Drusus ou rencontré l'un de ses

* Germanicus mourut en octobre 19 après J.-C.

proches. Le fils complotant contre le père? Alors que, cette année, ils exerçaient ensemble le consulat éponyme? Compulsant ces documents alors que je me trouvais sous le toit impérial, je me sentais… déstabilisé. À mesure que je progressais, une véritable terreur s'empara de moi. Il était impossible que le Préfet du Prétoire n'eût pas lu ces documents et n'en eût pas tiré les conclusions qui s'imposaient. Quel jeu jouait Séjan? Ou plutôt quel rôle voulait-il me faire tenir? Je fis venir Egnatius.

– Egnatius, je dois rencontrer ton Maître.

– Mon Maître, c'est toi, Chevalier, depuis cinq jours.

– Je veux rencontrer Séjan.

– Il est parti hier. Pour la Grèce, je crois.

– Et quand rentre-t-il?

– Demande à Neptune. Pas avant plusieurs semaines.

J'étais pris au piège.

– Tu as un problème, Chevalier?

Je n'allais pas confier à Egnatius mes interrogations. La décision s'imposait: il fallait se rendre sur place, enquêter, vérifier, contrôler, acquérir des certitudes.

– Egnatius, nous partons pour les Gaules dans les plus brefs délais.

– Où souhaites-tu te rendre?

– D'abord, à Lugdunum, rencontrer le Gouverneur de la Gaule Lyonnaise. Après quoi, nous verrons.

– Comment veux-tu voyager? Nous prenons le bateau jusqu'à Massilia?

– Egnatius, tu ne me feras pas monter sur un bateau. Nos ingénieurs et les légions passent leur temps à construire des routes, profitons-en!

– Je m'occupe de tout. Pas de désir particulier?

– Non. Ou plutôt si: je souhaiterais disposer d'un secrétaire.

– Pas de difficulté. Départ dans deux jours, cela te va ?

– Parfaitement.

Le lendemain, je relus certaines des tablettes. Aucun doute : je me trouvais face à une intrigue qui dépassait de mille coudées ma modeste personne. Le fils de l'Empereur tentant de s'emparer du pouvoir ? Mais s'il s'était appuyé sur une révolte des Gaules, pourquoi celle-ci avait-elle échoué, pourquoi les légions étaient-elles intervenues ? Drusus avait-il « raté son coup », pour parler vulgairement, ou bien n'avait-il rien à voir avec cette affaire ? Avec des sueurs d'angoisse, j'imaginais les trésors de diplomatie qu'il me faudrait déployer pour tenter d'approcher la vérité.

Par Jupiter, pourquoi m'avait-on séparé de mes figuiers, de mon potager et de ma petite jument ?

– 3 –

Marcus Acilius Aviola, Gouverneur de la Gaule Lyonnaise, me fut immédiatement sympathique. Cinquante-cinq soixante ans, allure distinguée, sourire affable, aucune affectation. Il appartenait par les femmes à une illustre famille : l'un de ses ancêtres n'était autre que le fameux Sylla, le vainqueur du roi Mithridate, l'adversaire de Caius Marius – chaque petit Romain en entendait parler avant d'avoir dix ans. Je n'étais rien à côté de lui. Sauf que je me recommandais du Préfet du Prétoire, voire de César Auguste lui-même (j'ignorais en quels termes Egnatius me présentait). Aviola m'accueillit de façon chaleureuse, comme si j'étais l'un de ses vieux amis et que nous venions de nous retrouver après une longue séparation.

Étagée sur une haute colline, la résidence du gouverneur dominait Lugdunum. Un petit air frais donnait à la terrasse la température idéale pour une soirée de la mi-septembre. Mieux qu'à Rome !

– Tu es aussi stupide que moi, me dit-il. Pourquoi refusons-nous de prendre le bateau ?

– Je l'ai pris quatre ou cinq fois en Germanie, près des bouches du fleuve Rhin, et j'ai fait deux fois naufrage. Je m'en suis sorti par miracle. Ça n'inspire pas un grand enthousiasme pour ce mode de transport.

– N'empêche que, cette fois, tu aurais pu laisser ta peau dans les Alpes – heureusement à l'extérieur de ma province (il rit) !

De fait, il s'en était fallu de peu. Deux jours après avoir dépassé Augusta Taurinorum*, au moment où

* Aujourd'hui Turin.

nous franchissions un petit col, une trentaine de types armés jusqu'aux dents nous étaient tombés dessus. Par bonheur, notre escorte était composée de légionnaires aguerris. Bien que supérieurs en nombre, nos assaillants avaient déguerpi, laissant six d'entre eux sur le terrain. De notre côté, trois blessés et deux morts – dont le malheureux secrétaire que m'avait fourni la préfecture du Prétoire. Nous avions passé une journée à creuser des sépultures.

– Je ne sais combien d'années il nous faudra pour civiliser ces montagnards. À certains égards, ils sont pires que les Germains.

– Ceux qui nous ont attaqués ne ressemblaient guère à des indigènes, ils parlaient latin comme toi et moi, je les ai entendus distinctement.

– Alors, à ta place, je m'inquiéterais, me dit-il calmement. Tu peux les retrouver n'importe où sur ta route, avec des forces reconstituées, voire accrues.

Je m'étais fait la même réflexion. Mon hôte me lança un regard aigu.

– Si nous parlions sérieusement? Bien sûr, dans la mesure où tu peux me mettre au courant de ta mission.

– Je n'ai rien à cacher. Je suis chargé d'élucider les raisons de la révolte.

Il me considéra avec stupéfaction.

– La révolte, tu veux dire les Andécaves, les Trévires, les Éduens, leurs amis?

– Oui.

– Mais enfin, moi et mes collègues de Belgique et d'Aquitaine avons envoyé des rapports qui se fondaient sur des dizaines de témoignages. Lorsque César Auguste augmente les impôts, ou plutôt, non, il ne les augmente pas seulement, il décide aussi d'y assujettir des cités qui, jusqu'alors, en étaient exemptées en vertu d'anciens traités ou d'une décision du dieu César, tu t'attends à ce que les gens soient contents? Tous ces Julius ceci ou cela, ce sont les enfants ou les petits-enfants des cavaliers qui ont suivi César ou son divin fils aux quatre coins du monde, recevant récompenses et privilèges – notamment ces exemptions.

Aviola se tut, m'observant pensivement. Je comprenais fort bien le sujet de sa méditation: jusqu'à quel point pouvait-il me faire confiance? Sur sa physionomie, je vis qu'il optait pour la franchise.

– Demain, je ferai venir le procurateur financier. Il t'exposera les problèmes en détail. Entre nous...

Il hésitait.

– ... Je ne devrais évidemment pas prononcer de telles paroles..., mais, si, du jour au lendemain, toi et moi nous trouvions taxés de centaines de milliers de sesterces (voire davantage) alors que nous avions cru échapper à l'impôt pour services rendus, nous l'aurions probablement mauvaise, tu ne crois pas?

Inutile de répondre. Mon hôte vidait avec régularité sa coupe de vin, qu'un esclave remplissait aussitôt. Voilà qui facilitait les confidences.

– Loin de moi l'idée de critiquer les décisions de César Auguste, mon devoir est de les faire appliquer. Elles le sont ou le seront sous peu. Mais il y a eu un peu... de casse. Il aurait sans doute été possible de s'y prendre autrement.

– Tu connaissais les ... responsables de ces ... mouvements!

– Évidemment! Cela fait onze ans que j'occupe cette fonction.

Contrairement au divin Auguste qui avait pour politique de faire « tourner » les gouverneurs provinciaux, César Auguste Tibère les maintenait longtemps en place.

– Tu penses bien qu'une année ou l'autre, ou plusieurs années de suite, ils se sont fait élire par leur cité délégués auprès de l'Autel des Trois Provinces Gaules à Condate, à deux pas d'ici. Certains ont même ambitionné la prêtrise de Rome et d'Auguste. Je te ferai remettre demain les dossiers qu'on avait constitués sur eux.

– Qu'on avait... Parce qu'aucun n'a... réchappé?

– Bien sûr que non.

– Ils se sont donné la mort?

Il me toisa avec un peu d'ironie dans les yeux.

– Je n'exclurais pas que, par philanthropie, pour leur éviter d'inutiles désagréments, nous ne leur ayons parfois donné... un coup de main.

– Je me trompe ou tu sembles éprouver... comment dire?... de l'indulgence, de la compréhension.

– Sur le fond, je t'ai donné mon opinion. Concernant les personnes, cinq ont compté. Parmi elles, trois m'étaient indifférentes, les deux autres m'ont au contraire inspiré des sentiments... forts.

J'attendis.

– Le Trévire, Caius Julius Florus, était un salopard qui n'avait qu'une idée dans la vie: éliminer son concurrent direct, j'ai oublié si c'était son frère, son beau-frère, son oncle, tu verras ça dans le dossier (le cerveau de l'Illustre Gouverneur s'embrumait quelque peu). Ces gens-là demeurent un siècle en arrière, clan contre clan – à l'intérieur des mêmes familles!

– Donc, Florus, tu n'as pas pleuré sur son sort. Le second, c'était Julius Sacrovir, je suppose?

Il me considéra avec attention.

– Je ne t'imaginais pas aussi bien informé.

– Tout parvient à Rome! En réalité, je ne sais rien de lui.

– Difficile d'en faire le portrait. Je l'ai rencontré plusieurs fois. Nous avons déjeuné ou dîné ici même, jamais en tête à tête, il est vrai. C'était... un personnage.

– En quel sens? D'abord, quel âge avait-il?

– La trentaine, un peu avancée peut-être. Si je te dis que j'ai du mal à t'en faire le portrait, c'est qu'il était... assez difficile à cerner. Les gens n'étaient pas d'accord sur sa personnalité. Nous avons confronté nos opinions, mes collègues et moi-même, lorsque les choses ont commencé à mal tourner. Nous avions des avis différents.

– Explique.

– Moi, je l'ai toujours vu se conduire de manière civilisée, posée. J'ai même regretté qu'il n'eût pas été élu à l'Autel. Jusqu'à l'année dernière.

– Ah, enfin de l'action! Sonnez, trompettes!

Marcus Acilius Aviola me considéra avec sympathie.

– Voilà longtemps que je n'avais passé une soirée aussi agréable, rencontrant quelqu'un qui sait plaisanter à propos.

– Peut-être parce que je n'ai nul intérêt personnel dans cette affaire.

– Je suis plus âgé que toi, et peut-être un peu plus expérimenté. Permets-moi de te corriger: tu as *forcément* un intérêt personnel dans l'affaire.

– Tu plaisantes! Lequel?

– Sauver ta peau.

Il me sourit.

– Quand on sert César Auguste, un jour ou l'autre, on en arrive là.

Je m'accordai un petit moment de récupération, une coupe ou deux.

– Revenons à Sacrovir. Tu l'estimais, si j'ai bien compris?

– Absolument.

– Jusqu'au moment?...

– C'était au début du printemps. J'ai compris que Sacrovir devait présider à la révolte. Aussitôt, j'ai envoyé quelques collaborateurs faire une enquête (discrète) chez les Éduens.

– Sacrovir s'y trouvait?

– Non, il était en Germanie, à la tête de sa troupe de cavaliers.

– Et alors? Ton enquête?

– Aucun résultat. Ou plutôt des résultats contradictoires, inexploitables.

– Du genre?

– Les Éduens que mes agents avaient interrogés se partageaient en trois catégories. Première catégorie: Sacrovir était quelqu'un de parfait, puisse-t-il arriver très vite à la tête de la Cité, puisse Rome l'appeler à de hautes fonctions, etc.

L'Illustre Gouverneur reprit une coupe.

– Tu avais distingué trois catégories.
La deuxième?

– Ah oui... La deuxième: un déséquilibré, un exalté, nostalgique des anciens temps, avide de prendre une revanche, quitte à fomenter les pires complots. Tout juste s'il ne voulait pas le trône impérial.

Ces mots éveillèrent mon attention.

– Il y avait une troisième catégorie?

– Oui, peut-être la plus intéressante. Ceux qui ont refusé de parler.

– Je ne comprends pas.

– Excuse-moi de m'absenter, pas pour longtemps.
Aviola revint au bout de quelques instants, les cheveux trempés mais l'esprit plus clair et l'élocution plus précise.

– Où en étions-nous?

– À la troisième catégorie. Ceux qui n'ont pas voulu parler.

– Oui, très étonnant. « Rien à dire, je ne sais rien », comme s'il y avait un secret à dissimuler.

– Un secret... D'ordre politique, tu crois?

– Sacrovir n'était pas le type d'homme à prendre les armes, à susciter une rébellion pour défendre des intérêts financiers.

– Tu m'as exposé le contraire au début de la soirée!...

– Nullement. Je t'ai dit que la révolte en général avait été causée par... hum... l'ajustement de la... politique fiscale. Je n'ai jamais accusé Sacrovir d'avoir obéi à ce genre de motivations. D'ailleurs, il était richissime.

Je comprenais de moins en moins.

– Tu hésites à me livrer le fond de ta pensée?

– Absolument!

Il éclata de rire.

– Pour une raison simple: le fond de ma pensée ressemble au fond de ma coupe: complètement trouble.

Je décidai de ne plus lui poser de questions. Qu'il s'exprimât, si l'envie lui en venait.

– Drôle de nom, Sacrovir, tu ne trouves pas? Ça veut dire quoi? « L'homme sacré, le guerrier consacré, le mâle vénérable »? Est-ce que, chez les Éduens, ceux qui se taisent n'obéissent pas à... des craintes religieuses, superstitieuses? Tu as entendu parler des vieux cultes des Gaulois? Est-ce qu'on les a vraiment extirpés? Et puis, il y a la panthère.

Je fus stupéfait.

– La panthère?

– Pardon, Valérius, peut-être n'as-tu jamais...

– Ne me prends pas pour un ignorant. J'ai vu des panthères d'Afrique lors de plusieurs Jeux. Quel rapport avec Sacrovir?

– Mes gens ont été impressionnés par elle.

– Tu m'expliques?

– Excuse-moi. Sa sœur. Sacrovir a une sœur dont on m'a fait des descriptions hallucinantes. La beauté, la grâce, la souplesse, etc. Mais aussi la cruauté: prête à te planter ses crocs dans la gorge si tu l'indisposes.

Je me sentais un peu perdu.

– Récapitulons. À ton avis, la révolte est née des nouvelles dispositions fiscales.

– Oui.

– Mais elle a été... favorisée par des... contingences tenant à des situations individuelles. Florus chez les Trévires, Sacrovir chez les Éduens, même si tu ignores les vraies motivations.

– Oui. Au cours de l'histoire de Rome, nous avons connu des cas assez analogues. Réfléchis: ce qu'on appelle encore aujourd'hui « la conjuration de Catilina », comment la définirais-tu?

Je n'en avais aucune idée.

– De jeunes aristocrates perdus de dettes, désireux de prendre le pouvoir pour leur seul intérêt personnel? Non! J'ai lu beaucoup de documents relatifs à cette époque, surtout des correspondances que ma famille a conservées. Catilina n'était pas un ignoble intrigant, il remettait en cause une classe sénatoriale corrompue, s'élevait contre le sort des plus petits et contre celui des provinciaux.

– C'est ainsi que tu vois Sacrovir?

J'attachais d'autant plus d'importance à obtenir cet aveu que, sans aucun doute, le lendemain, le cher gouverneur l'aurait oublié. Hélas, je fus déçu.

– Je me place dans la troisième catégorie, celle qui n'a rien à dire.

Il rafla un carafon de vin de Cos.

– À demain, Valérius. Pas trop tôt. Je te ferai quérir...

Moi aussi, j'attrapai une carafe. J'avais gagné : du Falerne ! Il m'aida à m'endormir. Je fis des rêves très agités, peuplés d'animaux sauvages.

Midi n'était pas loin lorsque je retrouvai Marcus Acilius Aviola. Son immense bureau ouvrait sur un jardin où des fontaines dispensaient une merveilleuse fraîcheur. Le Gouverneur de Lyonnaise me présenta plusieurs collaborateurs, dont j'ai oublié les noms. Parmi eux, je décelai aussitôt les deux plus importants : le procurateur financier, un homme assez jeune, sec, la mine sévère (une caricature de l'emploi) et l'officier commandant la cohorte urbaine. Les autres ne prirent presque jamais la parole, se contentant de présenter des documents ou de murmurer quelques phrases à l'oreille de leurs supérieurs.

– Le Chevalier Lucius Valérius Priscus a reçu mandat de César Auguste (nous nous levâmes tous, nous inclinant), Auquel nous prions les dieux immortels d'accorder Santé, Prospérité et Gloire (nous nous rassîmes), donc, a reçu mandat (le gouverneur pinça un peu les lèvres) de faire la lumière sur... sur les... événements récemment survenus dans les Gaules.

Silence. Chacun me fixait. Le gouverneur poursuivit :

– Un entretien avec Valérius m'a démontré qu'il venait nous rencontrer sans aucune idée préconçue, n'est-ce pas, Chevalier ? De même, sa mission n'implique à notre égard nul sentiment de défiance de la part des Hautes Autorités. Il s'agit...

Je levai la main.

– S'il te plaît, quelques mots. D'abord, je suis un vieux militaire, j'ai servi avec le regretté Drusus et, plus encore, avec Germanicus (puisse-t-il reposer en paix), abandonnant la carrière des armes après la tragédie que certains d'entre vous ont peut-être vécue, comme moi, il y a une dizaine d'années.

Il y eut quelques hochements de tête.

– D'autre part, ma mère était d'Augustodunum. Elle est morte en couches. J'ajoute que je n'ai jamais mis les pieds dans sa patrie d'origine.

L'atmosphère s'allégeait.

– Le Préfet du Prétoire a considéré que ma connaissance (toute relative) de ces provinces, que mon origine, constituaient des atouts. Non pas pour élucider une affaire qui ne présente pas de grands mystères, mais pour en apprendre davantage, pour recueillir des... détails que vos fonctions vous empêchent de rechercher, car vous avez d'autres tâches à assurer. Moi, j'ai tout mon temps. Quels détails, à quoi serviront-ils? Je n'en sais pas plus que vous. Donc, nous pouvons parler librement, je vous remercie à l'avance des informations que vous pourrez me donner, j'aimerais aussi connaître vos opinions, vos jugements. Dites-vous bien que, moi, je débarque, j'ignore à peu près tout.

Naturellement peu doué pour l'éloquence, j'avais, ce jour-là, reçu une modeste inspiration de la part des Muses: mon petit discours avait porté, l'ambiance s'était modifiée, une certaine confiance s'était instaurée. La meilleure preuve, je la trouvai dans l'éclat ironique que ne pouvait dissimuler le regard du procurateur financier: un homme aussi peu dégrossi que moi ne pouvait constituer un danger.

Durant mon topo, Aviola n'avait cessé de tapoter sur la table avec ses doigts, signe d'un léger énervement. Manifestement, il tenait à diriger lui-même la séance. De fait, je m'étais à peine tu qu'il reprit la parole.

– Voilà, ce qui devait être dit l'a été, et très bien, mieux sans doute que je ne me préparais à le faire. Passons maintenant au fond. Ayant consacré une partie de la nuit à réfléchir sur la meilleure manière de procéder, je suggère de recourir à notre bonne vieille rhétorique. Commençons par le *cur* (pourquoi?), puis nous étudierons le *quomodo* (comment?) et finirons par le *quibus* (par qui?).

Il nous regarda avec satisfaction. À en juger par quelques sourires en coin, plus d'un dans l'assistance se disait *imo pectore* que les activités nocturnes de l'Illustre Gouverneur avaient dû concerner d'autres sujets que l'organisation de la réunion. Cependant, à mesure que se déroulèrent les débats, je pus constater que nul ne mettait en cause ni son autorité ni sa compétence. De fait, Aviola déploya une grande maestria. Il dut sentir rapidement qu'il me faisait impression, car non seulement il supporta mes interruptions mais il finit par les provoquer, se tournant vers moi avec un sourire interrogateur.

Abordant le *cur*, Aviola donna la parole au procurateur financier, lequel se lança dans un exposé technique sur la politique fiscale récemment décidée par César Auguste. Je n'appris rien par rapport à ce que le gouverneur m'avait dit en quelques phrases. Le procurateur présentait des pièces officielles: les ordres de Rome, les respectueuses observations des sénats de telle ou telle cité. Je m'impatientais, et Aviola le sentit.

– Je te remercie de ces observations générales, très éclairantes, n'est-ce pas, Chevalier?

J'opinai et pris la parole :

– Essayons désormais de saisir les conséquences concrètes. En supprimant ou en diminuant ces exemptions, ces... privilèges, l'effort demandé aux cités a été de quel ordre – je veux dire: léger, important, considérable?

– Plus que considérable. En appliquant les directives, j'ai dû augmenter les... les contributions de trois à cinq fois leur montant.

– Excuse-moi, je connais mal les... procédures financières. Tu reçois les ordres de Rome, tu calcules les... contributions. Après, cela se passe comment?

Le procurateur me considérait avec perplexité. Je lisais dans sa pensée: César Auguste pouvait-il confier ce genre de mission à un personnage témoignant d'une ignorance aussi stupéfiante? Il me répondit, comme à un enfant.

– Sous le sceau des Illustres Gouverneurs (je m'occupe des Trois Provinces Gaules), j'adresse aux magistrats de chaque cité un courrier indiquant le montant que celle-ci doit acquitter. À eux de le prélever et de me le faire parvenir.

– Mais, excuse-moi encore, s'ils... s'ils n'y arrivent pas?

– Les membres du sénat de la cité sont collectivement responsables. Ils répondent de la levée des impôts sur leurs biens personnels.

– Ils sont nombreux, ces... sénateurs?

– On les appelle décurions*. Cela dépend des cités. Généralement, trente à cinquante.

Je commençais à saisir. Évidemment, d'une année sur l'autre, il était impossible de multiplier par trois, quatre ou cinq les prélèvements que les « décurions » – pour l'essentiel, propriétaires terriens – imposaient à leurs paysans, qui subsistaient tout juste. L'artisanat ne rapportait pas davantage. Le commerce subissait toutes sortes de taxes.

* Littéralement « ceux qui siègent à la curie ».

Conclusion : c'était la fortune personnelle des décurions qu'il faudrait – qu'il avait fallu – ponctionner.

– J'ajoute, au cas où tu l'ignorerais, que nous avons procédé à plusieurs cens, (il se hâta de préciser) c'est-à-dire que nous avons dressé des états très précis des biens de chacun, établi des cadastres. La dernière fois, ce fut sous la conduite du regretté Germanicus, dont, moi aussi, j'ai apprécié les rares qualités.

L'Illustre Gouverneur tint à signaler que, contrairement aux précédentes, la dernière campagne de recensement s'était déroulée sans troubles, ou à peu près, en tout cas dans sa Province. Désormais, l'administration disposait de documents fiables.

– Les... directives sur les augmentations, quand ont-elles été envoyées ?

– Oh, je me le rappelle sans peine. Ce fut mon cadeau d'arrivée dans les Gaules, il y a trois ans mois pour mois.

Seul moment où le procurateur manifesta un soupçon de sentiment personnel.

– Alors, que s'est-il passé ?

– C'est à moi de répondre, dit le gouverneur. La première année, les sénats ont élevé des protestations que j'ai transmises à Rome. Mes collègues de Belgique et d'Aquitaine firent de même. L'Assemblée des Trois Provinces Gaules émit un vœu solennel, suppliant César Auguste de revenir sur ces dispositions.

– Résultat ?

– Silence pendant des mois, en dépit de mes relances. Sans doute en raison d'affaires plus urgentes... Les cités continuaient de verser les contributions habituelles, considérant que leur cas était... comment dire ?... en appel. Et puis, en octobre dernier, confirmation des mesures.

– Avec un additif, précisa le procurateur. Nous avions ordre de recouvrer deux ans d'arriérés. Je tiens à ta disposition les documents officiels.

– Inutile, je te crois sur parole. Et donc ?

– Et donc, rien du tout, ricana le gouverneur. Rien que du bonheur. (Il se reprit). Pardonne-moi. Je me rappelle le jour où j'ai reçu ce courrier. J'avais des sueurs d'angoisse : comment allais-je faire appliquer la décision de César Auguste ? Je me voyais déjà obligé de saisir les biens de tel magistrat, de jeter tel autre en prison. Par chance – loué soit Jupiter ! –, les Gaulois m'ont tiré l'épine du pied.

– En se révoltant ?

– Bien sûr. Ils ont défié l'ordre, la légalité. Nous les avons battus, ils n'ont plus qu'à obéir. Je n'ose imaginer comment nous aurions fait s'ils nous avaient contraints à recourir à la force de notre propre initiative.

Aviola arbora un vaste sourire.

– Je crois que nous en avons fini avec le *cur*. Veux-tu, Chevalier, que nous passions au *quomodo* (comment) ?

Je me demandais en mon for intérieur si le *cur* avait été réglé. À vrai dire, j'en doutais.

– Bien sûr, j'ai toujours été passionné par le *quomodo*.

– 4 –

– Le *quomodo,* déclara le gouverneur avec une certaine emphase, c'est le développement que je préfère, car il s'attache aux faits, et les faits ne donnent pas prise à la contestation. Ils ont des témoins, ils laissent des preuves matérielles.

J'en étais moins convaincu que lui, mais inutile d'engager un débat. Cette fois, Aviola se fit remettre quelques tablettes.

– Les rapports que j'ai fait parvenir à César Auguste ne manquaient pas de précision, mais je dispose ici de tous les détails, jour par jour, presque heure par heure. Évidemment, tout est à ta disposition.

– Je préfère entendre ton récit, tu sauras mieux que moi trier entre l'essentiel et le secondaire.

Il m'adressa un clin d'œil :

– Ne redoutes-tu pas que nous ne cherchions, à travers toi – ou, du moins, par l'entremise de ton rapport – à rehausser auprès de César Auguste l'éclat de nos actions? Car, je le proclame hautement, l'Administration de la Province Lyonnaise n'a... pas démérité en la circonstance.

Un murmure d'approbation parcourut l'assistance. Je ris franchement.

– Voyons les faits, j'en tirerai mes conclusions.

– Revenons à octobre de l'année dernière, lorsque je reçois les instructions sur les augmentations et sur les arriérés à percevoir. Le procurateur et moi-même rédigeons les courriers destinés aux magistrats des cités concernées. Nous avons passé près d'une semaine à nous torturer l'esprit pour inventer les formules les plus diplomatiques, prenant même sur nous de suggérer qu'il s'agissait sans doute de mesures provisoires liées au coût des campagnes dans les Germanies, lesquelles étaient avant tout destinées à assurer la protection des Provinces Gaules. Enfin, tu vois.

Le gouverneur soupira. J'apercevais les difficultés inhérentes à ces hautes fonctions, trop souvent considérées comme des sinécures.

– Les courriers partent fin octobre. Je passe le plus clair de novembre à recevoir des délégations. Aux protestations, aux supplications, je ne puis donner qu'une fin de non-recevoir. Après quoi, ce sont des dizaines de Gaulois qui me demandent audience, à titre privé, cherchant à bénéficier pour eux-mêmes d'une… « protection », d'une mesure individuelle qui les dégagerait de la responsabilité collective qui pèse sur les décurions. Le procurateur et moi-même leur opposons un refus catégorique, les renvoyant à l'arbitrage de César Auguste en personne.

Nouveau soupir du gouverneur. Sans doute pour se redonner du moral, il claqua des doigts. Des esclaves accoururent, faisant circuler des coupes de vin accompagnées de friandises.

– De jour en jour, je sentais croître l'exaspération. Mon collègue de Gaule Aquitaine me fit part d'impressions rigoureusement semblables. Nous rédigeâmes un rapport alarmant (il consulta une tablette). C'était trois jours avant les ides de décembre*.

– Je l'ai parcouru à Rome.

– Mais ce que tu n'as pas lu, c'est la réponse. Car il n'y en eut pas.

Aviola s'autorisa un silence, plus éloquent que tout commentaire. On aurait entendu voler une mouche.

* Le 10 décembre.

– Durant tout décembre, s'accumulent les informations. Des réunions quasiment séditieuses se tiennent dans plusieurs cités. Non pas en secret, au contraire, en plein jour, en présence de décurions, voire de magistrats.

– Le thème, évidemment, c'était l'augmentation des contributions ?

– Les orateurs commençaient par là. Rome saignait leur cité à blanc, il allait falloir emprunter pour retarder (jusqu'à quand ?) une ruine inéluctable. Ensuite, ils dénonçaient l'échec de tous les processus légaux, l'indifférence ou la morgue que les gouverneurs, y compris moi-même, avions opposées à leurs démarches. Puis, venait un troisième argument, fort intéressant.

– L'appel aux armes ?

– Non, pas encore. Un exposé sur l'état d'esprit des légions stationnées sur le Rhin. Il tenait en deux points. Primo : la mort de Germanicus avait démoralisé les troupes, leur loyalisme à l'égard de Rome faiblissait de jour en jour. Secundo : dans ces légions ou à leurs côtés, les Gaulois étaient nombreux – il était facile de mentionner les noms de pères, de fils, de frères, de cousins. Prendraient-ils les armes contre leurs concitoyens, contre leurs parents ? Comme tu l'as dit, la péroraison consistait en un vibrant appel à la révolte.

– Et donc, tu as décidé d'entrer en action ?

L'Illustre Gouverneur fit une petite grimace de désapprobation.

– Chevalier, ne va pas trop vite. À mesure que je recevais ces rapports, j'étais de plus en plus frappé par l'identité des arguments et par l'ordre immuable selon lequel ils se déployaient.

– Tu veux dire que... tout était concerté ?

– Comment croire à des coïncidences ? Deux fois peut-être, pas cinq, six ou sept. J'en discutai (il fit un large geste) avec mes collaborateurs, puis avec mon collègue de Gaule Belgique. Nous tombâmes d'accord : derrière ces mouvements, il y avait un organisateur – ou des organisateurs. Selon moi, plutôt un seul.

– Vous aviez des soupçons ?

– Non, hélas. Du moins, rien qui tînt la route. Mais, à partir de la fin décembre, nous étions aux aguets.

Je tentai de dissimuler l'admiration que suscitaient en moi les capacités intellectuelles et le flair politique de Marcus Acilius Aviola.

– Cela dit, complot ou pas, restait à étouffer la révolte dans l'œuf, si tu me permets cette métaphore un peu banale.

Le gouverneur consulta une tablette.

– Chevalier, je vais continuer mon exposé avec l'aide de Hérennius, qui dirige la cohorte urbaine.

La cohorte urbaine avait été instituée à Lugdunum pour protéger l'atelier monétaire, mais elle assurait aussi d'autres tâches, disons de police générale, débarrassant telle région ou telle route des bandits qui l'écumaient, répondant à l'appel des magistrats de telle cité en butte à des difficultés internes – bref réglant des conflits d'ampleur modeste. Cependant, ses membres étaient des « professionnels » admirablement entraînés et équipés, une élite – un peu, *mutatis mutandis,* comme la garde prétorienne de César Auguste.

Hérennius devait avoir à peu près mon âge. Pas très grand, larges épaules, cheveux très courts, une bouche étonnamment mince, pratiquement dépourvue de lèvres, une sorte de trait de sabre lui traversant le visage. Son regard s'appesantissait sur l'interlocuteur, comme pour lui transmettre sa pensée – il est vrai que l'éloquence n'était pas son fort. Nous nous étions mutuellement jaugés en silence, et avions deviné notre appartenance à la même race.

Le gouverneur reprit la parole.

– Avant d'entrer dans le vif du sujet, Chevalier, je voudrais – quitte à me montrer un peu… insistant – te faire comprendre la situation dans laquelle nous nous trouvions au début de l'année. Il y a à peine neuf mois, si l'on y réfléchit.

Cette remarque incita Aviola – dont l'exemple fut largement suivi – à boire deux coupes d'un vin de Grèce, patrie de la philosophie et donc des exercices réflexifs.

– Lorsque César Auguste, ou du moins ses services, ne répondent pas à nos courriers, lorsqu'ils ne réagissent pas à nos signaux d'alerte, il nous revient de prendre des initiatives. Dans les limites de nos compétences et aussi de nos moyens. Surtout de nos moyens. Or, de quelles forces disposent les gouverneurs des Trois Provinces Gaules ? La réponse, tu la connais : rien en Gaule Aquitaine, rien en Gaule Belgique. Ici, en Lyonnaise, la cohorte urbaine. À peine cinq cents hommes.

– Mais tu pouvais t'adresser aux légats des Germanies ? Ce ne sont pas les légionnaires qui leur manquent.

Aviola plissa les yeux et fit une moue que je dirais méprisante.

– Naturellement, je les avais fait informer de mes… inquiétudes. Ils m'ont répondu, par courrier, que je devais surestimer des événements sans importance.

Son pincement de lèvres laissait comprendre à quel point la réponse lui avait paru grossière et, surtout, stupide. Faute de pouvoir exprimer ouvertement l'antipathie que lui inspiraient les deux légats, le gouverneur se contenta d'une formule lapidaire :

– Le sens politique n'a pas été donné à tous. Ni la clairvoyance.

Ses collaborateurs arboraient un large sourire. Aviola jouait sur le velours : les événements avaient démontré sa clairvoyance et son « sens politique ».

– Donc, je me retrouvais seul. Persuadé qu'il fallait intervenir au plus tôt. Mais comment ? Dans ces difficultés, j'eus la chance de bénéficier des remarquables suggestions de Hérennius, auquel je donne la parole.

Pris à l'improviste, Hérennius demeura silencieux un long moment. Le connaissant bien, tous attendirent. Il finit par se racler la gorge.

– Hum, eh bien, avec le gouverneur et quelques autres, on a étudié la situation. On avait une liste de cités, mais on ne savait pas exactement lesquelles étaient prêtes à passer à l'action. Alors, j'ai proposé d'appliquer les deux principes qu'on m'a appris dans ma jeunesse. Je suppose que le Chevalier les connaît aussi bien que moi.

– « Principe numéro un : faire un exemple ».

Il étira sa bouche bizarroïde. Sans doute sa manière de sourire.

– Tout à fait. Comme nos forces n'étaient pas... très nombreuses, j'ai cherché dans la liste la cité la plus petite, enfin... la moins renommée, la moins redoutable.

– Et la plus éloignée, selon le principe numéro deux ?

Hérennius hocha la tête. Voilà qui me rappelait d'anciens temps. « Si vous vous en prenez d'abord aux ennemis les plus proches, d'autres vous tomberont dessus, venus de l'arrière. Commencez par les plus lointains, puis resserrez le cercle ». Ainsi s'était exprimé le regretté Drusus, et le jeune militaire que j'étais alors avait plus d'une fois expérimenté la pertinence de ces recommandations.

Le gouverneur intervint.

– Une cité semblait réunir les deux conditions. Celle des Andécaves*. Tu vois où c'est?

– Sur le fleuve Liger, pas loin de l'Océan, non?

– Bravo! Il n'en est guère de plus éloignée de Lugdunum, à part celles des Namnètes, des Vénètes et des Osismes** – qui, elles, ne bougeaient pas. Donc, nous avons décidé de lancer la cohorte urbaine contre ces Andécaves.

– À en croire le rapport que j'ai lu à Rome, tu as pris toi-même la tête de l'expédition?

L'Illustre Gouverneur manifesta un léger embarras, vite dissipé.

– Je ne pense pas l'avoir laissé entendre, ou alors pour simplifier le récit, de même que le dieu César écrivait « César fit un pont sur le Rhin ». Non, Hérennius conduisit la cohorte, mais nous étions évidemment en constante relation, des courriers faisant nuit et jour l'aller et retour. Hérennius, raconte, je te prie.

– Eh bien, il nous a fallu à peu près deux semaines pour arriver là-bas. On ne nous attendait pas. Ce fut la panique. Nous nous sommes emparés de la capitale sans coup férir, ou presque. Pendant quelques jours, nous avons subi les attaques de malheureux cavaliers ou de bandes courageuses mais sans organisation. La plupart ont été tués, alors que je n'ai eu à déplorer que quatre pertes et quelques blessés légers. Selon les instructions du gouverneur, j'ai... interrogé les magistrats. Nous avons visité les résidences rurales de certains... opposants que nous avons capturés ou qui ont

* L'Anjou actuel.

** Autour de Nantes (Namnètes), de Vannes (Vénètes) et le Finistère (Osismes).

préféré se donner la mort. Tout fut liquidé en moins d'un mois.

Le gouverneur reprit la parole.

– C'est alors (il consulta une tablette), oui, exactement aux kalendes de mars*, que je me rendis sur place. Je tins mes assises officielles, prononçant les condamnations qui s'imposaient, remplaçant les magistrats félons, constituant un nouveau sénat, bref restaurant l'ordre Romain.

Je n'ignorais pas que l'ordre Romain avait pour symbole la pourpre écarlate – la couleur du sang. Mais à qui la faute?

Il y eut un moment de silence. Aviola cherchait ses mots.

– Chevalier, j'en arrive à... un épisode un peu... délicat, que je n'ai pas transcrit dans mes lettres officielles, car il m'a semblé inutile d'importuner César Auguste avec certaines... difficultés qui peuvent naître entre ses fidèles serviteurs. Mais j'aimerais, nous aimerions tous (les assistants le regardaient fixement, espérant qu'il irait jusqu'au bout) te les exposer. Tu en feras ce que tu voudras.

Une coupe pour l'Illustre Gouverneur.

– Hérennius, te rappelles-tu notre entretien le soir de mes assises?

– Comme si j'y étais encore. Tu m'as demandé mon avis sur la suite des opérations. Je t'ai dit qu'il fallait battre le fer pendant qu'il était chaud. Le sort des Andécaves étant réglé, nous devions nous lancer contre leurs voisins, les Turons**.

– Tu te faisais fort de les mettre à raison, eux aussi?

– Je prévoyais un peu plus de difficulté, mais rien d'insurmontable.

* Le 1er mars.
** La cité de Tours.

– Nous en étions là, dit Aviola, je m'étais donné deux ou trois jours de réflexion. Alors, se présente à moi un officier de l'armée du Rhin.

Il leva les yeux au ciel. Manifestement, il n'avait toujours pas digéré l'affaire qu'il allait m'exposer.

– Il se déclare envoyé par le Légat de Germanie Inférieure, Caius Visellius Varro. Le nom te dit quelque chose?

– Oui, je l'ai connu il y a... au moins vingt ans. Il était pas mal âgé. Je ne l'aurais pas cru encore vivant.

Le gouverneur se contint pour ne pas donner son sentiment, à savoir que Pluton faisait du mauvais travail, laissant sur cette terre des êtres dégénérés dont les humains se passeraient volontiers.

– C'est lui qui avait cosigné, avec son... son homologue de Germanie Supérieure, la lettre – tu te rappelles? – qui m'accusait d'avoir inventé des dangers imaginaires.

– Je ne saisis pas. L'officier t'apportait un nouveau message?

– Non. Il débarquait, si j'ose dire, avec une demi-légion et une aile de cavalerie. Pour m'aider.

– Il avait reçu des ordres de César Auguste?

– Nullement. Le bruit de notre expédition s'était (évidemment) répandu jusqu'au Rhin.

Pas besoin d'être Aristote pour comprendre. Les légats de Germanie redoutaient de s'être mis en faute en ignorant les avertissements du gouverneur de la Lyonnaise. En outre, les hostilités s'étant déclenchées, ils ne pouvaient laisser à la misérable cohorte urbaine la gloire d'avoir mis fin à la révolte.

– Donc, tu es passé chez les Turons? Avec ces renforts... inattendus...

– Oui, et je n'en tire nulle vanité. Je n'aime guère les massacres.

Aviola fit une moue dégoûtée.

– Il est vrai que je n'ai jamais combattu contre les Germains. Mais voir ces brutes égorger ou poignarder des jeunes inexpérimentés ou des vieux plus ou moins tremblotants, je n'ai pas apprécié. Hérennius, il y eut combien de morts?

– Je dirais deux à trois mille. Sans parler de ce qui s'est passé dans les campagnes.

– Selon leurs habitudes, ils flanquaient le feu partout. Comment veux-tu remettre de l'ordre avec de tels procédés? Lorsque j'ai tenu mes assises, il ne subsistait que onze décurions, tous pétris de haine car, en dépit de leur fidélité, leur famille, leurs proches, leurs paysans avaient été massacrés par… nos amis. Superbe réussite.

Comment César Auguste aurait-il pu déceler dans les rapports qu'il recevait (« la révolte des Turons a été réprimée ») la cruelle – et absurde – réalité que je découvrais moi-même?

– Alors, qu'as-tu fait?

– J'ai tenté, tant bien que mal, de restaurer un minimum d'organisation. Le procurateur financier (il lui adressa un signe de la tête) a fait quelques gestes: on allait aider à la reconstruction de certains monuments, étaler les impôts sur plusieurs années. Mais je suis reparti très pessimiste.

– Reparti? Tu veux dire, à Lugdunum?

– Évidemment. J'ai chargé l'officier de Varro de transmettre mes plus chaleureux remerciements à son chef. Sans son aide – ai-je écrit ou à peu près –, les choses se seraient sûrement passées différemment. Désormais, je n'interviendrais plus, la cohorte urbaine se cantonnerait à sa mission officielle. Les misérables mouvements dont j'avais, par erreur, signalé l'éventuelle existence avaient été éradiqués par cette sublime intervention. Etc.

L'assistance s'amusait, appréciant le « numéro » du gouverneur. Il avait dû donner à sa lettre la plus large diffusion.

– Et alors?

Une lueur sardonique traversa son regard.

– Et alors, ces deux... (il pensait si fort qu'on devinait: imbéciles ou incompétents)... ces deux éminentes personnalités ont vu la foudre s'abattre sur leurs têtes innocentes. Les plus grandes cités prenant les armes. Les Trévires, les Séquanes, les Éduens – les Éduens, nos plus anciens alliés!

Je tenais à dépasser son ironie, tout explicable qu'elle fût.

– Tu crois que, si l'on t'avait laissé faire, les choses se seraient calmées?

– Demande son avis à Hérennius.

– Hérennius?

– Chevalier, j'ai l'expérience des troubles. Sans en être sûr, je pense que, en réprimant avec fermeté et justice le soulèvement (partiel) des Andécaves et des Turons, nous aurions dissuadé les autres cités.

– Donc, selon toi, l'intervention des troupes de Germanie a attisé la révolte?

– Tu me demandes une appréciation que je ne suis ni en droit ni en mesure de donner.

Sa réponse valait affirmation. Le mutisme de tous les assistants allait dans le même sens. Pour des raisons probablement différentes, chacun sentait que des vérités s'étaient exprimées ou, en tout cas, esquissées.

L'Illustre Gouverneur mit fin à cette étrange méditation collective.

– Nous en avons fini avec le *quomodo*. La suite, tu l'apprendras des légats de Germanie, si tu le souhaites. Mais je n'oublie pas le *quibus*: par qui?

Son œil pétillait.

– Sans vouloir me flatter, je crois avoir été le premier à deviner quelle était l'âme du complot. Car je reste persuadé que complot il y avait, entre Gaulois, évidemment. Une nouvelle fois, je dois partager avec Hérennius le lustre de cette découverte. Hérennius, le soir de la bataille contre les Turons, que m'as-tu appris?

Hérennius hésitait.

– Ce sont plus des impressions que des certitudes. Des impressions que l'on ressent au combat.

J'intervins:

– Parle, Hérennius, je te comprendrai sûrement.

– Eh bien, la cavalerie gauloise que nous avait envoyée le Légat de Germanie Inférieure était commandée par un chef dont j'appris ensuite le nom: Sacrovir. J'ai vite remarqué que lui et ses hommes... comment dire?... retenaient leurs coups, contrairement aux fantassins qui massacraient sans état d'âme. Les cavaliers fonçaient, virevoltaient, mais semblaient faire des... des simulacres. Évidemment, je ne suis sûr de rien, cela va si vite.

Le gouverneur fronça les sourcils:

– Hérennius, tu m'as donné une autre indication?

– Oui (il hésita). Je crois – je n'en jurerais pas –, je crois avoir vu Sacrovir jeter de lui-même son casque à terre, et combattre ensuite tête nue.

– Comme s'il voulait être reconnu?

– C'est ce que j'ai pensé.

La conclusion s'imposait: Sacrovir jouait double jeu, combattant en apparence dans les armées de Rome mais épargnant ses compatriotes et étant épargné par eux. Cela dit, le massacre des Turons ne plaidait guère en faveur d'une telle hypothèse. Laquelle fut d'ailleurs mise à mal par une intervention qu'Aviola n'apprécia guère. Une voix s'éleva.

– Très Illustre Gouverneur, me donnerais-tu un instant la parole?

– Bien sûr, Pansa. Qu'as-tu à dire?

– J'ai combattu ce jour-là, Hérennius le certifiera. À un certain moment, avec une dizaine de camarades, nous nous sommes trouvés au milieu de rebelles Gaulois. Se produisit alors une grande agitation. Un cavalier casqué déboula avec quelques autres. Tous hurlèrent : « Sacrovir, Sacrovir avec nous, nous vaincrons!! ». Nous en profitâmes pour nous replier, mais je ne pus esquiver un coup.

Il se toucha l'épaule qui devait le faire encore souffrir.

– Première fois que j'entends ce récit, déclara Hérennius. (À mon adresse) Pansa vient juste de nous rejoindre après une longue convalescence, c'est mon meilleur adjoint.

Aviola avait écouté en affichant un air sceptique, comme s'il soupçonnait le dénommé Pansa d'avoir perdu ses facultés mentales.

– Sacrovir avec les Romains ou avec les Gaulois, tête nue ou casquée. ... Hum... Et... le cheval?

– Une bête superbe, à la robe immaculée, dit Hérennius.

– Pas du tout, répliqua Pansa, une robe tirant sur le roux avec des taches brunes.

Le gouverneur trancha.

– Faiblesse des témoignages humains!... Je reviens à mon propos initial. Avant même le début du printemps, j'étais persuadé que, derrière ces révoltes, il y avait un homme, un seul, et qu'il s'appelait Caius Julius Sacrovir.

Il tourna lentement la tête, me fixant dans les yeux.

– C'est alors que j'ai, une nouvelle fois, décidé d'intervenir. Avec l'aide, inestimable, du procurateur financier.

Le gouverneur se rafraîchit. Je commençais à entrevoir certains mécanismes de l'administration impériale. Ces deux-là (le Gouverneur de la Lyonnaise et le procurateur financier qui avait autorité sur les Trois Gaules), ces deux-là s'entendaient admirablement, ils mettaient en commun leurs réseaux. Détestant les légats des Germanies, ils s'étaient probablement mis d'accord pour les desservir auprès de César Auguste.

– Donc, convaincu du rôle éminent de Sacrovir, j'ai décidé de lancer une enquête chez les Éduens. Sous quel prétexte? Le procurateur et moi avons pensé que la meilleure stratégie consistait à envoyer quelques agents chargés d'étudier les conséquences financières des... des nouvelles dispositions dont nous avons abondamment parlé.

– Des agents du fisc?

– Oui, deux ou trois, et puis... des auxiliaires... moins spécialisés, si tu vois ce que je veux dire.

Je voyais.

– Résultat?

– Plein de tablettes, dont nous allons te remettre le double. La biographie de Sacrovir. Ce qu'en ont dit les Éduens qui furent interrogés. À toi d'interpréter.

– L'un des... enquêteurs est-il présent ici?

Le gouverneur fut pris au dépourvu. Un grand type dégingandé leva la main.

– *Ave,* lui dis-je. Comment t'appelles-tu?

– Quintus Vibenna.

– Je consulterai les rapports, évidemment. Mais je préfère les témoignages directs. Donc, tu étais à Augustodunum?

– Avec une douzaine d'autres.

– Alors, qu'avez-vous fait?

Le malheureux regrettait d'avoir levé la main, il tournait les yeux vers le gouverneur et le procurateur financier, lesquels demeuraient impassibles. Chacun des mots qu'il allait prononcer pouvait lui causer les pires ennuis. Mais il était intelligent.

– Nous avons exécuté les ordres.

Excellent exorde, qui le dédouanait. Acilius Aviola esquissa une ombre de sourire, appréciant la réponse – en tout cas, au plan intellectuel.

– Raconte, s'il te plaît.

– Oh, il y a tant à dire, je ne sais par où commencer.

– Juste ce qui t'a frappé, toi. Si tu avais une seule chose à mentionner?

Il réfléchit.

– Si l'Illustre Gouverneur permet... Je suis né en pays étrusque.

Hésitation. L'Illustre Gouverneur tapotait de nouveau sur la table.

– Nous avons des dieux et des héros un peu... particuliers. L'un d'entre eux – je veux dire: un héros – possède un don. Il peut, au même moment, se trouver à plusieurs endroits. On appelle ça l'ubi... euh...

– Ubiquité, dit Aviola avec agacement.

– Voilà. Eh bien, à Augustodunum, c'est ce que l'on m'a dit de Sacrovir. Il avait reçu de ses ancêtres, qui étaient des genres de prêtres gaulois, des dons extraordinaires, et notamment l'ubi... quité.

Le gouverneur et le procurateur semblaient consternés. Je pris la parole en les regardant l'un et l'autre.

– Je trouve ces propos très intéressants. Ils recoupent le récit de Pansa. Je ne veux pas dire qu'il faille les prendre au premier degré. Mais pourquoi écarter l'hypothèse que Sacrovir se soit fait une telle réputation? Comment procède-t-il, c'est une autre affaire. Vraiment, je te remercie, Vibenna.

Chacun vit que je parlais sérieusement.

– Si les dieux le veulent, j'éclaircirai ces mystères. Mais revenons au mois d'avril. Sacrovir est démasqué, si j'ose dire. Tu en informes Rome?

Le gouverneur opina.

– Absolument. J'envoie un courrier exposant mes soupçons. (Il chercha une tablette). En voici la copie, si elle t'intéresse.

– Et les légats des Germanies? Tu les as mis au courant?

Aviola haussa légèrement les sourcils.

– L'idée ne m'en est pas venue. Rome les renseignerait, ai-je pensé.

Une créature ailée survola la salle. Elle s'appelait Hypocrisie. L'assistance buvait du petit-lait.

– Dès lors, conclut le gouverneur, je considérai avoir fait mon devoir.

La séance fut levée. Suivirent des moments agréables dans le vaste salon où Marcus Acilius Aviola nous régala non seulement de boissons et de nourritures, mais aussi de spectacles de danses et de mimes. Peu habitué à de telles réjouissances, j'avoue que j'y prenais un très grand plaisir et ne pensais à rien d'autre, lorsque je sentis comme une espèce de pesanteur sur ma nuque. Je me retournai vivement. Ils n'eurent pas le temps de changer d'attitude. Le Très Illustre Gouverneur de la Gaule Lyonnaise et le Procurateur Financier des Trois Gaules se murmuraient à l'oreille tout en me fixant avec un double regard qui n'avait rien de tendre. Je crus y déceler de la crainte, en tout cas une grande méfiance.

Ils me sourirent chaleureusement et vinrent me rejoindre.

– 5 –

– Par tous les dieux, Chevalier, s'exclama Egnatius en me rejoignant dans la voiture, tu as cambriolé les archives du gouvernement provincial !

Effectivement, plusieurs paquets de tablettes ficelées entre elles encombraient les deux bancs de cuir. Elles nous laissaient quand même assez d'espace pour nous installer à l'aise.

– Remercie l'Illustre Gouverneur. C'est à lui que nous devons cette agréable compagnie. Son ultime cadeau vient de m'être apporté : le procès-verbal de la réunion d'hier. Comme je ne disposais pas de secrétariat, il a fait travailler le sien toute la nuit pour me fournir un double.

Egnatius prit place en face de moi.

– Euh, Chevalier, je ne te l'ai pas proposé parce que j'ai peur de ne plus être à la hauteur, mais..., mais, lorsque j'étais jeune, Lucius Aelius Sejanus me faisait parfois tenir son secrétariat. Je ne me débrouillais pas trop mal. Cela devrait revenir assez vite.

– Merci, Egnatius, je ne dis pas non.

De fait, en certaines circonstances, il pouvait être préférable que les notes fussent prises par un homme de confiance, plutôt que par les agents de celui ou de ceux que j'interrogerais.

L'attelage s'ébranla. Trois voitures transportaient, outre moi-même, les serviteurs et les bagages. J'avais salué les légionnaires qui nous escortaient à cheval, sous les ordres d'un centurion jeune et plein d'allant.

– Alors, Egnatius, notre itinéraire ?

– Le plus simple. Nous allons remonter l'Arar par Matisco et Cabillonum* en suivant la voie tracée par

* L'Arar : la Saône, Mâcon et Chalon-sur-Saône.

le Très Noble Agripa. À Cabillonum, nous obliquerons pour rejoindre Augustodunum.

– Parfait.

– Euh, Chevalier, tu m'autorises une question?

– Évidemment.

– Avant que tu ne me donnes tes instructions, je pensais que tu aurais souhaité te rendre chez les Trévires.

– Pourquoi?

– Eh bien, parce que... la vraie révolte a éclaté chez eux, non? Je veux dire, après les premières... étincelles chez les Andécaves et les Turons.

– Étincelles, le mot est faible, à en croire les récits que j'ai entendus hier!

– Peut-être, mais chez les Trévires, ce fut autre chose, non?

Egnatius m'agaçait. Non, le terme « agacer » n'était pas exact. J'avais l'impression de me sentir en état d'infériorité, il m'obligeait à me justifier. Depuis plusieurs années, j'avais perdu l'habitude de rendre des comptes. D'un autre côté, je n'allais pas lui intimer l'ordre de se taire, ou même ne pas lui répondre, ce que la différence de nos conditions m'autorisait évidemment. En réalité, il me fallait admettre que, pour l'intellect, les connaissances et la culture, Egnatius ne me le cédait en rien. Pas facile.

– Pardonne-moi, Chevalier, de t'énerver avec mes questions.

Je le regardai avec stupéfaction.

– Ça se voit à ce point?

– Tu as une physionomie très mobile.

Je le fixai en souriant, mais avec sérieux.

– Oui, je l'avoue, Egnatius, il arrive que tu m'énerves. Tu es trop... sensé, réfléchi, organisé..., je ne sais comment dire.

– Chevalier, si tu étais issu d'un ergastule, entouré d'êtres plus proches des animaux que des hommes, tu comprendrais peut-être. J'ai dû acquérir certaines... qualités qui, parfois, tournent en défauts. Et puis, je l'avoue, la Préfecture du Prétoire n'arrange personne, tous ceux qui lui appartiennent se sentent investis d'une mission... presque divine.

– Alors, tu joues à quoi? Tu me protèges comme la déesse Athéna protégeait le sage Ulysse, ou Vénus notre illustre Enée?

– Ne plaisante pas. Les ordres qu'on m'a donnés, c'est de t'apporter toute l'aide possible, te décharger de tous les soucis matériels afin que tu accomplisses ta mission. Mais également, lorsque je le puis, te fournir des informations dont tu pourrais... ne pas disposer.

– Après les milliers de documents que j'ai ingurgités à Rome, je vois mal ce qui me manquerait. Je souffre plutôt d'un excès d'informations.

Il me fixa calmement.

– En es-tu certain?

– Tu penses à quoi?

– Prenons un exemple. Tu viens de passer deux journées à Lugdunum avec le gouverneur et le procurateur financier. Quelle impression t'es-tu forgée de l'un et de l'autre?

– La meilleure.

– Explique, s'il te plaît.

– J'ai trouvé leur attitude à la fois correcte et courageuse. Transmettant les protestations des cités face aux augmentations d'impôts, appliquant ensuite les décisions de César Auguste, tout en essayant de trouver des solutions.

– De remarquables représentants de Rome, n'est-ce pas?

Je me demandais où il voulait en venir. D'une petite sacoche noire, il tira une tablette.

– Chevalier, voici l'un des documents que tu as éliminés lors de ton séjour à Rome. Je te le lis.

« À César Auguste Tibère Impérator, que les Dieux Immortels Te protègent, Toi et Ta Chère Famille, ainsi que l'Empire. *(etc.)*.
Je tiens à Te signaler combien, nous, décurions de la cité des Turons, avons été surpris lors de l'audience que nous a accordée le VIe jour avant les Ides de novembre l'Illustre Gouverneur Marcus Acilius Aviola. Loin d'entendre nos protestations, il nous a proposé de nous avancer le montant des nouvelles contributions selon un taux de six pour cent par mois. Le procurateur financier nous a indiqué que ces conditions, très favorables, ne pourraient être maintenues à partir de janvier, où le loyer de l'argent passerait probablement à sept ou huit ».

Je t'épargne la suite.

– Six pour cent *par mois*?

– Oui. Les usuriers de Rome font davantage, mais pour de petites sommes.

J'étais abasourdi, me rappelant Aviola exprimant le regret profond qu'il ressentait en appliquant les consignes de César Auguste.

– Chevalier, tu découvres la lune. Je ne vais pas t'assommer avec d'autres documents. En avril dernier, il y eut à Rome quelques ventes de propriétés qui ont fait sensation. Deux d'entre elles peuvent t'intéresser. Elles ont atteint des millions de sesterces. L'une sur l'Aventin, une autre, à Baïes*, près du domaine de César Auguste. Qui a remporté les enchères?

Les acquéreurs n'étaient autres que mes amis de la veille, ceux qui se murmuraient à l'oreille.

– Merci, Egnatius. Tes informations me laissent... perplexe. On en reparlera. Je n'ai pas oublié ta question: pourquoi nous rendons-nous chez les Éduens plutôt que chez les Trévires? Pour plusieurs raisons.

Je ne savais laquelle je produirais en premier. Je décidai d'être sincère.

* Dans le golfe de Naples, près de Cumes, lieu de résidence « chic » pour les aristocrates de Rome.

– À vrai dire, ma mère étant éduenne, j'ai pensé que, même si je n'y connais personne, je trouverais peut-être dans cette cité des… des interlocuteurs… favorables. Je me fais sans doute des illusions.

À voir sa mine, Egnatius en semblait convaincu.

– La deuxième raison, c'est que les légats des Germanies, ceux qui ont vaincu les Trévires, les Séquanes et les Éduens, ont établi un camp près d'Augustodunum. Par eux, nous apprendrons le détail des événements sans avoir à nous rendre sur place.

– Ils s'y trouvent eux-mêmes?

– Aviola l'ignorait. Tu as des informations, toi?

– Aucune. Je sais qu'un camp surveille la région, mais j'ignore qui commande.

– J'ai répondu à ta question?

– Parfaitement: tu fais l'économie de déplacements inutiles, c'est la sagesse. Bravo, Chevalier!

Le rythme régulier de l'attelage invitait à fermer les yeux et à se laisser gagner par la somnolence. Brusquement, une inquiétude me saisit.

– Egnatius?

– Oui?

– Aviola sait que nous nous rendons à Augustodunum.

– C'est toi-même qui l'as informé. À juste titre, d'ailleurs: nous circulons dans sa province.

– Tu as discuté de notre itinéraire avec ses collaborateurs?

– Naturellement. Ils ont tout prévu, envoyant dès l'aube des émissaires prévenir les magistrats des cités, afin que te soit réservée l'hospitalité due à ta personne et… à Celui que tu représentes ici.

La « mobilité » de mon visage dut laisser transparaître mon insatisfaction. Egnatius se permit un petit rire.

– Inquiet, Chevalier?

– Non, non… Disons… ennuyé.

– Pourquoi, si tu permets?

– D'abord, je n'ai guère envie d'être accueilli par les cités, je préfère une certaine… discrétion. Et puis… après ce que tu m'as révélé…

Dans le regard d'Egnatius, je décelai une lueur d'amusement.

– Du misérable que je suis, recevrais-tu avec indulgence l'aveu d'une… stupide erreur?

Qu'avait-il mijoté?

– Deux itinéraires conduisent de Lugdunum à Augustodunum: celui que nous suivons, et l'autre, plus direct mais un peu plus accidenté. Or, je viens subitement de m'en rendre compte: j'ai indiqué aux collaborateurs de l'Illustre Gouverneur ton intention d'emprunter… le second. Quelle bêtise! Ma pauvre tête!…

Il réussit à prendre une mine penaude, qui me fit éclater de rire.

– Egnatius, tu aurais dû te faire comédien, tu as des dons incroyables!

Il s'autorisa un sourire joyeux, comme un gamin après la réussite d'une bonne farce. Je réfléchissais.

– Donc, on va nous attendre et on ne nous verra pas arriver.

– Chevalier, tu t'en fiches sidéralement. Tu fais ce que tu veux. Tu n'as pas besoin d'être populaire auprès de tous les décurions des Provinces Gaules, ni même auprès des légats de César Auguste.

– Ah oui, Séjan m'avait cité une maxime…

– « Qu'ils me haïssent pourvu qu'ils me craignent », c'est ça? Il la sort sans arrêt.

– Il m'avait même dit le nom de l'auteur, j'ai oublié.

– Quelqu'un de très intéressant, Chevalier. Notre plus grand poète tragique: Lucius Accius. Il est mort il y a environ un siècle. Je crois qu'on a conservé une quarantaine de ses pièces. Au fait, et Catulle?

– Je n'ai pas eu le temps de m'y plonger, mais je compte sur ce voyage!

Notre convoi fit halte. La voie longeait l'orée d'une forêt. Sous un grand arbre, deux esclaves installèrent une table et un siège à mon intention. Depuis deux ou trois semaines, l'effet de surprise s'était dissipé. La table, pliante, avait des pieds de bronze en forme de pattes de lion, sa surface était faite d'une marqueterie de marbre représentant le rapt de Ganymède. En dépit de l'ombre fournie par le superbe hêtre, ils montèrent un parasol. Plus loin, à l'écart de ma vue, une planche fut hissée sur des tréteaux: la table des légionnaires. Comme d'habitude, Egnatius avait disparu, probablement pour ne pas avoir à refuser de partager mon déjeuner.

Prenant seul mes repas depuis des années, j'avais contracté l'habitude de lire en mangeant, ma main droite s'occupant de la nourriture et de la boisson, tandis que la gauche maniait tablettes ou (rarement) *volumina*. Victorinus et sa concubine, mes vieux serviteurs, disposaient la table en respectant la spécialisation des deux côtés, tout en pestant contre cette sale manie qui, à les entendre, m'empêchait d'apprécier la qualité des mets, sans compter que je me détraquais probablement l'estomac. Ici, nul n'allait ronchonner. Je me fis apporter les tablettes, sélectionnai le paquet portant l'étiquette « Julius Sacrovir », coupai la cordelette, et... la petite mécanique se mit en marche, mes deux mains s'agitant indépendamment à la quête de nourritures... de genres différents.

Une voix s'éleva derrière moi.

– Étonnant, Chevalier! Il y a peu, tu me complimentais pour mes dons de comédien, mais, moi, j'ai l'impression d'assister à un numéro de jonglage, voire de magie!

– Tu as fini de déjeuner, Egnatius?

– Oui, et je venais m'enquérir de tes intentions. Reprenons-nous la route, ou bien nous accordons-nous un peu de repos?

– Tout dépend de la distance qu'il reste à parcourir avant l'étape.

– Oh, une quinzaine de milles, à peu près. Rien ne nous presse.

– Eh bien, que tous se reposent! Par ces chaleurs, une bonne sieste... Moi, je profiterai de l'ombre de ce hêtre magnifique.

– Très bien. Bon appétit! Puisse ce repas satisfaire et ton ventre et ton cerveau!

Pour le ventre, pas de problème. Les cuisiniers d'Aviola avaient bien fait les choses. Poularde en gelée, fourrée d'escargots et de petits légumes au jus de truffe, d'une exquise fraîcheur. Dans mon coin de campagne italien, il était exclu de se procurer de la glace, on ne mangeait frais qu'en hiver (et encore). Un serviteur me demanda s'il devait couper le vin avec de l'eau à température ou de l'eau glacée. J'optai pour l'eau glacée!

Vous riez, mes héritiers? Évidemment, vous qui me connaissez, me voyez mal évoluer dans le monde du luxe, vous m'imaginez peu à l'aise, voire perdu. Eh bien, vous avez tort. À mesure que passaient les jours, je ne m'y sentais pas si mal – ou plutôt, je m'étais déterminé à en expérimenter les avantages. C'était peut-être la seule récompense [*que me vaudrait cette mission (?)*]

Lacune correspondant à environ deux pages et demie de cette édition. L'humidité a effacé la partie initiale d'un *volumen.*

Cette lacune est difficile à combler. On supposerait volontiers que Valérius, après avoir – peut-être – décrit

les autres mets qui lui avaient été servis, avait « attaqué » le dossier consacré à Julius Sacrovir, dont nous savons qu'il se composait, au minimum, d'une biographie et des minutes relatives aux témoignages recueillis par les envoyés du gouverneur de la Lyonnaise. Mais la lacune est trop courte pour que l'auteur ait pu offrir autre chose qu'un rapide survol, s'abstenant de toute citation développée.
Toujours est-il que nous retrouvons Valérius dans sa voiture, apparemment seul et perdu dans ses pensées.

[*Comment les choses pouvaient-elles changer (?)*] si vite? Sous le règne du divin Auguste, j'avais parcouru à cheval des milles et des milles sur la voie du Très Noble Agrippa (en réalité, on devrait dire les voies, mais peu importe). À l'époque, on circulait sans difficulté, croisant de temps en temps un convoi de marchandises, un détachement militaire ou une voiture particulière. Pratiquement pas de piétons. Cette fois, j'avais l'impression de me trouver sur la voie *Appia,* la *Cassia* ou l'*Aemilia* à proximité de Rome! Les chariots tirés par des mules formaient des files que les cavaliers ou les voitures peinaient parfois à dépasser car, en face, le trafic était aussi fourni. Probablement, me dis-je, l'accroissement de notre présence militaire sur le Rhin, ces dizaines de milliers d'hommes qu'il fallait approvisionner. Et puis, l'extension du commerce civil, les richesses de la Gaule partant vers la Méditerranée, celles de l'Italie se répandant dans les cités d'ici. Les auberges – des plus luxueuses aux simples gargotes – avaient poussé comme des champignons. Le plus surprenant pour moi, c'était le nombre de piétons. Quelques files d'esclaves enchaînés par le cou qu'on menait au marché de Lugdunum, des paysans portant des légumes ou des fruits, ainsi que ces personnages improbables qui signifient par leur seule présence qu'une région est entrée dans le monde « civilisé »: saltimbanques, astrologues, prêtres d'on ne sait quels cultes orientaux, etc. Les filles qu'on envoyait aux légionnaires avaient plus de chance: entassées dans des charrettes, elles n'avaient pas à user leurs semelles. Doublant l'un de ces « transports », j'eus droit à des quolibets... auxquels ma vieille expérience des camps me permit de répondre avec éloquence, recueillant des applaudissements nourris et des suggestions pleines de délicatesse.

Me rendant compte à quel point m'envahissait la nonchalance, je décidai de réagir et pris enfin la décision: saisissant le coffret étiqueté « Catulle, Poésies », j'en défis les attaches, ouvris le premier *volumen* et commençai ma lecture.

Mes chers lecteurs (si j'en ai), peut-être trouvez-vous curieuse cette insistance. Quelle raison avais-je de lire Catulle, sinon quelques échanges, à Rome, avec Egnatius et Séjan, et la curiosité qu'ils avaient éveillée en moi? Il faut croire qu'une puissance autre qu'humaine me poussait, sans doute pour m'inciter à déceler des messages, des avertissements, au sein de poèmes pourtant si limpides en apparence. Rétrospectivement, que de regrets! Pourquoi cet aveuglement? Mais les événements en eussent-ils été modifiés?

Les trois ou quatre pièces que proposait le premier *volumen* me parurent, de prime abord, d'une simplicité un peu... bé-bête. Heureusement, je ne me fiai pas à cette trop rapide impression. Relisant, refléchissant, je découvris des subtilités à la fois mélodiques, linguistiques et sentimentales qui me ravirent. J'allais reprendre ma lecture, lorsque la voiture s'arrêta. Je jetai un coup d'œil par la fenêtre: nous débouchions dans la cour d'une vaste auberge.

Des serviteurs se précipitèrent, m'installant sur une litière (pour franchir moins de trente pas!) et me déposant avec solennité devant une espèce de géant, plié en quatre et agitant ses membres supérieurs avec frénésie.

– Bienvenue, bienvenue, Homme Nobile, moi heureux t'habitationner dans ici. Entrasse, entrasse, le mangeaille bientôt.

– Inutile de répondre, me souffla Egnatius, tu ne saurais rivaliser avec une langue aussi élaborée.

L'immense aubergiste, s'étant relevé, me considérait avec un bon sourire. Je me crus obligé de le remercier de cet accueil.

– Content de te connaître. Merci de tes mots de bienvenue.

Il secoua la tête avec ravissement.

– Pigeant total.

J'en déduisis qu'il avait tout compris. Ce genre de langage ne m'étonnait pas, j'avais entendu bien pire dans la bouche de nos auxiliaires gaulois sur le Rhin. J'étais même étonné qu'un simple aubergise maîtrisât autant de mots. Qu'il se débrouillât moins bien avec les verbes, je n'allais pas lui en faire reproche, moi qui ai toujours connu les pires difficultés avec les subjonctifs et les participes.

Egnatius suivait, tandis que les serviteurs me menaient à ma chambre.

– Chevalier, tu ne disposeras que du confort minimum, mais je te garantis que le dîner ne te décevra pas.

– Mieux vaut cela que l'inverse.

La chambre n'était pas si mal. Une baignoire me permit de me rafraîchir avant le repas.

Lorsque je descendis, le colosse m'attendait au pied de l'escalier. Il m'adressa son sourire éclatant.

– Tricliniant ou tabulant, Vir Nobile?

Mon cerveau mit quelques instants à comprendre. Non, je ne voulais pas de triclinium, je préférais m'asseoir devant une table, comme je faisais chez moi midi et soir.

– Tabulant, je te prie.

– Optimiste.

La salle à manger était divisée en deux, la partie haute organisée à la romaine avec trois *triclinia,* le reste regroupant des tables et des fauteuils. Un *triclinium* était occupé par trois jeunes couples qui, manifestement, ne savaient comment s'y conduire. Ils s'amusaient, gloussant comme des dindons, faisant souvent tomber les portions disposées dans douze ou vingt plats. Le bon géant venait de temps en temps leur dispenser des plaisanteries qui les enchantaient. C'est cela que leur apportait Rome? Dîner dans la posture horizontale? Je les regardais, les écoutais: oui, eux ils parlaient un latin relativement correct, et pourtant ils n'appartenaient pas à l'aristocratie, leurs parents devaient être commerçants, pas de minables boutiquiers, évidemment.

Ces méditations furent interrompues par l'arrivée solennelle d'un petit cochon de lait enduit de miel et fourré à je ne sais quoi de merveilleusement odorant. Deux serviteurs portaient l'animal sur un grand plat d'argent, tandis qu'un troisième veillait sur un plateau où les légumes d'accompagnement encadraient une superbe aiguière en vermeil emplie d'une sauce mordorée.

– Bon appétit, Nobile Homme, tonitrua l'aubergiste en essuyant avec son tablier les gouttes de sueur qui dégoulinaient de son front. Spécialization de Maison moi. Inventation *mater* de *mater*.

Qu'elle eût réellement inventé la recette ou qu'elle l'eût perpétuée après l'avoir elle-même reçue, la grand-mère avait eu un coup de génie. Un vrai régal que je regrettais seulement de ne pas partager : il est tellement plus agréable de commenter, en compagnie choisie, les délices du goût… En outre, je m'étais interdit de prendre une quelconque lecture, si bien que ce repas ne m'offrait pas tous les plaisirs qu'il eût pu m'apporter. Je m'amusais cependant à suivre le jeu de l'aubergiste. Il s'était dissimulé (croyait-il) derrière une colonne, et, de temps à autre, tendait la tête pour m'observer. Manifestement, il accordait une extrême importance au degré de satisfaction dont je témoignerais. Je décidai de jouer à mon tour, prenant successivement des mines de désapprobation, puis des expressions ravies, ou feignant de penser à autre chose. C'est presque en tremblant qu'il vint desservir ma table.

– Quoi pensîtes de cochonceté, Vir Nobiliste ?

– Excellent, remarquable, exquis, merveilleux.

Je multipliais les adjectifs, espérant que, dans la liste, l'un ou l'autre appartiendrait à son vocabulaire.

Je ne pus apprécier l'efficacité de ma manœuvre. Egnatius, suivi de quelques légionnaires, dévalait les marches, en hurlant :

– Chevalier, vite, à la voiture !

– Qu'est-ce qui se passe ?

– Pas le temps, viens.

L'aubergiste battait des bras, l'air affolé :

– Payer, payer… La note !

Sur ces mots-là il ne commettait nulle erreur. Egnatius lui jeta une bourse, puis nous nous précipitâmes dans la première voiture, que le conducteur fit démarrer aussitôt. Je vis que nos légionnaires partaient, à cheval, dans la direction opposée.

– Egnatius, vas-tu m'expliquer ?!

– Sacrovir serait à nos trousses. Enfin, aux tiennes.

– 6 –

Mon essoufflement calmé, luttant contre la fureur d'avoir été bousculé de la sorte, je dus regarder Egnatius avec peu d'indulgence, car il leva la main, d'un air accablé.

– Je sais, je sais, Chevalier.

Il secouait la tête d'un air si pitoyable que ma colère se dissipa.

– Vas-y, je t'écoute.

– Pendant que tu... dégustais ton porcelet, deux voyageurs sont arrivés, très agités. Ils ont fait à l'aubergiste un récit que j'ai entendu, car je discutais avec lui du repas de nos légionnaires. Il cherchait manifestement à me rouler, il...

– Egnatius!...

– Oui, les deux voyageurs. Comme nous, ils venaient de Lugdunum par la même route, sauf qu'ils l'avaient parcourue deux ou trois heures plus tard. Donc, les deux types racontent que, à six ou sept milles d'ici, ils ont doublé une troupe de cavaliers qui faisaient boire leurs montures et qui se restauraient eux-mêmes à un relais.

– Rien d'extraordinaire.

– Chevalier, s'ils étaient aussi excités, c'est parce que, au milieu des cavaliers, ils avaient vu... Sacrovir.

– Ils le connaissaient?

– Oui, tous les deux sont Éduens.

– Et ils ignorent qu'il est mort il y a je ne sais combien de semaines?

– Pas du tout. C'est bien pour cette raison qu'ils se trouvaient hors d'eux.

Mon air furieux sembla le chagriner.

– Chevalier, je suis chargé de veiller sur toi, je ne puis me permettre de te faire courir le moindre risque. D'où ce départ… précipité.

– Egnatius, même si tu es d'Étrurie, mère de toutes les superstitions, tu ne crois quand même pas à de telles sornettes? Sacrovir possédant, outre le don d'ubiquité, le pouvoir de renaître de ses cendres comme l'Oiseau Phénix? Et puis quoi encore?

– Chevalier, j'ai des ordres. Je t'ai gâché ton dîner, j'en suis navré. Ai-je eu tort ou raison? Nous le saurons peut-être demain, ou peut-être jamais. Pour l'heure, il s'agit de trouver une autre auberge encore ouverte.

Nous trouvâmes. Le lendemain, les légionnaires nous rejoignirent: il ne s'était rien passé. Egnatius s'abstint cependant d'exprimer le moindre regret. Je décidai de le bouder un peu, et profitai de la suite du voyage pour: 1) regarder les paysages; 2) expérimenter la gastronomie régionale; 3) progresser dans la lecture de Catulle. Ces trois points méritent quelques mots d'explication.

Pour les deux premiers, j'irai vite. J'entrais en pays éduen, la patrie de ma mère. Ma mère que je n'avais pas connue, dont mon père ne m'avait rien dit. Son mutisme ne m'avait pas inspiré une particulière attirance pour la région. Il m'aurait été facile de m'y rendre lorsque je servais en Gaule Belgique ou dans les districts de Germanie, mais l'envie ne m'en était jamais venue. Cette fois, j'éprouvais une certaine curiosité, due à ma mission, évidemment, mais peut-être aussi au sentiment de solitude qui m'envahissait de temps en temps: plus de parents, pas d'épouse, pas d'enfants. Les chevaux, les arbres ou les légumes ne remplissent pas une vie. Au fond, quelle chance d'avoir été choisi par César Auguste (ou par Séjan) pour cette aventure, si modeste fût-elle ! Donc, j'observais ce pays qui était un peu le mien, appréciant une harmonie qui n'excluait nullement la variété, comme je devais m'en apercevoir en quittant la vallée de l'Arar pour m'enfoncer vers l'intérieur. Quant à la gastronomie, j'avais décidé de profiter au maximum de la bourse de César Auguste, m'offrant les meilleures auberges – et donc les meilleures tables, c'est-à-dire celles qui, au lieu de se lancer dans l'imitation servile de la cuisine romaine ou grecque – disons celle qui règne sur les rives de Notre Mer –, avaient conservé et, plus encore, exalté les traditions de leur cité, comme le petit cochon de lait rôti, farci d'herbes et arrosé de substances mystérieuses que j'avais dégusté la veille.

Enfin, Catulle. À mesure que je progressai dans la lecture, il m'ensorcela. Pire encore, je tombai amoureux de sa « belle », de son amante chérie : Lesbia. Je n'ignorais pas que Catulle avait quitté ce monde depuis sept ou huit décennies, et que Lesbia – si elle avait existé – n'avait guère dû lui survivre. Mais tel est le pouvoir du poète : vous faire croire que cette femme est là, que vous la rencontrerez, que vous lui adresserez à votre tour des vers passionnés.

> « Donne-moi mille baisers puis cent,
> Puis mille autres et cent encore,
> Et encore mille et encore cent !
> Et quand nous nous en serons donné des milliers
> Nous brouillerons le tout pour en perdre le compte. »

ou encore :

> « Il est pour moi l'égal d'un dieu
> Ou si possible supérieur,
> Celui qui, près de toi sans cesse,
> Te voit, t'écoute,
> Douce rieuse qui me rends fou.
> Malheur de moi ! à peine t'ai-je,
> Lesbia, aperçue, que je suis

Resté sans voix,
Langue engourdie, membres irrigués
D'un feu sournois, oreilles
Bourdonnantes, voiles tirés
Sur mes prunelles... »

Et puis, je tombai sur le poème consacré à Egnatius (ou plutôt, l'un d'entre eux, car j'en lus un autre peu après). Celui auquel il avait fait allusion à propos de ses dents blanches et du nom dont Séjan l'avait doté. Étant un peu fâché contre lui, je ne me privai pas de rire de bon cœur :

« Egnatius, parce qu'il a les dents blanches,
Sourit à tout bout de champ. Si l'on vient voir un accusé
Au tribunal, tandis que l'avocat nous tire des larmes,
Il sourit. Si devant le bûcher d'un fils aimant on se recueille,
Tandis que pleure la mère, privée de son unique enfant,
Il sourit. Quoi qu'il arrive, où qu'il se trouve,
Quoi qu'il fasse, il sourit ; c'est une maladie
Ni de bon goût, me semble-t-il, ni de bon ton.
Il faut donc que je t'instruise, cher Egnatius :
Si tu étais Romain, Sabin ou Tiburtin,
Un parcimonieux Ombrien ou un Étrusque obèse,
Un natif de Lanuvium, noiraud avec de grandes dents,
Ou bien un Transpadan, pour parler aussi de mes congénères,
Ou n'importe qui, qui se lave les dents avec soin,
Je ne voudrais quand même pas que tu souries à tout bout de champ ;
Car rien n'est plus bête que rire bêtement.
Mais tu es espagnol ; en terre celtibère,
Chaque matin on prend sa pisse
Pour s'en frotter les dents jusqu'à s'en rougir les gencives,
De sorte que plus vous avez les dents éclatantes,
Plus cela veut dire que vous avez bu du pipi. »

J'étais ravi. Je m'empressai d'apprendre ces quelques vers : ils pourraient me servir ! Du coup, ma rancune s'envola, et je décidai de me rabibocher avec Egnatius, qui, après tout, n'avait fait que son travail en me faisant quitter précipitamment l'Auberge du Colosse Éloquent (ainsi avais-je décidé de la dénommer, au cas où j'y repasserais).

Donc, le midi du troisième ou quatrième jour (j'ai oublié les détails chronologiques), alors que nous approchions d'Augustodunum, nous fîmes halte pour un déjeuner en pleine nature, et se déroula le rituel : table et parasol pour moi, service particulier, ce que j'ai décrit précédemment. Cette fois, je fis venir Egnatius.

– J'aurais plaisir à te voir partager mon repas, Celtibère aux dents blanches !

– Ah, ça y est, tu y es arrivé ! Tu ne m'aurais pas préféré en Étrusque obèse ou en Ombrien parcimonieux (c'est-à-dire radin) ? Ou bien, peut-être as-tu l'intention de te suicider et souhaites-tu que je rie de toutes mes dents lorsque tu accompliras le geste fatal ?

Nous nous sourîmes. Il consentit à s'asseoir en face de moi. Les pâtés, les jambons et les saucisses disparurent rapidement.

– Amoureux de Catulle, Chevalier, si j'ai bien compris ? Toi aussi, tu t'es fait prendre par le sortilège !

– Amoureux, oui, mais de Lesbia – pas de Catulle. J'ai découvert qu'elle était la femme de ma vie.

Egnatius me regarda bizarrement.

– C'est vrai ?

– Qu'est-ce qui est vrai ?

– Lesbia… t'attire ?

– À un point fou. Alors que je ne sais même pas si elle a existé. Mais… ce que lui écrit Catulle, ou ce qu'il en dit, c'est exactement ce que je voudrais écrire à une femme, ce que j'aimerais penser d'elle.

– Tu n'as pas encore tout lu.

De nouveau, un regard étrange.

– Egnatius, par rapport à toi, je suis peu cultivé, je le reconnais. Si tu peux m'instruire, vas-y, je t'en serai reconnaissant.

– J'en suis moins sûr que toi.

– Que veux-tu dire?

– Tu es en train de découvrir un grand poète. Il t'enchante. Il t'a communiqué son amour pour une sublime créature. C'est merveilleux, non? Ne cherche rien d'autre. Sinon, tu ne recueilleras que des déceptions, des amertumes.

Je me sentais de plus en plus intrigué.

– Pourquoi? Ça s'est mal passé entre eux?

Egnatius soupira.

– Tu veux vraiment que je te dise le peu que je sais?

– S'il te plaît.

– Premièrement, c'est un jeu. Catulle fait de la poésie comme, toi, tu fais de l'escrime ou de l'équitation. Il est archi-doué, il devient une célébrité, d'autant qu'il peut cogner, ridiculiser. Personne ne le croit lorsqu'il joue l'amoureux transi.

– Il n'aime pas Lesbia?

Egnatius leva les yeux au ciel.

– Dans ces milieux-là, personne n'aime personne. C'est un exercice littéraire qui amuse les aristocrates. En outre, Catulle était un esprit non seulement brillant mais... provocant. Tu as lu ce qu'il a écrit contre certains amis du dieu César?

– Non, pas encore.

– Alors, je reviens à Lesbia. Ce nom, la « femme de Lesbos » (l'île grecque), il le lui a donné parce qu'il admirait passionnément la poétesse de Lesbos, la grande Sapho, celle qui a inventé la poésie lyrique*. Tu vois, il y a déjà toutes sortes de références savantes dans ce simple nom.

* Sapho naquit à la fin du VIIe siècle avant J.-C. dans l'île de Lesbos.

– Mais… cette Lesbia – même si c'est un… pseudonyme –, elle a existé?

– Bien sûr, et à l'époque, chacun a compris de qui il s'agissait.

– Tu m'expliques?

– Elle s'appelait Claudia, elle appartenait à l'une des plus grandes familles de Rome. Son frère, Publius Claudius, se fit adopter par un plébéien, changea son nom en Clodius, tout cela pour devenir tribun de la plèbe et jouer un rôle politique important. C'est lui qui envoya Cicéron en exil. Tu te rappelles?

Malheureusement, l'exil de Cicéron m'était parfaitement inconnu.

– Donc, Lesbia, c'était cette Claudia?

– Oui, une femme séduisante, pleine d'entregent, épouse d'un Sénateur célèbre. On lui attribua de nombreux amants – parmi lesquels, si j'ose me permettre, Egnatius lui-même…

– Ah, ah, je te félicite!

– Mais la rumeur publique ne lui connaissait qu'un seul amour.

– Catulle?

– Non, Chevalier. Son frère. (Il précisa) Son frère à elle. Le Claudius devenu Clodius. Si tu lis bien Catulle, tu déchiffreras… certaines allusions.

– Son frère! À l'époque, ce fut un scandale?

– Je ne sais pas trop, je ne crois pas. Le scandale, c'était moins l'inceste que la trajectoire de Clodius, que l'on considérait comme une sorte de Catilina, un agitateur qui avait recruté des bandes armées, qui tentait avec elles d'influer sur les élections. Il finit par se faire occire.

– Qui l'a… occis, comme tu dis?

– Oh, ces années-là, il y avait des bandes rivales (payées par des hommes politiques) qui cherchaient à terroriser Rome. Clodius a été tué par les hommes de main d'un certain Milon. Tu connais?

– Non.

– Peu importe. Pour en revenir à ta Lesbia: elle s'appelait Claudia, elle était amoureuse de son frère, lequel a tenté de semer le plus grand désordre. Voilà, tu sais tout.

Je me sentais assez satisfait de ces informations. Elles n'entamaient en rien l'image que je m'étais forgée de ma Lesbia à moi. Tant mieux si celle de Catulle se nommait Claudia, c'était une autre. Quant à des relations entre frères et sœurs, les dieux de l'Olympe nous avaient fourni tous les exemples possibles d'accouplements entre parents, y compris les plus proches.

Egnatius interrompit ma réflexion.

– Chevalier, je suis ravi que Catulle t'ait charmé. Mais demain nous arrivons à Augustodunum, il ne s'agira plus de poésie. Tu as défini une stratégie, tu sais comment tu veux procéder? J'attends tes ordres. Que faisons-nous?

– Les légats de Germanie ont laissé une garnison. Envoie quelqu'un prévenir de notre arrivée.

– Tu comptes demander l'hébergement?

– Excellente question! Je ne sais pas, je n'y ai pas réfléchi. Faisons comme si.

– Entendu, Chevalier, je donne les instructions.

Le voyage reprit. Cet après-midi-là, je ne poursuivis pas ma lecture. Je rêvassais, partagé entre la contemplation des paysages et l'évocation d'une Claudia-Lesbia à laquelle je prêtais successivement les dons les plus sulfureux et (à mon égard) la plus exquise tendresse. L'objet de ma mission me paraissait fort loin. Lorsque j'y repense, ces quatre ou cinq jours entre Lugdunum et Augustodunum ont constitué une petite merveille de calme – en dépit de la fausse alerte à l'auberge. Dès le lendemain, c'en était fini.

Je ne m'étais pas attendu à de telles dimensions. À vue d'œil, le camp avait été conçu pour au moins deux légions et leurs auxiliaires. Il occupait presque entièrement une vaste plaine et nous avions, pour le rejoindre, quitté notre route. J'avais décidé de me présenter, non pas en voiture, mais à cheval, comme il convient pour un ancien officier. Et alors, surprise!

En tête du petit groupe qui m'attendait au pied de la porte principale, je reconnus... mon vieux camarade Publius Attius Marinus avec lequel j'avais partagé des années de vie militaire. Nous nous étions mutuellement sauvé la peau trois ou quatre fois, mais notre amitié s'était également forgée lors de soirées ou de « virées » moins risquées – du moins, à court terme. Je sautai à terre et me précipitai vers lui.

Nous nous donnâmes l'accolade avec un plaisir intense.

– Bienvenue à toi, Noble Envoyé de César Auguste!

– Publius, par quel miracle?...

– Je t'accueille au nom du Très Illustre Légat de Germanie Supérieure qui m'a confié le commandement de ce camp. Laisse-moi te présenter mes collaborateurs.

Échange de salutations. Puis il me prit par le bras:

– Si cela ne t'ennuie pas de marcher un peu...

– Au contraire.

Nous empruntâmes la voie principale du camp. Il était aussi ému que moi.

– Quel bonheur de te revoir, après... après combien?

– Pas loin de douze ans, j'en ai peur.

– Plusieurs fois, quand je suis passé par Rome, j'ai tenté d'obtenir de tes nouvelles. On m'a dit que tu étais retourné à la vie sauvage, vivant dans une grotte reculée, entouré de bêtes féroces et te nourrissant de racines.

– Toujours le mot pour rire, je vois.

– Sérieusement, si j'avais imaginé te retrouver à Augustodunum !

Je lui racontai, sans entrer dans les détails.

– Nous aurons amplement l'occasion d'évoquer ma mission. Mais, toi ? Qu'es-tu devenu ?

– Eh bien, j'ai pris des années, sans parler des cicatrices supplémentaires.

De fait, il avait pas mal vieilli, on le voyait à ses cheveux courts tirant sur le blanc et surtout à la démarche qui avait perdu sa souplesse. Mais le regard malicieux des yeux marron lui conservait un petit air d'adolescence. Nous avions la même taille et à peu près la même stature. De dos, on nous confondait souvent.

– Toujours la Germanie ?

– Mon pauvre, je pourrais t'en décrire le moindre marais, j'appelle chaque arbre par son nom.

– Les arbres ? Avant, c'était plutôt les femmes ! Mais, dis-moi, si tu commandes à ce camp, c'est que tu es devenu un personnage important...

Il sembla embarrassé.

– Oh, j'ai eu la chance de réussir quelques bricoles.

Je savais qu'il ne servirait à rien de l'interroger sur les « bricoles », que les armées du Rhin avaient dû considérer comme des exploits et qui lui avaient valu, probablement, de flatteuses promotions. Il ajouta :

– Comme tu vois, c'est aux trois quarts vide. Le légat est reparti il y a deux semaines avec l'essentiel des troupes, me laissant juste cinq cohortes et une trentaine de cavaliers.

De fait, le camp faisait une drôle d'impression, avec autant d'espaces libres et, de loin en loin, un conglomérat de tentes qui devaient abriter chacune des unités.

– Tu n'as pas regroupé les cohortes?

– Bof, ce serait du travail inutile. Chaque jour, nous attendons l'ordre de repartir vers les riants horizons de la Gaule Belgique ou des Germanies.

Mes vieux instincts reprenaient le dessus:

– Mais comment peux-tu défendre un camp aussi étendu? Ta fortification fait au moins un millier de pas, non?

– Défendre contre qui? Contre les chiens errants? Il n'y a même pas de loups. Nos troupes les cantonnent de l'autre côté du Rhin avec leurs congénères à deux pattes.

Nous arrivions en vue des quartiers de commandement, eux aussi installés sous tente, mais de vastes dimensions. J'en déduisis deux choses:

1) le Très Illustre Légat qui s'était installé en ces lieux tenait à ses aises;

2) il avait considéré qu'il n'y passerait pas beaucoup de temps, sinon il eût fait construire ses quartiers en dur – au moins en bois ou en torchis.

– Tu auras les appartements du légat, me dit Publius.

– Ce n'est pas toi qui les occupes?

– Priorité à l'Envoyé de César Auguste!

– Tu sais, Publius, sans être retourné à la vie sauvage, je n'ai pas pris le goût du luxe, je vis très simplement.

– J'aurais été déçu d'apprendre le contraire.

Le Très Illustre Légat de Germanie Supérieure avait d'autres tendances. Sous une enfilade de tentes, il s'était aménagé l'équivalent du rez-de-chaussée d'une magnifique *domus*. Se succédaient salons, salles à manger, salles de réunion, espaces en plein air, et trois chambres dont la plus petite représentait dix fois la mienne. Sur les sols, il avait fait disposer des dallages de marbre ou des mosaïques, des tapisseries ornaient les parois, et, un peu partout, de grands candélabres de bronze ornés de sculptures portaient des lampes à multiples becs.

– Cela t'ira, Chevalier?

J'étais stupéfait. Publius se mit à rire.

– Je vois que tu ignores les... nouvelles habitudes. Une question: est-ce que l'Envoyé de César Auguste peut encore tolérer mes mauvaises plaisanteries?

– Dis toujours. Au moins, cela nous rajeunira.

– Ce n'est pas moi qui l'ai inventée. Évidemment, tu connais le nom de notre légat.

– Oui, Caius Silius Largus, si je me rappelle bien.

– Tu en oublies la moitié: Caius Silius Aulus Caecina Largus! Rien que cela. Donc, la plaisanterie qui court, c'est que, à sa naissance, il était si malingre que ses parents ont cherché à lui conférer de l'importance en multipliant les surnoms, et surtout en lui donnant celui, l'ultime, de Largus. Tu ne l'as jamais rencontré?

– Non, je ne crois pas, j'en suis même sûr.

– Il nous arrive à l'épaule. Toi ou moi le porterions sur notre dos en courant, sans nous en apercevoir, sinon à la fin de la journée, au moment de nous déshabiller.

– Et tu sers sous les ordres d'un type de cet acabit? Je te plains.

– Attention. Ce n'est pas n'importe qui. Il est d'une intelligence... extraordinaire, il sait manier les hommes, quitte à les opposer entre eux pour mieux gouverner. Stratégiquement, il est capable d'inventer des plans ahurissants, qui marchent à peu près toujours. Mais sa petite taille le pousse à l'excès, il se sent obligé de démontrer qu'il est le plus fort. Il lui faut, la nuit, quatre femmes, quand, toi, tu te contenterais d'une ou deux. Pour ses « appartements », c'est pareil. Comme tu vas en profiter, tu ne peux que lui en savoir gré.

– Où sont les quatre femmes?

Il rit.

– Tu en auras vingt, si tu veux.

– Ce n'est plus de mon âge. Disons dix ou douze, que nous partagerons, comme au bon vieux temps.

– Ouais... Il est loin, le bon vieux temps.

– Pourquoi tu dis ça?

– C'est compliqué à expliquer. Tu passes l'essentiel de tes jours à t'emmerder dans des cantonnements, à entendre la pluie tomber et à patauger dans la boue. Tu instruis des recrues qui comprennent à peine ce que tu leur dis. Si tu dois combattre, bonjour les manœuvres que nous exécutions aveuglément, toi et moi! L'art de la guerre, la discipline des légions, les principes de base, tout cela c'est du passé. Tu arrives à peine à contrôler des énergumènes qui viennent d'un peu partout – surtout des Gaulois.

– Arrête. Nos légions ne se défendent pas si mal, il me semble. Ici même, vous en avez donné la preuve.

Il haussa les épaules. Les serviteurs déchargeaient mes bagages sous les ordres d'Egnatius. Je présentai celui-ci à Publius:

– Le Préfet Séjan a mis Egnatius à ma disposition. Il organise mon voyage et me sert à l'occasion de secrétaire. Il logera auprès de moi.

– Ce n'est pas la place qui manque.

– As-tu besoin de moi, Chevalier? demanda Egnatius.

– Je ne crois pas. Publius, qu'as-tu prévu?

– Que nous déjeunions ensemble, en tête-à-tête. Les choses officielles viendront après.

– Eh bien, tu peux disposer, Egnatius.

– Va voir Sédatus, dit Publius, il vous servira un repas.

Au lieu d'utiliser l'un des *triclinia* de l'Illustre Légat, Publius me fit déjeuner sous l'auvent d'une tente relativement modeste mais bien orientée. Nous jouissions à la fois de l'ombre et du soleil.

– Très Noble Émissaire de César Auguste, j'ai longuement hésité. Allais-je te faire servir des œufs d'esturgeon ou des mamelles de truie? J'ai préféré évoquer de vieux souvenirs.

– Est-ce que je devine, Publius? Ce serait merveilleux!

Effectivement, je me retrouvai plus jeune de quinze ou vingt ans, à l'époque où tous les deux profitions d'une permission pour aller nous régaler dans une auberge tenue par un vieux couple. Lui avait servi sous nos ordres avant de se retirer, sa concubine était redonne*. Ils confectionnaient de fines galettes cuites à la perfection puis légèrement frites, sur lesquelles on déposait, à volonté, des charcuteries, des œufs, des légumes, des fromages, arrosant le tout de sauces variées. Je vis s'approcher avec ravissement de petites tables roulantes qui portaient les ingrédients que j'avais en vain cherchés à me procurer en Italie.

– Tu n'as pas changé, Publius. Une vieille bourrique... pleine de délicatesse.

– Bon appétit! Tu vas aussi goûter ce vin et me dire ce que tu en penses.

Au premier abord, le vin en question me parut bizarre, un peu plus fruité et moins corsé que ceux

* De la cité des Redons, autour de l'actuelle Rennes, en Armorique.

que je buvais habituellement. Puis, je lui trouvai un caractère... intéressant.

– Pas mal du tout. D'où vient-il? Il n'est sûrement pas italien, encore moins grec.

– Notre Illustre Légat, qui se pique de tant de choses originales, a décidé, voilà six ou sept ans, qu'il poserait la devinette à ses visiteurs. Ce vin, il le fait venir de la région entre Arausio et Vienna*. Évidemment, nul ne trouve. Comment imaginer qu'on ait planté des vignes en de telles contrées?

– Moi, je n'aurais pas deviné.

– Pourtant, même ici, en pays éduen, le vignoble commence à se développer, notamment sur les coteaux qui bordent l'Arar. Si tu avais poursuivi ta route vers le septentrion, tu aurais sûrement aperçu des vignes. Les premiers essais semblent satisfaisants, m'a-t-on dit. Si César Auguste maintient notre légat dans ses fonctions, j'en goûterai peut-être bientôt!

La dégustation des galettes nous occupa pas mal de temps, accompagnée de l'évocation de souvenirs qu'il est inutile de mentionner ici. Je n'éprouvais aucune envie d'en venir *ad rem*, mais il le fallait bien. Je soupirai profondément.

– Publius, tu as compris quel plaisir tu viens de me procurer. Merci.

Il me regarda, saisissant que nous allions changer de sujet.

– À tes ordres.

– Je suis chargé de rédiger un rapport pour César Auguste. Je vais devoir interroger plein de gens. Tes collaborateurs, les magistrats éduens – je compte d'ailleurs sur toi pour me conseiller. Mais, avant tout, et – si tu le souhaites – sous le sceau

* Orange et Vienne.

du secret, j'aimerais que tu me donnes ton impression à toi.

J'eus l'impression de voir ses traits se figer.

– Je puis te parler comme à n'importe qui d'autre. Dans la mesure où je suis informé, ce que je ne saurais garantir.

– Vas-y.

– En détail?

– Non, au contraire, en quelques phrases. Les détails, on verra plus tard.

– Je ne sais pas trop par où commencer. (Il hésita, puis se lança) Moi, je n'ai jamais eu une grande confiance dans les Gaulois.

Je me rappelai qu'il avait connu pas mal d'histoires difficiles avec des Gaulois (affaires d'argent) et des Gauloises (affaires de... disons de cœur). Je décidai de l'aider en l'interrogeant.

– Quand as-tu appris la révolte des Andécaves et des Turons?

– Jamais.

– Jamais?

– Non. Nous avons su qu'il se passait des choses chez les Trévires, ce qui ne m'a guère étonné. Tu as connu Julius Florus, toi?

– Pas du tout.

– Moi, je l'ai vu deux ou trois fois. Une espèce de cinglé, qui venait hurler auprès du légat à propos des affaires de sa cité. Dont nous n'avions rien à faire, puisqu'elle se trouve en Gaule Belgique.

– Qu'est-ce qu'il disait?

– Il se plaignait de son cousin ou arrière-cousin, Julius Indus, qui servait dans nos armées. Il l'accusait de se livrer à des manœuvres souterraines, d'abuser de son influence, de ses amitiés avec Rome, je ne sais quoi. Le légat l'envoyait paître, lui disant de s'adresser à son collègue de l'Inférieure. Mais il rétorquait que celui-ci ne voulait pas l'entendre. Bref, il s'est lancé dans l'aventure, cela n'a pas duré très longtemps. Varro l'a écrabouillé, les doigts dans le nez.

– Varro, tu veux dire le Légat de Germanie Inférieure, Caius Visellius Varro?

– Évidemment. Le cousin, le fameux Indus, a été le premier à en découdre avec son cher parent. Bref, l'affaire a été rondement menée, on a dit que Florus s'était suicidé. Aujourd'hui, chez les Trévires, Indus est presque un roi.

Moue de mépris de Publius, vieux républicain dans l'âme.

– Excuse-moi, je mélange un peu les choses, je ne me rappelle plus à quel moment précis j'ai appris ceci ou cela. En revanche, je n'oublierai jamais le moment où notre légat à nous...

– Le minuscule Largus...

– Chut!... Le moment où il nous a informés de ce que, renonçant à notre petite expédition traditionnelle et estivale en pays germain, nous allions faire une promenade de santé chez les Séquanes et les Éduens. Il dégustait des olives et envoyait les noyaux partout, s'amusant à nous voir tenter d'éviter les projectiles.

– C'est tout ce qu'il vous a dit?

– Non, bien sûr. C'est là qu'il a fait allusion à « certaines » révoltes en Gaule Belgique et en Gaule Lyonnaise. Il nous a indiqué que, jusqu'alors, le légat de Germanie Inférieure s'était chargé de rétablir l'ordre, et qu'il était opportun que nous intervenions à notre tour.

– Pourquoi?

Publius hésita.

– Ils se détestent. Ce jour-là, Largus évoqua Varro en levant les yeux au ciel: « Comment d'aussi illustres ancêtres peuvent supporter cette descendance larvaire, c'est pour moi un mystère ». Tu vois le genre. Il a ajouté « J'ai prévenu la larve que je prenais les choses en mains. Elle s'est écrasée, comme il fallait s'y attendre. À nous de jouer ».

Le Gouverneur de Gaule Lyonnaise m'avait, en d'autres termes, laissé entendre la complexité de la situation. Le jet d'olives l'aurait enchanté.

– Vous n'aviez pas reçu d'ordres de Rome?

– À ma connaissance, aucun. Sinon, Largus aurait employé d'autres termes.

– Je ne comprends pas pourquoi Varro s'est, comme tu dis, « écrasé ».

– Ce n'est pas moi qui l'ai dit. À mon avis, il y a deux raisons. D'abord, il est vieux, il approche des soixante-cinq ans, on dit qu'il a des problèmes cardiaques, il supporte de plus en plus mal les longs déplacements. En outre, il mène une vie… personnelle un peu agitée. Il ne m'étonnerait pas que notre légat l'ait fait… surveiller et lui ait transmis le double de quelques rapports que Varro n'aimerait guère voir diffuser à Rome.

Inutile de commenter des pratiques aussi délicates.

– Reste que les Séquanes et les Éduens sont plus proches de la Supérieure que de l'Inférieure. Il était logique que nous intervenions, nous.

– Donc, vous vous mettez en campagne. C'était quand?

– Début juin. Le légat avait décidé de prendre avec lui deux légions et une aile de cavalerie. Choix parfaitement judicieux. J'étais le numéro deux.

– Tout s'est bien passé?

– Le mieux du monde. Chez les Séquanes, deux combats qui ressemblaient à de l'entraînement. Et ici, ce ne fut guère plus difficile.

– Tu me raconteras plus tard. Juste une question qui m'intéresse : le Julius Sacrovir qui a, paraît-il, soulevé les Éduens, tu l'as rencontré, tu l'as vu ?

– Si je l'ai vu ? Je l'ai eu trois années... à mes côtés.

Il se racla la gorge.

– Et puis ?

– Je l'ai tué de mes propres mains – ou à peu près. Rien ne m'aura été plus pénible dans l'existence.

Je le regardai, interloqué. C'était la première fois que je le voyais aussi troublé. Je n'osais le questionner.

Il se leva et sortit.

– 7 –

De la réunion qui se tint l'après-midi, je n'ai pas retenu grand-chose. J'étais tourneboulé par l'attitude de mon vieux camarade, lequel, après m'avoir quitté brusquement, n'avait pas reparu, se contentant de me faire informer par son aide de camp que tous les officiers se tiendraient à ma disposition au quartier général. Lui-même devait s'aliter, en proie à un accès de fièvre aiguë, mal qui revenait périodiquement, conséquence d'une blessure à l'abdomen. N'en croyant pas un mot, je cherchais le motif de cette « désertion », je m'épuisais en conjectures, entendant à peine ce qui se disait.

Pour une fois, je vais avoir recours aux tablettes, ayant retrouvé le compte rendu complet consigné par Egnatius. Je n'en citerai que quelques extraits. Les noms de mes interlocuteurs n'ayant nulle importance, des initiales suffiront.

> *Moi*: Dans les documents que j'ai consultés à Rome, on évoque toujours la révolte des Éduens. Le mouvement a-t-il été aussi général qu'on le laisse entendre ?
>
> *Cn. G.*: Non, Chevalier, absolument pas. Au contraire, dès que nous sommes arrivés, l'Illustre Légat a reçu des messages et même quelques émissaires assurant que tel ou tel (des décurions, des magistrats) demeuraient fidèles à Rome. Certains demandaient même des instructions.
>
> *Moi*: Ils étaient nombreux ?
>
> *C.M.*: Seul, le légat pourrait le dire. Mais, à mon avis, la cité était partagée, presque moitié-moitié. Il en va toujours ainsi dans les Gaules.
>
> *[...]*
>
> *Moi*: Julius Sacrovir a rassemblé pas mal d'appuis en dépit des oppositions dont vous avez fait état. C'est étrange, non ?
>
> *Q.M.*: Sacrovir a été formé chez nous, Chevalier, ne l'oublie pas *(rires)*. Je veux dire : il avait un grand sens stratégique, et il ne manquait pas d'intelligence. Le contraire de ce malheureux

Florus, qui s'est lancé en rase campagne avec des troupes... minables. Lui, il a profité au maximum d'Augustodunum.
Moi : Que veux-tu dire ?
Q.M. : D'abord, qu'il s'est emparé de la ville, emprisonnant ou expulsant ses adversaires, se saisissant des organes du pouvoir. Ensuite et surtout, il s'est occupé des Écoles.

(J'ignorais totalement de quoi il s'agissait. Par bonheur, Egnatius me sauva la mise).

Egnatius : Pardon d'intervenir : pour le compte rendu destiné aux archives de César Auguste, il serait opportun d'expliquer brièvement en quoi consistent ces Écoles.
L.V. : Les jeunes Romains de la noblesse la plus distinguée se rendent à Athènes ou à Rhodes, voire à Alexandrie, pour bénéficier de l'enseignement des grands maîtres d'éloquence, de philosophie et de bien d'autres sciences. En Gaule, il n'y avait que Massilia pour offrir cette éducation. Le divin Auguste a décidé qu'à Augustodunum, la ville qui porte son nom, seraient créées des Écoles du plus haut niveau. Il a même recruté les premiers professeurs sur sa cassette personnelle.

(Je commençais à comprendre).

Q.M. : Donc, Sacrovir a investi les Écoles, où étudiaient les rejetons des plus nobles Gaulois. Il les a pris – disons – en otages !
Moi : Ils étaient nombreux ?
P.N. : J'ai eu l'occasion de compulser les registres, le nombre exact est de cinquante-trois.
Moi : De quelle origine ?
P.N. : Dix-huit étaient Éduens, les autres provenaient d'une dizaine de cités.
Moi : Et qu'en a-t-il fait ?
Q.M. : Il les a répartis dans ses différents domaines ruraux. Puis, il a envoyé des courriers aux parents. Le contenu, tu l'imagines.
Moi : Résultat ?
Q.M. : À l'extérieur, pas terrible, les parents en ont référé au gouverneur de leur province, ou bien à Notre Légat. Pour les Éduens, évidemment, enfin ceux du clan opposé, l'affaire était plus grave. Mais chacun s'est persuadé que Sacrovir ne tuerait pas des enfants de sa propre race.
Moi : Donc, la manœuvre a échoué ?
Q.M. : Oui et non. Ce qu'il voulait, c'était les utiliser, en quelque sorte, comme boucliers contre nous. Si nous attaquions et tuions l'un de ces malheureux, l'insurrection risquait de s'étendre.
Moi : Alors ?

C.M. : En trois semaines, grâce à de nombreux renseignements, nous avions identifié les lieux où il cachait ses otages. Notre Légat a envoyé les hommes qu'il fallait *(sourire)*. Il n'y eut qu'un mort et deux blessés. Les cinquante autres furent hébergés ici même ou renvoyés à leurs familles.

(Je souris à mon tour, me rappelant certains de ces « coups de mains » auxquels j'avais participé – ou que j'avais dirigés).

[...]

Moi : La stratégie, j'imagine, c'était d'obliger Sacrovir à accepter la bataille ?

L.P. : Bien sûr. Tu connais les principes de base. Toutes les routes coupées, personne n'entre à Augustodunum, personne n'en sort. On s'est occupé des sources et du fleuve. Là encore, trois semaines ont suffi, ils n'avaient plus rien à se mettre sous la dent, les citernes étaient vides et l'eau courante... ne courait plus.

Moi : Donc, la bataille ?

(Haussement d'épaules).

Q.M. : Pas la peine de raconter. On les a écrabouillés en moins de temps qu'il ne faut pour le dire. Décevant. On attendait autre chose.

Moi : Et lui, Sacrovir ?

L.P. : Le légat avait fait surveiller ses trois domaines les plus proches. Alors que la bataille se terminait, il est parti à bride abattue avec sept ou huit compagnons. Il est entré dans l'une de ses *villae*, à cinq milles d'ici. Publius Attius l'avait suivi avec une petite escouade.

Moi : L'un d'entre vous était présent ?

V.P. : Oui, moi.

Moi : Vous êtes entrés dans la *villa* ?

V.P. : Non. Nous avons reçu l'ordre de l'incendier. À trente pas, nous étions inondés de sueur, tant l'incendie faisait rage. Je ne sais combien de parents ou de serviteurs y ont laissé leur peau.

Moi : Nul d'entre vous ne pense que Sacrovir puisse être encore vivant ?

(Murmures de stupéfaction).

[...]

Moi : Si votre légat est reparti, c'est qu'il a considéré que l'ordre régnait de nouveau. Je ne me trompe pas ?

(Hochements de tête).

Moi : Qui dirige Augustodunum – je veux dire la cité des Éduens ?

M.V.: Provisoirement, c'est le légat, qui a donné délégation à Publius Attius. Mais nous nous en remettons au Magistrat qui gouvernait avant... avant l'affaire Sacrovir. Il s'appelle Caius Julius Magnus. Sacrovir l'avait destitué, plaçant des gardes devant son domicile pour l'empêcher de sortir, ce qui ne l'avait pas empêché de nous faire parvenir plusieurs messages en faisant passer par les toits un jeune esclave.

[...]

Moi: Vous le savez, je suis, comme vous, un militaire (enfin, un ancien militaire), les affaires... administratives m'échappent un peu, et même beaucoup. La question que je me pose : quand on a affaire à une révolte contre Rome, menée par quelqu'un de parfaitement identifié, en l'occurrence Julius Sacrovir, et même si le responsable est mort, qu'est-ce qui se passe après ? On saisit ses biens ? Que fait-on de sa famille ? Le légat a décidé quelque chose ?

(Hésitations. Finalement, un officier lève la main).

V.M. : Chevalier, j'ai une petite expérience en ce domaine, qui me permet de te dire que ta question n'est pas près d'être résolue.

Moi: Tu m'expliques.

V.M. : Primo, parce que Notre Légat est intervenu ici de son propre chef, pour restaurer la paix de Rome, comme il était de son devoir, mais sans mandat précis. Si je me permets de l'affirmer, c'est parce que je répète ses propres paroles. Or, nous sommes en Gaule Lyonnaise, et celle-ci relève de son propre gouverneur...

Moi: Oui, je le connais, Marcus Acilius Aviola.

V.M. : En théorie, c'est à lui qu'il revient de tenir ses assises et de décider de la suite à donner.

Moi: Pourquoi dis-tu « en théorie » ?

V.M. : Parce qu'il m'étonnerait que... les... autorités de Rome lui laissent une telle latitude. Pardonne ma franchise, mais je les ai vus plus d'une fois « évoquer », comme ils disent, des cas un peu... complexes. Peut-être attendent-ils ton rapport pour décider.

Moi: C'est si important que cela ?

V.M. : Prenons l'exemple de Sacrovir. Tu n'as pas idée de sa fortune. Des milliers et des milliers de jugères* des meilleures terres. Plusieurs entreprises commerciales, avec des bateaux sur les fleuves mais aussi sur Notre Mer et sur l'Océan. Rappelle-toi aussi les trois ou quatre mille « clients », obligés, serviteurs qu'il a mis en ligne contre nous.

*Un jugère correspond environ à un quart d'hectare.

Moi : Il a quoi comme famille ? Une femme ? Des enfants ?

Cn G. : Il a perdu ses père et mère depuis longtemps. Il ne s'est pas marié, donc pas d'enfants. Son parent le plus proche, c'est sa sœur, dont j'ai oublié le nom. Je veux dire : elle s'appelle Julia, évidemment, mais les Gaulois ont gardé l'habitude de donner à leurs filles un surnom, souvent celui d'une grand-mère ou d'une grand-tante, dans leur ancienne langue.

– Lusbilla, il me semble, dit l'un des officiers, ou un nom approchant.

(Je fus stupéfait, j'avais cru entendre « Lesbia » !)

Moi : Parmi vous, quelqu'un la connaît ?

V.M. : Nous l'avons tous vue, je crois. Après la... mort de son frère, elle s'est présentée ici, trois fois, à cheval, entourée de serviteurs armés, demandant à être reçue par Notre Légat.

Moi : Que voulait-elle ?

(Silence général)

V.M. : Seuls, le légat et Publius pourraient te renseigner. Probablement s'enquérir des suites des... des événements, peut-être plaider sa propre cause. Par ailleurs, il n'est pas rare de la rencontrer dans les rues d'Augustodunum, toujours sous escorte. Elle vit de temps en temps dans la *domus* que possédait son père. Le plus souvent, elle réside dans ses domaines. Il paraît que c'est elle qui s'en occupe depuis sa jeunesse, Sacrovir ne s'y intéressait guère.

Moi : Elle est plus âgée que lui ?

Q.M. : Non, le contraire. Je lui donnerais vingt-huit, vingt-neuf.

Moi : Nous allons en rester là pour aujourd'hui. Merci de votre collaboration. J'aurai peut-être besoin de vous revoir individuellement. Mon ami Publius vient d'avoir une nouvelle crise, mais j'espère qu'il a formé des collaborateurs experts dans l'art de trinquer !

P.F. : N'aie pas d'inquiétude, Chevalier !

(Rires).

Je me sentis reporté des années en arrière. La chaleur qui vous rassemble au soir d'une bataille ou – plus souvent – lorsque vous regagnez votre camp au terme de semaines sans combat et si pénibles ! J'eus la chance extraordinaire d'être... comment dire... adopté par ce petit cercle. Je n'y connaissais personne, mais nous pouvions évoquer des événements, des connaissances, des amis qui, les coupes de vin aidant, nous inspiraient une vraie tendresse. Je me permis une ou deux anecdotes remontant aux campagnes (lointaines) que j'avais faites sous les ordres du merveilleux Drusus, récits qui me valurent une admiration jalouse, tant sa gloire demeurait inégalée. Mais le nom de Germanicus, son fils, revenait sans cesse. Tous avaient servi sous ses ordres. Sachant que je venais de Rome, on m'interrogeait – de manière plus ou moins détournée – sur les circonstances de sa mort. Je me rendis compte non seulement du traumatisme que celle-ci avait causé, mais aussi de l'incompréhension qu'avait suscitée la décision de César Auguste de lui faire quitter son commandement des Germanies.

Finalement, je bénéficiais d'une chance inouïe. Si le légat était resté sur place, je n'aurais pu parler avec ses subordonnés. J'ai scrupule à ajouter ceci : si mon vieux camarade Publius ne s'était alité, aurais-je pu m'entretenir si librement ? Je décidai d'orienter, avec prudence, la conversation sur Publius.

– Alors, ces f…us Germains ont réussi à avoir Publius ? Quand je servais avec lui, on l'appelait l'« Increvable ».

– On vous appelait tous les deux « les Increvables », non ?

Je me contentai de sourire. C'était vrai. La plupart étaient trop jeunes pour avoir connu le petit scandale qu'avaient provoqué ma démission, mon retour à la vie civile. Je sentais que certains m'auraient volontiers interrogé, mais ils n'osaient pas. Je leur devais une explication.

– À l'époque, je m'étais opposé de toutes mes forces à la campagne telle qu'elle nous était présentée par Varus*. Au conseil, j'ai exprimé avec…

* Voir note p. 47.

véhémence mes inquiétudes. Publius m'approuvait. Tous les deux avions prévu la catastrophe. Les dieux immortels nous ont permis de sauver notre peau, et celle de quelques autres – pas assez, hélas. Moi, j'ai eu la chance de pouvoir me retirer et de vivre à l'aise en Italie. Pour lui, c'était différent, il est resté.

– Nous en remercions Jupiter, Mars et tous les autres. Notre Légat et lui forment un *duo* remarquable. Le politique, le stratège, d'un côté, le tacticien, l'homme de terrain de l'autre.

Notre petite assemblée trinqua (doublement). Ces propos paraissaient parfaitement sincères. Contrairement à ce que m'avait laissé entendre le Gouverneur de Lyonnaise, le Légat de Germanie Supérieure n'était ni un incapable ni un imbécile.

– Pour en revenir à Publius, sa maladie, il la traîne depuis longtemps? C'est une vieille blessure?

Tous se regardèrent.

– Nous sommes aussi étonnés que toi. Nous ne l'avons jamais vu malade.

L'atmosphère étant à la sympathie et à la franchise, je décidai de pousser mon avantage.

– Publius m'a quitté comme ça, brusquement, lorsque nous évoquions la fin de la bataille contre les Éduens, la fuite de Sacrovir. Il avait l'air bouleversé.

Un jeune officier prit la parole.

– J'étais avec lui. On les avait suivis et coincés. Ils s'étaient enfermés dans la *villa,* une énorme bâtisse, avec six ou sept portes. Publius a donné les ordres. Des hommes devant chaque ouverture. Surveiller les fenêtres et les toits. Puis, il a fait venir les collègues spécialistes des incendies, qui ont fait leur travail. Ça n'a pas duré longtemps. Les occupants ont été entourés d'un mur de flammes et ont cramé sans même chercher à s'enfuir.

Il avait du mal à raconter la suite.

– Nous – je veux dire, ceux qui surveillaient les ouvertures –, on s'est repliés, sinon on allait brûler aussi. J'ai rejoint Publius qui se trouvait sur une petite butte d'où il surveillait l'opération. Je l'ai regardé, espérant un mot de félicitations ou simplement... d'approbation.

– Et alors?

– Ça m'a fait un choc. Il pleurait.

– Il pleurait?

– Oui, il était tout droit, il fixait la *villa* qui brûlait, il ne bougeait pas. Simplement, des larmes qui coulaient sur son visage.

– Il t'a parlé?

– Non.

Un autre officier intervint:

– Publius s'est toujours opposé aux incendies. Il trouvait lamentable qu'on détruise les fermes des paysans, leurs greniers. C'est d'ailleurs ce que disait lui-même le regretté Germanicus.

– En l'occurrence, il ne s'agissait pas de paysans, mais de Sacrovir. Certains d'entre vous l'ont connu?

Du brouhaha qui s'ensuivit, il ressortait que oui. Mais, pour comprendre, il fallait que je recentre sur Publius.

– Vous savez que Publius est mon meilleur ami. S'il se trouve aussi bouleversé, au point de se déclarer malade, il doit y avoir une raison qui se raccroche, d'une manière ou d'une autre, à Sacrovir. Essayez de m'aider.

Hésitations.

– Chevalier, nous sommes plusieurs ici à avoir fréquenté Sacrovir. Lui et ses cavaliers, c'était quelque chose. On s'est bien amusés ensemble, pas seulement dans des batailles, également la coupe à la main. Tu sais, il était aussi Romain que toi ou moi, il était capable de boire toute une soirée en récitant des poèmes d'Horace ou un chant de Virgile.

– Publius et lui s'entendaient bien?

– Professionnellement, ils ont dû se chamailler sur les détails de plusieurs combats. Mais je crois que... à titre privé, oui, ils s'entendaient très bien.

Je me déterminai à provoquer.

– Ils couchaient ensemble?

Ma question déclencha l'hilarité générale.

– Chevalier, dans l'immense collection amoureuse qu'a constituée Publius, nul ici n'imagine la moindre place pour un être masculin.

J'attendis que les rires se calment.

– Donc, de l'amitié? Rassurez-vous, je ne suis pas jaloux.

Intervention d'un type d'une quarantaine d'années, pas l'air d'un plaisantin.

– Amitié, je ne suis pas sûr. Je dirais plutôt: accointance. Ils parlaient beaucoup, des soirées entières, en tête à tête. De quoi? J'ignore, peut-être de l'origine du monde ou de sa fin. Va savoir.

Le complot, le complot... Voilà que me revenaient en tête les documents que j'avais consultés dans la Maison Impériale. Mon ami Publius mêlé à de telles affaires?

Je décidai de mettre fin à la séance, si sympathique fût-elle.

– Heureux de vous avoir rencontrés. Publius étant malade, qui le remplace?

– Moi.

Trente-trois trente-cinq ans. Pas très grand, des cheveux tirant sur le roux, une bonne bouille, mais la joue gauche portait une cicatrice oblique et deux incisives étaient restées sur un quelconque champ de bataille – son élocution s'en ressentait un peu.

– Messius Probus, pour te servir, Chevalier.

– Salut, Numéro Trois!

– Tu plaisantes, Chevalier. Si Notre Illustre Légat n'était reparti avec la plupart des [...]

> Lacune de trois ou quatre pages de la présente édition. La dernière phrase se restitue sans difficulté : « Si Notre Illustre Légat n'était reparti avec la plupart des officiers, mon rang serait bien moindre (ou formule équivalente) ».
>
> La suite peut se deviner dans les grandes lignes. Ce même jour, en fin d'après-midi, Valérius a rencontré des décurions éduens. La séance s'est déroulée au camp (le lendemain, Valérius se rend pour la première fois à Augustodunum). Le préteur a prononcé un discours solennel, dont ne nous sont parvenus que les derniers mots :
>
> « Et la postérité de la généreuse Vénus ». Ce vers représente la fin d'un poème consacré par Horace à l'Empereur Auguste. Vu les circonstances, on peut imaginer que l'orateur éduen avait centré son discours sur la strophe :
>
> « Tant que César veillera sur nous, ni les fureurs civiles, Ni la force brutale ne banniront la paix dont nous jouissons ».
>
> Le récit de Valérius reprend donc au moment où le préteur conclut.

« Et la postérité de la généreuse Vénus ». Il s'inclina avec solennité. Me trouvant seul à ses côtés, il me revenait de donner le signal : j'applaudis, et je fus suivi – évidemment – par l'assistance. Aux décurions (une petite vingtaine), s'étaient ajoutés les officiers du camp.

Caius Julius Magnus se tourna vers moi :

– Très Noble Chevalier, Délégué du Glorieux Impérator César Auguste Tibère, je te rends la parole, te remerciant de me l'avoir donnée.

Qu'allais-je leur dire ? J'avais en face de moi les représentants de la « noblesse » éduenne (ou plutôt, de ce qu'il en restait après les récents combats), les descendants des plus grands aristocrates gaulois, que le dieu César avait comblés de bienfaits. Propriétaires de terroirs incommensurables, investissant des millions de sesterces dans le commerce des métaux, du vin, de l'huile. Ils me fixaient avec anxiété. J'étais Chevalier (comme l'attestait la bande de pourpre sur ma toge), et surtout je portais la parole de César Auguste. Ils n'imaginaient pas la pauvre chose que j'étais par rapport à eux : si peu de biens, si peu d'ambition ! Je décidai de faire fort.

– Notre Impérator César Auguste Tibère n'avait pas imaginé que de tels... troubles pussent se produire dans votre cité, la plus vieille alliée de Rome.

Je me tus, et mon silence leur parut interminable.

– Ses Services lui avaient assuré que, le temps passant, les exemptions fiscales avaient d'autant moins de sens que les dépenses augmentaient dans les Germanies et que, à l'inverse, les cités alliées – particulièrement la Vôtre – recueillaient des bénéfices en perpétuel accroissement. Leur demander une contribution relevait de la simple justice.

Silence de plus en plus pesant. Alors, mû par je ne sais quel instinct, je me lançai.

– Je suis ici pour comprendre. Vous avez été fidèles à Rome. Mais vous savez des choses que j'ignore, et que César Auguste veut connaître. Si je ne les apprends pas, un autre viendra, puis un autre, s'il le faut, et vous pâtirez de votre silence. J'ai toute latitude pour proposer des mesures individuelles ou collectives, et je n'ai pas l'intention de m'en priver.

Les regards qui me fixaient n'exprimaient pas une vive satisfaction.

– Figurez-vous que ma mère était éduenne (d'ailleurs, vous le savez sans doute). J'ai longtemps servi dans les Germanies, entouré de Gaulois de toutes origines. Je sais les fidélités (et souvent je les approuve), mais il y a des limites – celles que fixe César Auguste.

Je les regardai, l'un après l'autre.

– Le Très Illustre Légat de Germanie Supérieure est reparti sur le Rhin. Mais, avec les quelques cohortes qu'il a laissées, vous imaginez les opérations que je peux lancer?

Caius Julius Magnus leva la main.

– Chevalier, nous sommes ici à ton entière disposition, nous ne demandons qu'à obéir à tes ordres, nous vénérons César Auguste, nous...

– S'il te plaît. Je le répète: je veux comprendre. Si je me rends compte qu'on m'oppose le silence ou la dissimulation, je donnerai aux légionnaires l'ordre de déclencher... disons... une petite opération punitive. Dans la ville et aux alentours.

La perspective, apparemment, n'enchantait personne.

– Tous ici, tu le sais, nous sommes opposés à Sacrovir et à son... à sa... stupide aventure.

– Bien sûr que je le sais. Mais je veux que vous me disiez pourquoi il l'a engagée.

La gêne de l'auditoire était palpable.

– La séance est levée.

Caius Julius Magnus prononça des formules que je ne compris pas. Tous partirent. Lui, s'il avait pu me tuer du regard, il ne s'en serait pas privé.

– Chevalier, mais enfin, comment as-tu traité les meilleurs amis de Rome, ceux qui ont refusé de suivre Sacrovir, ceux qui...

– Arrête. Je ne suis pas ici pour entendre des discours. Voici mes ordres. D'abord, pour demain, tu vas me trouver une *domus* en ville, où je résiderai avec mon escorte.

– Ça, je peux me débrouiller, si tu n'es pas trop difficile.

– Deux : après-demain, tu m'envoies, l'un après l'autre, tous les décurions. Je veux leur parler seul à seul. Choisis l'ordre, je m'en fiche.

– Et moi ?

– Toi, dis-je en souriant, je te garde pour la fin.

Il me sourit aussi, mais il y avait de la haine dans son regard. Tant mieux : comme disait Séjan (et qui donc ? J'avais déjà oublié le nom du dramaturge qu'admirait Egnatius), « qu'ils me haïssent pourvu qu'ils me craignent ». J'avais décidé de me faire craindre – je ne voyais pas d'autre moyen. Content de moi, je décidai de dîner seul en lisant un peu... de Catulle !

Le charme agit de nouveau. Des poèmes que je dégustai ce soir-là, plusieurs vers sont encore ancrés dans ma mémoire et dans mon cœur.

> *Mihi quae me carior ipso est,*
> *Lux mea, qua viva vivere dulce mihi est*
> « Celle qui m'est plus chère que moi-même,
> Ma lumière, celle dont la vie fait toute la douceur de la mienne ».

Un vieux militaire peu féru de littérature découvrait-il la magie de la poésie ? Je ne me lassais pas de répéter *Lux mea, qua viva vivere dulce mihi est,* m'enivrant de cette merveilleuse harmonie qui exprimait la félicité, la suavité – ce qu'on recherche toute une vie, et que je n'avais pas trouvé.

Me reviennent aussi quatre autres vers :

> « La femme que j'aime affirme qu'elle n'épouserait personne d'autre
> Que moi, quand Jupiter en personne le lui demanderait.
> Elle l'affirme, mais ce qu'affirme une femme à un amant passionné
> Est à écrire sur du vent et sur de l'eau courante » *(in vento et rapida scribere oportet aqua).*

Illusion, désillusion. À quel âge était mort Catulle? Il faudrait que je demande à Egnatius. Mais je le préférais à Horace et même (sacrilège!) à l'immense Virgile. Telle fut ma dernière pensée avant de m'endormir.

La couche moelleuse du Très Illustre Légat de Germanie Supérieure m'offrit une nuit de rêve. C'est-à-dire sans rêves.

Vers la fin de la matinée, je déambulais dans le camp, parlant avec les uns ou les autres, bref – je l'avoue – ne faisant pas grand-chose et me laissant peut-être gagner par une certaine nostalgie, lorsqu'un légionnaire vint me trouver.

– Chevalier, à la porte, il y a Caius… euh… Magnus, avec une vingtaine de personnes. Il demande à te… saluer.

La veille, j'avais informé le préteur des Éduens que je le retrouverais à Augustodunum au début de l'après-midi. Pourquoi se présentait-il de nouveau ici et à cette heure?

– Va chercher ton chef.

Probus me rejoignit, je le mis au courant.

– Évidemment, me dit-il, il a décidé de te prodiguer l'hommage le plus éclatant. Il est revenu avec, je suppose, l'élite de ses clients. Il t'honore comme on ne saurait mieux faire.

– Donc, je le reçois?

– Sauf si tu veux aliéner à Rome ceux qui lui sont restés fidèles.

– Hier, je l'ai plutôt… rudoyé.

– Eh bien, considère le prix de sa démarche. Il a… ravalé… son amour-propre, il s'incline devant toi.

Il sourit.

– Enfin, devant Celui que nous servons tous.

– Probus, cet individu, je ne l'aime pas trop. Je n'ai pas envie de l'accueillir – comment dire? – avec les honneurs. Au contraire, j'aimerais bien… à la fois l'inquiéter et… et…

– Et lui en mettre plein la vue?

– Exactement.

– Écoute, Notre Illustre Légat doit détenir tous les records en la matière. Lorsqu'il reçoit une délégation de Germains qui viennent, par exemple, conclure un accord, voici ce qu'il ordonne. Les légionnaires prennent la tenue de parade, les cavaliers harnachent leurs montures. Les « délégués » remontent à pied la voie principale, encadrés par nos soldats. Lui, les attend tout au bout. Il est assis dans un fauteuil superbe. Lorsque les Germains arrivent devant lui, on fait sonner les cors et les trompettes. Je te garantis l'effet.

– Un peu exagéré, surtout s'agissant de nos meilleurs alliés. Mais l'arrivée à pied, avec l'encadrement des légionnaires, oui, pourquoi pas?

– Je te signale que Notre Légat a laissé son fauteuil, nous chargeant de le lui rapporter. Tu devrais en faire usage.

J'hésitais.

– Largus a aussi coutume, après avoir parlé affaires, d'offrir à ses visiteurs un repas somptueux. Tu imagines ces barbares découvrant les mosaïques, les tableaux, les tapisseries?

– En l'occurrence, ce sont des Éduens, qui n'ignorent rien des coutumes de Rome! En outre, je suppose que le préteur est déjà venu au camp.

– Certes, mais le légat ne l'a jamais reçu dans ses « appartements privés ». Tu verras, le décor peut leur faire impression! Et puis, je me fais fort de leur servir un repas... quasiment impérial.

Ses propos m'inspirèrent une idée.

– Le repas, d'accord. Arrange-toi surtout pour que le vin coule. Demande à tes collaborateurs de faire lever les coupes à la santé de Notre Glorieux Empereur, de sa Famille, depuis les plus lointains ascendants jusqu'aux rejetons en bas âge.

Probus s'esclaffa.

– Pas de problème, ah, ah. Ils seront à la hauteur.

– Et qu'ils ouvrent leurs oreilles!

– Entendu, je ferai passer la consigne.

Il se retira pour mettre en place notre petite machination. Je réfléchissais. Voyant passer un légionnaire, je l'interpellai:

– Va me chercher Egnatius.

Celui-ci, apparemment, était connu de tous, puisqu'il me rejoignit sans tarder.

– Egnatius, nous allons recevoir des Éduens, et notamment le premier d'entre eux. Probus et moi avons décidé de les traiter... dignement, avec les meilleurs vins.

Il me fit un clin d'œil.

– Sans lésiner sur la quantité?

– César Auguste ne lésine jamais.

– Donc?

– Donc, si tu pouvais laisser traîner tes oreilles... En te faisant...

– Transparent?

– Quelque chose comme ça.

– Cela m'amusera beaucoup, Chevalier!

Caius Julius Magnus était au comble de la rage et de l'indignation lorsqu'il se présenta devant moi, après avoir parcouru à pied au moins un quart de mille, encadré de fantassins et de cavaliers en armes. Pour ma part, j'essayais de me sentir à l'aise dans ce fauteuil incrusté d'argent et d'ivoire, dont le prix devait représenter celui de ma ferme en Italie – enfin, peut-être pas, mais pas loin. Quoi qu'il m'en coûtât, je ne me levai pas pour les accueillir, lui et ses accompagnateurs. J'avais à réussir un exercice de domptage.

– Caius Julius Magnus, toi ici? Nous nous retrouvons plus tôt que prévu.

Je le vis qui serrait les mâchoires.

– En ta personne, j'ai souhaité saluer Notre Glorieux César Auguste Impérator. C'est pourquoi je suis venu avec mes meilleurs clients.

– Cette démarche sera portée à Sa connaissance. Je t'en remercie.

Il s'épongeait le front. Probus et moi avions décidé de ne leur proposer aucun siège.

– Présente-moi tes clients, je te prie.

Il fut interloqué. Les clients constituent par définition une sorte de « paquet » indistinct, uniquement destiné à mettre en valeur le *patronus*. Je pris un malin plaisir à leur adresser la parole individuellement. Trois d'entre eux avaient servi dans nos légions; je reconnus aussi deux décurions que j'avais aperçus la veille. Mais j'interrogeai également les autres, qui s'adonnaient, soit à la surveillance des domaines agricoles, soit à diverses fonctions, notamment commerciales. J'étirais nos échanges au maximum, posant des questions, demandant des précisions. Les « clients » semblaient satisfaits. Caius Julius Magnus se dandinait d'un pied sur l'autre. Mon siège avait été placé sous l'auvent d'une tente – lui était en plein soleil. Je décidai de mettre fin à la séance de torture. Me levant, je m'approchai de lui et le pris par le bras.

– En te rendant ici avec tes clients, tu as témoigné d'une délicatesse que je n'oublierai pas. Je remercie aussi ceux qui t'ont accompagné: leur présence constitue un précieux gage de fidélité envers Rome et César Auguste.

Je m'améliorais pour les discours, non?

– Faites-moi la faveur de partager un modeste repas. Nous nous rendrons ensuite à Augustodunum.

Le Très Illustre Légat Caius Silius Aulus Largus (j'ai dû oublier quelque chose: ah oui! Caecina) aurait bu du petit-lait s'il avait contemplé la tête de Caius

Julius Magnus et de ses clients lorsqu'ils pénétrèrent dans ses salons et ses *triclinia*; pourtant, il ne s'agissait pas de barbares Germains! J'avoue que j'eus du mal à retenir un rire: des jeunes gens en tuniques plissées nous attendaient pour faire le service, probablement les plus jeunes des légionnaires ou des auxiliaires. Probus avait fait fort. Quand il vint nous rejoindre, il arborait un air parfaitement naturel, comme s'il s'agissait pour lui d'un déjeuner ordinaire. J'ai oublié le menu, me rappelant seulement des agnelets farcis et des volailles aux truffes.

Le service du vin démontrait une efficacité confondante. Toute coupe à peine entamée était de nouveau remplie, et l'assistance régulièrement conviée à boire à la santé de la famille impériale ou des dieux immortels (qui, par définition, n'en avaient nul besoin).

Probus et moi encadrions, sur le lit d'honneur du *triclinium,* le préteur des Éduens. De près, je pouvais l'observer. On ne lui donnait pas d'âge, la cinquantaine ? Rondouillard, le visage un peu bouffi, mais des yeux bruns très vifs, ceux d'un homme aux aguets. L'interrogeant, j'appris que son grand-père et son père avaient servi dans nos armées. Lui « avait eu le malheur de se retrouver fils unique », il avait dû veiller sur le patrimoine familial, tout en exerçant les plus hautes responsabilités dans sa cité, au prix de dépenses incommensurables et d'un dévouement de tous les jours. Je sentis qu'il agaçait Probus, lequel lui demanda:

– Je m'étonne que tu n'aies pas encore été élu *Sacerdos* à l'Autel des Trois Gaules.

– Oh, il s'en est fallu de peu, trois ou quatre fois. Mais tant d'Éduens ont exercé ce sacerdoce qu'il m'est difficile d'y prétendre. Les votes favorisent plutôt d'autres cités.

C'était vrai. Il eut le tort d'ajouter :

– Mais le Très Illustre Gouverneur m'a laissé entendre qu'il pensait à moi pour la charge de Préfet des ouvriers*. Nous nous sommes rencontrés à plusieurs reprises, nous avons des idées très semblables.

Je sus alors que Caius Julius Magnus ne disposait pas d'un intellect de grande puissance. La subtilité d'Acilius Aviola s'était jouée de lui. Une chance pour moi : pas la peine de déployer des trésors d'ingéniosité pour l'interroger. Il pouvait être madré, rusé, sûrement pas intelligent. Probus me lança un coup d'œil : lui aussi avait compris.

Nous relayant mutuellement, nous continuâmes à le faire parler de lui, tout en l'incitant à lever sa coupe. Arriva le moment où nous le jugeâmes « en condition ». Non qu'il fût ivre, loin de là, mais il nous traitait comme des amis, des complices. Plusieurs fois, il avait louché sur la petite bande de pourpre qui ornait ma toge : ne pourrais-je l'aider à entrer dans l'ordre équestre ?

– Tu as bien connu Sacrovir ?

La question de Probus me parut trop abrupte. J'avais tort.

– Sacrovir ? Si je l'ai connu ? Vous, en Italie, vous êtes combien de citoyens Romains ? Des centaines de milliers, des millions ? Ici, dans notre Cité, à votre avis ?

Je n'osais donner un chiffre : mille, deux mille ?

– Si j'en crois notre Album, qui est parfaitement tenu, le dieu César, son divin Fils Auguste et notre Glorieux Empereur César Auguste Tibère ont conféré la citoyenneté romaine à trente-quatre Éduens. Trente-quatre.

* *Praefectus fabrum*, une charge devenue purement honorifique, qui pouvait ouvrir la voie vers l'ordre équestre.

– D'accord, mais leurs parents et leurs enfants ont bénéficié de la mesure.

– C'est vrai, mais on en reste à une infime minorité, même si elle doit s'accroître. (Il nous sourit) Pour ma part, j'ai procréé quatorze enfants, et j'ai déjà vingt-neuf petits enfants. À moi seul, j'ai fait plus de citoyens Romains que trois *Imperatores*.

La plaisanterie me parut d'un goût douteux, mais je n'allais pas la lui reprocher : j'étais largement responsable de sa liberté de ton.

– Tu parlais de Sacrovir…

– Je voulais dire que, entre citoyens Romains, on se connaît tous. Forcément. En outre, à Augustodunum, ceux qui exercent des responsabilités sont liés par des parentés qui remontent aux temps les plus anciens. Sacrovir et sa sœur, je les ai vus dès qu'on montre les enfants. Leur mère était une de mes lointaines cousines, leur père appartenait à la famille de ma deuxième femme.

Il se trempa les doigts dans un bassin. La sauce de l'agneau éliminée, il trinqua avec nous à la prospérité des grandes familles éduennes. Il avait envie de parler, enchanté de combler son auditoire (pourtant réduit).

– Je reviens à Sacrovir et à la petite. Ils n'ont pas eu de chance. Le père s'est fait tuer en Germanie, à peu près à la naissance de la fille. La mère est morte un an plus tard, je ne sais quelle maladie. Ils ont été brinquebalés entre divers parents pendant quelques mois. Finalement, ils sont tombés entre les pattes d'un oncle et d'une tante. Pas ce qu'il pouvait leur arriver de mieux.

– Quel âge ?

– Soixante, soixante-dix, par là. Le genre très à cheval sur les principes, faisant des leçons du matin jusqu'au soir, d'autant plus certains de bien éduquer les petits qu'eux-mêmes n'avaient pas eu de progéniture, et en définitive leur cédant tout.

Je considérai le préteur avec intérêt : ces considérations attestaient-elles qu'il s'était lui-même posé des questions sur l'éducation des enfants, lui qui en avait eu... j'avais oublié combien. Il me donna la réponse.

– Les gosses, tu les fais obéir et c'est tout, n'est-ce pas ?

Nous opinâmes. J'ignorais si Probus était chargé de famille. Je lui jetai un coup d'œil : il s'amusait.

– Donc, l'oncle et la tante, ils ont réussi comme on pouvait l'attendre. Ils ont fabriqué deux espèces de rebelles. Pas dépourvus de qualités, mais... disons... inadaptés. Sacrovir, incapable de gérer les domaines de son père, refusant la moindre magistrature. Heureusement, il y avait l'armée.

S'apercevant de sa bévue, il devint écarlate. Nous éclatâmes de rire.

– Excusez-moi, je vous prie, je n'avais pas...

– Nous avons très bien compris, et même nous t'approuvons ! Et la fille ?

– Ça avait moins d'importance, évidemment. Tout le monde a vite constaté qu'elle avait de la cervelle et de l'énergie. Elle s'est intéressée aux terres, à l'agriculture, à l'élevage. Elle a mis les régisseurs au pas. Mais les gens la trouvent... bizarre, elle vous parle d'une curieuse manière.

Les poulardes aux truffes provoquèrent une confidence inattendue.

– Je suis veuf depuis deux ans. Je l'aurais bien épousée, car nous avons trois domaines mitoyens. Mais j'ai eu peur.

– Pourquoi ?

– Je ne sais pas, c'est comme ça. C'est une femme qui te fait... enfin, qui me fait... frissonner...

Il hésitait. Nous dûmes trinquer à la santé du dernier fils de Germanicus pour que sa langue se déliât de nouveau.

– Tu veux dire physiquement?

– Tu plaisantes! C'est une créature... superbe. Vraiment... superbe.

– Alors, qu'est-ce qui t'inquiétait?

– Je vous l'ai dit. Tous les deux, ils ont eu une éducation... curieuse, ils se sont un peu élevés ensemble. Comme ils n'avaient pas une grande différence d'âge, on les voyait – m'a-t-on dit – se lancer dans des équipées à cheval, ils s'affrontaient à l'épée, ils partaient chasser le chevreuil ou le sanglier. Va savoir si tout est vrai, j'ai tendance à penser que oui.

– Effectivement, dis-je avec sérieux, on hésite à épouser ce genre d'Amazone ou... de Diane.

Afin que la déesse me pardonnât, je levai ma coupe à sa beauté. La sueur perlait sur le visage du préteur. Restaient à obtenir deux ou trois renseignements, les plus importants.

– Pour en revenir à Sacrovir, son... entreprise, comment l'as-tu interprétée?

Sa réponse me sidéra. Aviné comme il l'était, lesté de je ne sais combien de plats agrémentés de sauces peu légères, il définit en quelques mots, avec une acuité parfaite, les termes de... mon enquête!

– Il n'y a pas cinquante solutions, ni même dix. L'argent, Sacrovir s'en est toujours f...u, je vous ai dit qu'il ne s'occupait pas de ses domaines. Il pouvait jeter par les fenêtres tout ce qu'il voulait, il lui en revenait l'équivalent, voire le double.

Il fit une grimace amère – de jalousie? Probus et moi nous taisions, il aurait été maladroit de l'interrompre.

– Lorsque s'est propagé le bruit qu'il tentait de soulever des cités pour protester contre les mesures fiscales, nul ici n'en a cru un mot. Il a fallu que je reçoive plusieurs courriers pour admettre la réalité. Mais le motif, ça, non.

Il s'épongea la face.

– Alors, évidemment, on cherche la raison. Un complot, d'accord, mais avec qui et pour quoi faire? Ça aurait rapporté quoi à un modeste Éduen comme lui?

– Ta réponse?

– Franchement... Admettons qu'il ait souhaité prendre le pouvoir ici. Il n'aurait eu aucune difficulté, cette année-même, à se faire élire à ma succession, j'aurais été le premier à le soutenir. Mais il ne l'a jamais voulu. Donc, il faut aller chercher autre part, et, là, je ne suis pas compétent. Si ce sont des affaires qui concernent les Gaules ou plus... lointaines encore, c'est à toi, Chevalier, de trouver la réponse.

J'en étais bien conscient, hélas.

– Il existait un indice, malheureusement il a disparu.

Il nous adressa un large sourire, quasiment de défi.

– Une petite boîte d'une vingtaine de doigts de côté.

Nous le fixions sans comprendre, il fit durer le silence – une revanche bien méritée.

– Le crâne de Sacrovir, sa cervelle. Est-ce qu'il n'était pas malade dans sa tête? Plutôt que de le faire cramer dans sa *villa,* vous auriez pu l'interroger, non?

– Pardon de te contredire, dit Probus, lui et ses amis s'étaient donné la mort avant l'incendie.

Le préteur le considéra attentivement. Il tenait le vin beaucoup mieux que nous n'avions supposé, et ses remarques me plongeaient dans des abîmes de réflexion.

– Ah, ils étaient morts.

Probus détourna la tête.

– Nous avons des témoins dignes de foi.

– Alors, je retire mes paroles... hasardeuses.

Silence. Sous mes yeux, ou plutôt à mes oreilles, par un accord tacite, venait de s'établir une « vérité officielle ». Caius Julius Magnus laissait entendre que les légions avaient incendié la *villa* de Sacrovir, alors que celui-ci était encore en vie. La conduite de mon ami Publius confortait ces récits. J'avais la tête qui tournait : il y aurait eu des ordres pour tuer Sacrovir ? Pourquoi ? Pour l'empêcher de parler ?

Avec un cynisme dont je ne l'aurais pas cru capable, Caius Julius Magnus ajouta :

– Je me demande d'ailleurs si ce n'est pas Sacrovir qui a mis le feu à sa *villa*. Ç'aurait été tout à fait son genre. Il se poignarde, et puis il prend une torche – ah non, l'inverse. Mettre le feu, ce n'est pas romain.

Il se payait la tête de Probus, lequel se sentait gêné : qu'aurait répondu son légat ? Le préteur lui sauva la mise :

– Il y a encore un moyen de faire parler la petite boîte crânienne.

– Par quel miracle ? demandai-je.

Il étrécit les yeux et planta son regard dans le mien.

– Si tu es plus... courageux que moi, Chevalier, va donc explorer ce que la sœur a dans la cervelle.

Il ajouta :

– N'oublie pas ta cuirasse.

– 9 –

Les *triclinia* offrent un double avantage. Ils vous permettent de prendre votre repas confortablement tout en conversant avec vos voisins. À l'issue des agapes, si vous le souhaitez ou ne pouvez l'empêcher, ils vous laissent glisser dans un sommeil réparateur. À entendre leurs bâillements, la plupart de nos hôtes étaient sur la voie d'une solide sieste. Lorsque je l'informai qu'avant de partir pour Augustodunum il me restait à prendre quelques dispositions, Caius Julius Magnus me sourit d'un air ravi :

– Prends tout ton temps. Le soleil est encore haut. Pour ma part, je vais réfléchir à certains aspects de notre conversation.

Probus et moi nous étions à peine relevés et rechaussés qu'il émettait des ronflements béats. Nous nous rendîmes sous la tente du commandant par intérim – doublement par intérim !

– Tu y vas vraiment, je veux dire à Augustodunum ?

– Oui, ici je ne pourrais pas faire parler les gens. Ils seraient impressionnés, peut-être morts de trouille. À Augustodunum, j'espère que ça sera différent.

– Tu prends qui avec toi ?

– Ceux qui m'accompagnent depuis Rome. Les légionnaires, le centurion, Egnatius évidemment, mes serviteurs.

– J'espère que le préteur t'aura trouvé une *domus* assez grande.

– Au pire, je t'en renverrai quelques-uns.

Il avait l'air inquiet.

– Probus, quelque chose ne va pas ?

– Chevalier, jusqu'à hier, je ne m'étais pas posé de question, je me contentais d'obéir. Le légat commandait, puis Publius a pris la relève. Mais ce que j'ai entendu en quelques heures...

– Au fait, Publius, tu en as des nouvelles?

– Il ne veut toujours voir personne, à part ses deux esclaves.

– Tu lui as envoyé un médecin?

– Un médecin? Celui que nous avons sait tout juste diagnostiquer si le sujet est encore vivant ou déjà mort. Après son passage, il est généralement mort. Je préfère éviter.

Il me fixa avec gravité.

– Fais attention à toi, Chevalier.

– Pourquoi cet... avertissement?

– Je ne sais pas. J'ai... j'ai entrevu des... des choses qui ne me plaisent pas.

– Tu crois que je ne m'en rends pas compte?

Je le regardai avec sympathie. Ses recommandations reproduisaient celles que m'avaient prodiguées Séjan, d'abord, puis le Gouverneur Aviola. Au sein de la hiérarchie administrative, ces trois-là occupaient des places bien différentes. Les accents de Probus me paraissaient les plus... intuitifs, les plus authentiques. Et donc, les moins rassurants.

– Ce qui m'ennuie, ajouta-t-il, c'est la distance. D'ici à Augustodunum, il y a une douzaine de milles. S'il t'arrive un ennui, le temps que je sois prévenu... Il faut que nous mettions au point un système.

– Que proposes-tu?

– Tu vas prendre avec toi deux estafettes. Le premier, tu me le renverras tous les jours à midi, le second avant le soir. Ils se relaieront.

– Tu ne crois pas que tu exagères, Probus? Je ne m'enfonce pas au cœur des marais de Germanie, je...

Egnatius apparut brusquement.

– Pardonnez-moi! Chevalier, je te cherchais partout! Tout le monde attend tes ordres.

– Egnatius, nous partirons lorsque Caius Julius Magnus donnera lui-même le signal.

Il esquissa un sourire.

– J'ai l'impression que, sans intervention extérieure, l'attente risque d'être longue.

– Rien ne presse.

– Si cela vous arrange, je ferai sonner les trompettes, dit Probus.

– Excellente idée, Commandant, dit Egnatius en riant.

Probus le regarda avec étonnement, puis ses yeux se tournèrent vers moi. D'où venait l'assurance de... cet esclave? Je me sentis plutôt gêné.

– Egnatius a été mis à ma disposition par le Préfet du Prétoire.

– Ah!

Son air indiquait qu'il ignorait à peu près tout du Préfet et du Prétoire. Egnatius reprit:

– Je suis confus, je parle un peu inconsidérément, mais le Chevalier m'avait demandé de faire boire. J'ai dû me dévouer moi-même, et il me reste quelques... vapeurs à éliminer.

– Ton sacrifice a-t-il donné des résultats?

– Je crois. Je les consignerai par écrit ce soir ou demain.

– Tu m'en donnes un aperçu?

– Je vais essayer. L'actuel préteur détestait Sacrovir. Une très vieille haine, ancestrale. Il le traitait d'incapable, faisait tout pour l'empêcher d'accéder aux magistratures, sans parler d'affaires d'ordre... disons économique, passablement sordides. En outre, il aurait voulu épouser la sœur, qui l'a envoyé sur les roses.

– Épouser la sœur?

– Certains racontaient, à la fin du repas et en mourant de rire, que Magnus en était tombé amoureux fou lorsqu'elle avait quatorze ou quinze ans, et qu'elle était devenue son obsession. Il avait mis en œuvre tous les moyens possibles. À la fin, il n'y a pas longtemps, deux ou trois ans, elle lui a flanqué une raclée, le décorant d'ecchymoses, lui balançant un coup de pied là où ça fait le plus mal à… l'amour-propre d'un homme.

Probus et moi n'en revenions pas. D'abord, parce que nous nous rappelions la version que nous avait donnée le préteur. Ensuite et surtout, nous ne pouvions imaginer une femme de la noblesse éduenne se conduisant de la sorte !

– C'est une plaisanterie, Egnatius ?

– Pas le moins du monde. Je répète leurs propos.

– Enfin, … une femme, ça n'est pas possible !

– La sœur de Sacrovir, Chevalier. Elle semble assez particulière.

– J'ai entendu, dit Probus, d'autres anecdotes sur certaines de ces Gauloises. Dans les temps anciens, elles combattaient comme des furies, on les redoutait plus que les Gaulois eux-mêmes.

Je décidai de laisser tomber l'argument.

– Mais… pour le reste, le côté politique ?

– Pas grand-chose à se mettre sous la dent. Ils sont les clients du préteur. Autant ils se plaisent à narrer des anecdotes relevant du privé, dès qu'on touche à la politique, bouche cousue. Magnus est le patron, ils le craignent. On aime se moquer des puissants, il n'empêche qu'on les respecte. La politique, c'est leur affaire.

– Pas terrible comme moisson.

– À mon avis, Chevalier, tu en apprendras plus en les interrogeant individuellement. Les groupes ne font pas de confidences, sinon à la marge, et pour rire ensemble.

– Egnatius, j'ai été injuste. Ton... rapport me servira, sans nul doute.

Probus intervint :

– Sans vouloir te commander, Chevalier, si tu veux arriver à Augustodunum avant la nuit, il serait...

Il fut interrompu par un légionnaire qui arrivait en courant :

– Les Éduens sont sur le départ. Ils souhaiteraient te saluer. Caius Julius Magnus voudrait savoir si le Chevalier est toujours disposé à l'accompagner.

Le voyage qui me mena à Augustodunum me plut énormément. La majorité des « clients » avaient quitté le camp avant nous. Caius Julius Magnus et moi chevauchions à la tête de notre petit groupe. Sitôt en selle, nous avions jaugé nos qualités respectives de cavaliers. Elles étaient équivalentes. Comme moi, il devait monter depuis l'enfance. La sieste, le cheval, le grand air lui conféraient une forme éblouissante, de l'éloquence et, je crois, le désir sincère de me communiquer l'amour de son pays.

– Tu sais que tu as de la chance ? Tu arrives au meilleur moment. En fait, il y en a trois. Lorsque la neige recouvre tout, généralement en février. Le mois de mai peut être une merveille, tu verrais ce ciel et la couleur des champs. Mais je préfère le début de l'automne. Les prairies encore vertes, les arbres qui se dorent, qui vont bientôt roussir. Le soleil encore chaud, une pluie ou deux qui font pousser les champignons – tu auras l'occasion d'en déguster sous peu.

De fait, les paysages ne pouvaient m'évoquer ni l'Italie, ni la Belgique, encore moins les Germanies ! Nous longions ou traversions de petits bois de chênes, de hêtres, d'ormes, de noisetiers, de châtaigniers, d'autres essences que je ne connaissais pas.

Le plus souvent, la voie était bordée de champs et de pâturages. Les récoltes étaient faites depuis longtemps.

– Vous cultivez quoi ici?

– Oh, un peu de tout. Du blé, de l'orge. Pas mal de fourrage pour les bêtes.

Quelque chose m'étonnait, je n'arrivais pas à savoir quoi. Soudain, je compris :

– Évidemment, je ne m'attendais pas à voir des oliviers, ni des vignes. Mais vous n'avez pas d'arbres fruitiers, des pommiers, des cerisiers, des pêchers, des...

– Ça commence. On a importé des plants d'Italie, mais il faut les acclimater, les rendre plus résistants. Ici, tu as un coup de gel en avril ou mai, tu perds tout. Pour l'instant, on y va calmement. Dans ma famille, on a toujours investi dans les pruniers, mon père avait commencé avec les poiriers, mais ça ne représente pas grand-chose.

– Tu possèdes des domaines importants, si j'ai bien compris.

Il acquiesça.

– Et alors? Tu y fais quoi?

– Surtout de l'élevage. Les bovins. Les collines que tu vois produisent des herbes, des plantes merveilleuses qui donnent la meilleure viande du monde.

– Rien que ça! Je croyais que les Gaules se nourrissaient de cochon!

– Chevalier, pitié! C'est ce que vous pensez en Italie!

Nous chevauchâmes quelque temps en silence. Il nous restait trois ou quatre milles, lorsque le préteur me fit signe :

– Excuse-moi de revenir sur l'argument, accepterais-tu de regarder sur ta gauche?

Des bœufs nous jetaient des regards placides.

– Cette pâture est à moi.

– Félicitations!

– J'en ai bien d'autres. Ce que je voulais te dire: pour en arriver là, il a fallu que mon grand-père achète trois ou quatre taureaux en Cisalpine, dans la plaine du Pô. Nos vaches étaient si petites (ou si peu appétissantes) que ces foutus taureaux ont refusé de les... honorer... pendant deux ou trois ans. Ils ont fini par se décider – loué soit... le dieu qui s'occupe de ces affaires! En une trentaine d'années, on a augmenté le poids de ces bestioles d'un bon tiers, et ça continue.

Je ne commentai pas.

– Chevalier, ces questions ne t'intéressent pas? C'est bien toi qui les as posées?

– Si, si, je m'intéresse aux cultures. Mais je n'ai aucune expérience de l'élevage.

J'aurais à peine pu accueillir une génisse efflanquée dans ma « splendide » propriété.

Nous reprîmes notre parcours, Augustodunum approchait. À un certain moment, le préteur nous fit quitter la piste. Par un chemin à travers bois, nous rejoignîmes... une véritable voie, bien équipée avec un solide revêtement de cailloutis.

Nouvel arrêt, au sommet d'une butte, d'où l'on découvrait un vaste panorama.

– Chevalier, puis-je, de nouveau, te demander un instant d'attention?

– Bien sûr.

– Regarde vers le couchant.

Il s'approcha et tendit le bras.

– Tu vois cette... j'allais dire montagne, mais toi qui connais les Alpes, tu trouverais le terme exagéré. Disons, cette... éminence.

Au milieu d'un relief assez tourmenté se détachait un massif allongé qui dominait son environnement.

Je le distinguais avec un peu de difficulté, car le soleil obligeait à cligner des yeux.

– C'est là qu'habitaient mes ancêtres.

– Tu veux dire, sur cette... montagne – j'accepte de l'appeler ainsi!

– Oui, c'est l'ancienne capitale des Éduens. Bibracte.

Je n'ignorais pas que les Gaulois, avant la guerre contre le dieu César, avaient souvent choisi des lieux escarpés pour y établir leurs villes – enfin, ce qu'ils considéraient, eux, comme des villes.

– Je comprends que tes parents (ou grands-parents) aient préféré construire Augustodunum!

– D'accord avec toi, Chevalier, même si tous ne partagent pas cet avis.

– Ah bon?

Ces avis divergents m'indifféraient, mais j'appréciais ce que Magnus m'apprenait. La compétence de mon « guide » accroissait mon indulgence à l'égard du Préteur des Éduens, je m'en voulais de l'avoir malmené.

D'une phrase, il dissipa ma mauvaise conscience.

– *Cette ville, au milieu des autres, a haussé la tête, autant que des cyprès au milieu des viornes flexibles*.

Il me regarda d'un air complice. Ces deux vers du grand Virgile consacrés à Rome, j'avais oublié d'où ils venaient, oubli qui m'agaça.

– Pour les cyprès et les viornes, vous avez des progrès à faire.

– C'était juste pour te préparer. Je tiens à te faire découvrir notre Ville sous le meilleur angle possible. La comparer à l'Urbs, ce serait stupidité et sacrilège. Remettons-nous en route.

Plus d'une fois dans ma vie, j'ai éprouvé l'étrange impression de ne pas voir la même chose que mon voisin ou compagnon. Lorsque Publius vantait la sublime beauté d'une femme dont me frappait, moi, l'affligeante vulgarité. Lorsque, sous la tente du commandant en chef, était exposé un plan de bataille dont j'apercevais aussitôt les faiblesses tandis que tous les autres en vantaient l'intelligence. J'écris ces lignes sans forfanterie aucune, n'imaginant pas m'être trouvé seul dans ce cas.

Caius Julius Magnus après nous avoir fait parcourir moins d'un mille, se tourna vers moi et déclara :

– Augustodunum, Chevalier, dans… quelques pas.

Effectivement, au sortir d'un petit bois, nous découvrîmes… sa ville (qui portait aussi le nom du divin Auguste !). Deux impressions, immédiates. La première : quel cadre extraordinaire ! La seconde : c'est tout ce qu'ils ont réussi à faire ?!

– Quel cadre extraordinaire ! m'exclamai-je en me tournant vers le préteur.

– Je suis heureux que tu y sois sensible.

J'apercevais une sorte de plateau que la nature avait isolé par des pentes plus ou moins abruptes. Il était fortement incliné : d'où j'étais, je le voyais quasiment… plonger vers une plaine où se distinguait un cours d'eau. Derrière moi, des collines élevées. À gauche et à droite, des reliefs moins sévères mais assez marqués.

– C'est pour venir ici que vous avez quitté votre montagne ? Les Éduens aiment la difficulté !

– Nous n'avons guère de plaines.

– Le légat en a bien trouvé une pour établir le camp dont nous venons, il me semble ?

– Eh bien, nous avions sans doute d'autres raisons.

– Lesquelles ?

– Cela t'ennuie si nous en reparlons plus tard ? Je voudrais te montrer quelque chose.

Je n'eus pas le temps de concrétiser ma seconde impression, à savoir que la « ville » qui s'étendait sous mes yeux, en contrebas, paraissait une drôle de chose, avec des bâtiments dispersés, des zones vides, ou en travaux. Comme une tapisserie en cours de réalisation, chacun des panneaux obéissant à son rythme, les uns finis, d'autres en cours ou non entamés.

À l'approche d'Augustodunum, la voie avait été dallée, nos chevaux ralentirent pour éviter des glissades. Nous arrivâmes en face d'une Porte comme j'en avais vu vingt ou trente en Italie ou ailleurs. Le préteur fit arrêter notre petite troupe.

– Si tu permets, Chevalier. Ne me taxe d'aucun orgueil. Cette Porte a été construite – je veux dire : offerte – par mon Père.

– Elle est superbe.

– Nous avons fait venir des artistes d'Italie et de Gaule Narbonnaise. Je ne te dirai pas à quel prix (soupir). Mais quelle beauté ! Je puis passer des heures à contempler ces merveilleux chapiteaux, leurs acanthes si finement ciselées, les cannelures incroyables des pilastres, les...

Assez impoliment, je l'avoue, j'interrompis sa déclaration... exaltée, dont je ne comprenais pas un mot sur deux.

– Excuse-moi, mais ta Porte, à elle seule, elle sert à quoi? Normalement, si on construit des portes, c'est qu'il y a des remparts, non?

Ma question sembla l'enchanter.

– Pour te répondre. *Primo,* le divin Auguste nous a conféré le privilège d'élever *portas murosque*, des portes et des remparts. Nous avons commencé par les portes. Outre celle-ci, tu pourras en voir trois autres, si cela t'intéresse.

– Bien sûr ! J'en serai charmé.

Le soir commençait à tomber, soufflait un petit vent frais qui faisait presque frissonner. J'espérai que, passé le *primo,* ne viendraient pas trop d'autres arguments.

– *Secundo,* le rempart est en voie de réalisation. Certains tronçons sont à peu près finis, là où des soutènements étaient nécessaires. Le problème, c'est la main-d'œuvre. Quand tu construis une ville à partir de rien, tu ne peux pas tout faire à la fois, les maisons, les monuments, les remparts, les rues, les…

Je coupai court à l'énumération.

– Merci de cette présentation. J'aurai plaisir à visiter ta ville, et j'ai compris que j'obtiendrai de toi toutes les précisions possibles.

Il eut l'air ravi.

– Chevalier, je suis profondément heureux que tu aies saisi le prix que j'attachais à ton entrée dans Augustodunum. Rien ne me réjouit plus qu'un regard appréciateur et surtout… indulgent.

Le soir tombait. Le ciel était chargé de nuages qui ne laissaient rien présager de bon.

– Ne t'inquiète pas, ici, le temps peut changer en quelques heures. À mon avis, plusieurs orages vont éclater cette nuit, plutôt dans les environs. Demain, peut-être un peu de pluie (ce serait bon pour les champignons!), mais on est dans du beau pour une semaine ou deux.

Caius Julius Magnus démontrait des connaissances multiples. Sa science (disons plutôt: son flair) pour le temps qu'il ferait attestait une expérience, un tempérament, une sensibilité qui le liaient à la terre. Pas du tout aux cannelures ou je ne sais quoi de la fameuse Porte. Voilà qui aurait dû me le rendre sympathique. J'avais d'ailleurs apprécié nombre de ses réactions la veille ou durant le déjeuner. Pourtant, je n'arrivais pas à me sentir en complicité avec lui, quelque chose coinçait – mais quoi? Cette réflexion peut paraître bizarre, mais je me rappelle fort bien me l'être formulée au moment où nous allions quitter la Porte. Je regrette de ne pas l'avoir approfondie!

– Chevalier, la visite, ce sera pour demain. Rendons-nous à ta *domus*.

Il remit son cheval en marche. La pénombre n'était pas telle qu'on ne pût circuler sans torches, mais elle empêchait de voir à plus de dix ou quinze pas. Nous suivîmes, prêtant plus d'attention à assurer notre sécurité – parfois, nos montures ralentissaient ou hésitaient – qu'à observer l'environnement. Peu de lumières dans les quelques bâtiments (indéfinissables) que nous longions. Brutalement, une pluie lourde se mit à tomber.

Caius Julius Magnus s'arrêta devant un porche. Il fit signe à l'un des membres de son escorte, qui alla frapper avec violence à la porte. Celle-ci s'ouvrit aussitôt.

– Des torches, imbéciles! Et protégez-les.

Les deux serviteurs rentrèrent et revinrent en un clin d'œil. La lumière me permit d'apercevoir une façade où le bois et le torchis n'avaient été enduits qu'à moitié, et dont l'étage n'était pas fini.

– Envoyez du monde pour les chevaux et les bagages! Remisez les voitures chez Honoratus.

Nous mîmes pied à terre et entrâmes dans la *domus*.

– Désolé, Chevalier, ce n'est pas Rome. Ni même les... rudes campements occupés par l'Illustre Légat de Germanie Supérieure.

Si je n'avais été trempé, j'aurais difficilement réprimé un éclat de rire.

Des serviteurs allumaient des lampes à multiples becs. Je découvris une petite *domus*, plutôt bien organisée autour d'une modeste cour à colonnade.

Une dizaine, douzaine de pièces assez spacieuses. C'est vrai, les pavements... viendraient plus tard, mais il y avait des tapis sur les sols. Les murs étaient à l'état brut (sauf dans un salon superbement orné de peintures à l'italienne). Comme je l'avais deviné depuis l'extérieur, l'étage était en travaux.

– J'espère que toi-même et tes serviteurs pourrez vous loger convenablement. Pour toi, ces trois pièces sur le péristyle, avec le salon pour recevoir. Il reste cinq ou six chambres pour ta suite.

– Je te remercie. Oui, ça me semble correct.

Une question me vint à l'esprit.

– Dis-moi, cette *domus*, elle t'appartient?

– Pas le moins du monde.

– Alors, pourquoi est-elle... libre?

– Le propriétaire et ses fils aînés ont été tués lors des... événements, en suivant Sacrovir, les armes à la main. Sa femme est partie avec les filles et le plus jeune garçon. Elle s'est réfugiée chez ses parents, qui sont Bituriges*.

Sans y attacher la moindre importance, je demandai:

– Le propriétaire, c'était qui?

– Son père était le frère de ta mère, Chevalier. Tu es chez ton cousin germain. Chez toi, en quelque sorte.

* Autour de l'actuelle Bourges.

– 10 –

J'eus un mal fou à m'endormir. Non que mon estomac fût encombré par le dîner, pris sur le pouce. Ce que je n'arrivais pas à digérer, c'était le « coup » du préteur. Me loger chez mon cousin, partisan de Sacrovir! Quel mobile l'avait inspiré, que cherchait-il? Compromettre l'Envoyé de César Auguste? Ou, au contraire, me faire plaisir? Je tournais dans ma tête tous les arguments possibles, sans arriver à conclure. Après l'avoir fréquenté un jour et demi, je nourrissais plutôt une bonne impression de Caius Julius Magnus. Cela dit, à deux reprises, je lui avais fait subir des humiliations. Me rendait-il la monnaie de ma pièce? Il avait admirablement joué, puisque j'étais incapable de discerner les raisons de sa conduite.

Me revinrent alors à l'esprit des paroles de Séjan. « Ne te laisse pas avoir. Tu as toute la puissance de Rome à ta disposition. Tu peux acheter, punir, mettre à mort. Je veux des résultats ».

Ce qui compta par-dessus tout, ce furent les sensations que je ressentais dans cette *domus*. Ma mère n'y avait jamais habité, évidemment. Son frère, mon oncle? Eût-il été vivant, Magnus me l'aurait fait savoir! Mon cousin et ses fils tués par *nos* légions, le reste de la famille fuyant pour éviter... *nos* représailles. Une rapide inspection m'avait montré que le « ménage » avait été fait: pas un *volumen,* pas une tablette. Je n'apprendrais rien sur ces inconnus qui, inopinément, brutalement, venaient de faire irruption dans mon existence.

Vers la fin de la nuit, je me levai, allai secouer Egnatius et le centurion, donnai mes ordres. Puis, je dormis à poings fermés.

Caius Julius Magnus se présenta au milieu de la matinée. Après les salutations d'usage :

– Chevalier, cet après-midi, nos décurions viendront te rendre hommage et répondre à tes questions. Pour moi, ce serait un honneur incommensurable si tu acceptais de déjeuner dans ma modeste *domus*.

– Avec le plus grand plaisir. Je t'en remercie d'avance.

– D'ici là, veux-tu que je te fasse découvrir ma ville, dont je répète qu'elle est aussi celle du divin Auguste ? Nous pourrions partir à pied, mais je ferai suivre des chevaux pour t'emmener un peu plus loin.

Le ciel était chargé, les nuages défilant à vive allure sous l'effet du vent d'ouest. À la porte, nous attendaient six clients du préteur, que j'avais déjà vus la veille. Nous nous saluâmes. Quatre esclaves tenaient des chevaux par la bride. Un peu à l'écart, j'aperçus un drôle de personnage, très grand, quasiment squelettique. Il avait laissé pousser tous les éléments pileux dont la nature dote les êtres humains. À peine si l'on distinguait ses yeux et sa bouche. Il portait une tunique bariolée. Caius Julius Magnus me prit par le bras et me murmura à l'oreille :

– Tu l'as vu ? Étonnant, mais c'est un génie.

Le génie s'inclina devant moi. Pas beaucoup, il est vrai.

– Je salue l'Envoyé de César Auguste.

Service minimum. En le fixant, je me demandai quel âge il pouvait avoir. Probablement la cinquantaine : les fils blancs étaient majoritaires dans ces dégringolades de pilosités.

– Ménandros supervise les travaux. J'ai pensé qu'il pourrait, mieux que moi, t'expliquer.

L'autre me regarda – du moins me sembla-t-il, car il aurait fallu balayer devant ses yeux, voire travailler à la faucille ou aux forces à mouton. Lorsqu'il parlait, il agitait les bras, secouait la tête, se tournait en tous sens. Je m'attendais à entendre craquer ses os.

– Chevalier, tu as sûrement lu des traités d'architecture et fréquenté certains de mes confrères.

Il parlait le latin comme certains Grecs, avec un accent légèrement zézayant. À quoi il ajoutait, je crois, une certaine affectation.

– Des traités, non, des architectes, pas trop. J'en ai mis deux ou trois en prison pour détournement de fonds ou tromperie sur les fournitures. On en a même exécuté un. Mais j'admire beaucoup… l'art que tu exerces.

J'adoptai un ton guilleret.

– Je me réjouis de faire cette visite en ta compagnie, je sens que je vais beaucoup apprendre. Surtout avec les compléments qu'apportera Caius Julius Magnus.

Ils échangèrent un regard.

– N'hésitez d'ailleurs pas à m'exposer les aspects financiers, je m'y suis toujours intéressé. Je sais que le gouverneur provincial cherche à établir des sortes de… comparaisons de ville à ville, de cité à cité. Surtout lorsque le divin Auguste a largement ouvert sa cassette.

Nouvel échange de regards. L'architecte perdait progressivement de sa superbe.

– Tu travailles à Augustodunum depuis longtemps?

– Une douzaine d'années.

Caius Julius Magnus intervint:

– Chevalier, avant de commencer, quelques mots d'explication.

– Alors, rentrons, cela vaudra mieux.

Une petite pluie oblique venait nous fouetter le visage. Nous nous installâmes tous les trois dans le salon, celui qui était décoré de peintures. Je fis apporter des coupes.

– Les mots qui vont suivre, je les tiens de mon père. Tu te rappelles Bibracte, que je t'ai montrée hier ?

– Ah oui, ... la montagne.

– Il y a quarante ou cinquante ans, je ne sais exactement, certains membres du sénat – je veux dire le nôtre, le sénat éduen – ont lancé une idée qui a provoqué des polémiques dont tu n'imagines pas la violence.

– Quitter Bibracte, je suppose, établir la capitale ailleurs ?

– Exactement.

Il semblait déçu que j'eusse deviné : c'était pourtant un jeu d'enfant à partir de notre conversation de la veille.

– Leurs raisons ?

– Les meilleures du monde. La paix régnait. Pourquoi demeurer en des lieux aussi incommodes, difficiles d'accès, où les remparts comme les habitations souffraient des intempéries ? Et mille autres arguments.

– Mais ils rencontrèrent une opposition... que tu dis farouche ?

– Comme d'habitude. Le poids des traditions. Et surtout, Bibracte, depuis toujours, c'était le lieu où les Éduens vénéraient leurs divinités les plus chères – au premier rang, Bibracte elle-même, notre Belle, notre Sublime déesse, Protectrice de notre peuple, Garante de notre prospérité.

– Alors, la décision ?

– Les partisans du changement étaient, évidemment, ceux qui avaient servi Rome, ils avaient des accointances, des relations. Le gouvernement provincial approuvait leur proposition. Certains d'entre eux purent, de surcroît, s'adresser aux plus hautes personnalités. Au Très Noble Agrippa. Et, aussi incroyable qu'il paraisse, au divin Auguste en personne. Comment y sont-ils parvenus? Je l'ignore.

Pour que le divin Auguste acceptât de donner son nom à Augustodunum, de puissantes raisons avaient dû le motiver. Une amitié avec tel Éduen? Des visées plus politiques? L'ancienneté de l'alliance entre Rome et ce peuple?

– Évidemment, les opposants se sont... écrasés?

– Difficile de faire autrement. Mais ils ont réussi à prendre une petite revanche.

– Explique.

– Chevalier, tu as longtemps servi dans les légions. Tu as l'expérience des camps. Avant de les établir en tel ou tel lieu, on réfléchit, on recherche les configurations les plus favorables, on prend en compte toutes sortes de considérations, on...

– Évidemment. Où veux-tu en venir?

– Les préteurs (à l'époque, on les appelait « vergobrets ») ont consulté des spécialistes, lesquels ont étudié tous les emplacements possibles dans les environs de Bibracte. Ils ont fini par en proposer deux.

– Et alors?

– Refusés. Vote négatif du sénat.

– Pour quelle raison?

– Mon Père ne savait comment expliquer. L'ancienne religion était encore très forte. Attention, moi-même, je continue d'honorer nos dieux ancestraux. Mais, à l'époque, on était très attaché aux lieux qui leur étaient consacrés, on n'imaginait pas que la capitale des Éduens puisse s'établir ailleurs qu'à un endroit fréquenté par nos dieux, habité par eux, protégé par leurs pouvoirs. À part la montagne, il en existait un seul d'important.

– Et c'était… là où nous sommes?

– Tout à l'heure, si tu veux, nous irons visiter (respectueusement) l'un de nos plus anciens sanctuaires.

– Donc, les… adversaires du changement ont imposé d'édifier ici la nouvelle capitale?

– Oui, et leurs arguments ont rallié une large majorité.

Ménandros intervint en tonitruant et en agitant tous ses membres.

– Décision catastrophique. Du point de vue de l'homme de l'art.

– Moi-même, en dépit de mon incompétence, je m'étais étonné hier soir en apercevant ces pentes… assez impressionnantes.

– Alors Chevalier, tu es prêt pour la visite, et j'espère que ton indulgence nous est acquise.

Par la porte du salon, nous apercevions la pluie qui frappait les dalles du péristyle.

– J'ai peur qu'il ne nous faille prendre des manteaux.

Le préteur leva la main.

– D'ici peu, le soleil va revenir. Allons-y.

– Puis-je exprimer un souhait?

– Chevalier, tes souhaits seront des ordres.

– Menez-moi au… sanctuaire dont tu as parlé, Magnus. Ensuite nous parcourrons la ville.

J'avais une raison bien précise pour faire cette demande. Ils l'attribuèrent – à tort – au désir de comprendre, de suivre la logique mise en œuvre par les « opposants ». La rue sur laquelle donnait la *domus* de… mon cousin… croisait une voie qui dégringolait vers la plaine. Je ne fis pas attention aux bâtiments, tentant de maîtriser mon cheval, guère à l'aise sur ce terrain glissant, à peine aménagé.

– Il nous faut faire un détour, le gué est un peu plus loin.

Nous traversâmes le fleuve. Comme l'avait prédit Magnus, la pluie avait cessé, et se dessinait un superbe arc-en-ciel.

Une gigantesque palissade délimitait un enclos dont je ne pouvais saisir les dimensions, tant elles étaient vastes. On distinguait de grands arbres. Nous nous approchâmes d'une porte, non, pas d'une porte, d'une ouverture qui donnait accès à une allée. J'aperçus deux constructions en bois, assez bizarres. Caius Julius Magnus semblait éprouver une gêne considérable.

– Chevalier, si tu veux entrer, les dieux des Éduens t'accueilleront avec...

Il ne savait comment terminer sa phrase.

– Non, je salue tes dieux, mais ne saurais leur parler.

Ménandros m'interpella :

– Si tu permets, Chevalier, retourne-toi, tu vas tout comprendre.

Impressionnant. Ce qu'ils appelaient Augustodunum semblait sur le point de glisser, tant la colline paraissait instable, abrupte par endroits, mal délimitée à d'autres. Les constructions que j'apercevais ne répondaient apparemment à aucune organisation logique. De grandes saignées blanchâtres se croisaient. Une Porte, semblable à celle que le préteur m'avait montrée la veille, constituait, vers le bas de la pente, une protection... on ne peut plus symbolique.

– Tu vois le problème, me dit Ménandros avec agitation? Je me heurte à deux exigences difficiles à concilier. Pour ne pas dire incompatibles. Si l'on veut établir une ville sur un terrain de ce genre, il faut constituer des terrasses, aménager les pentes, construire des soutènements, prévoir les rues – sans parler des égouts. Mais, en même temps, on te demande, (il se tourna vers Caius Julius Magnus) les hautes autorités veulent construire tel monument ou leurs *domus*, ils font venir leurs propres architectes. L'horreur absolue.

– Tu exagères, dit le préteur, notre sénat t'a toujours soutenu.

– Oui, officiellement. Ce qui n'empêche pas chaque décurion d'essayer d'enfreindre les règlements qu'il a votés.

Il ajouta, en regardant le préteur dans les yeux:

– N'est-ce pas?

Léger silence, significatif.

– Continue, je te prie, tu m'intéresses vraiment (j'étais sincère).

– Eh bien, je vais à la fois me vanter et me plaindre. Pour moi, c'est le plus important, l'implantation générale est à peu près terminée. Les terrasses sont délimitées, une bonne moitié d'entre elles ont reçu leur soutènement de moellons. Les autres, tu en vois le profil taillé dans la roche.

C'étaient les « saignées » que j'avais remarquées.

– Les rues sont toutes tracées, au pouce près. Je te montrerai les bornes qui en marquent chacun des côtés et qui balisent les carrefours. Le Sénat a prévu de lourdes amendes pour quiconque violerait ces limites.

Il regarda le préteur:

– N'est-ce pas (c'était son tic)?

– Absolument.

Ménandros soupira.

– Tu prévois une organisation stricte, harmonieuse (pour autant que ce soit possible ici). Le sénat te soutient, on vote des règlements, mais tu es harcelé du matin au soir par les demandes de dérogation. Ou plutôt, les gens établissent leurs propres projets. Ils sont encore dans une logique ancienne : « j'ai acheté tant de lots, ils sont à moi, j'y fais ce que je veux ». Le plus clair de mon temps, je le passe à expliquer aux collègues du préteur qu'une ville (au sens où nous l'entendons, nous, les hommes de l'Art) répond d'abord à des règles.

Avec une manche de sa tunique, il retroussa je ne sais combien de centaines de poils pour s'essuyer la bouche.

– Moi, ce qui me frappe, dis-je, c'est qu'on ne voit guère de monuments, ni même de *domus*.

– Chevalier, s'exclama Caius Julius Magnus, cette ville n'a pas mon âge, il s'en faut de beaucoup ! Comme te l'a expliqué Ménandros, on ne peut pas tout faire à la fois ! C'est vrai, beaucoup de gens vivent dans des cahutes, comme à la campagne. Tu vois quand même ce grand temple (je suivis son doigt) – l'Illustre Gouverneur est venu le dédier il y a cinq ou six ans – que nous avons consacré à Rome et au divin Auguste. Un peu plus haut, commence à s'élever celui de notre dieu Anvallos. À gauche, tu…

Brusquement, se déversa une averse qui nous cingla. Nous nous enveloppâmes de nos manteaux.

– Mieux vaut gagner ma *domus*, Chevalier.

Ce ne fut pas une partie de plaisir : la *domus* du préteur se trouvait presque au sommet de la ville. Nous eûmes à gravir la voie principale, tentant de nous protéger des bourrasques. Nos montures peinaient encore plus que nous. Sitôt arrivés, nous sautâmes à terre et nous précipitâmes sous le porche.

– Entrez, entrez, dit le préteur en ouvrant la porte.

Il s'arrêta, stupéfait. Des légionnaires lui faisaient face dans le vestibule, la main sur la garde de leur glaive.

– Qu'est-ce qui se passe? Que faites-vous ici?

J'intervins.

– Caius Julius Magnus, au nom de César Auguste Impérator, j'ai pris possession de ces lieux.

Il me fixa, les yeux exorbités.

– Ta famille et tes serviteurs les ont quittés dans la matinée. J'ai mis à leur disposition la *domus* où tu m'avais logé, celle... de mon cousin (à t'en croire). Mais tu peux te rendre ailleurs, dans l'une de tes *villae*.

J'attendais sa réaction. Allait-il s'écrier qu'il ne comprenait pas – auquel cas, je jugerais de son degré de sincérité? Ce fut le contraire. Ses épaules s'affaissèrent, il me regarda avec une sorte de tristesse, en secouant la tête, et dit:

– Suis-je... comment dire?... Suis-je libre de mes mouvements?

– Non. Où que tu te rendes, je te prie d'y demeurer jusqu'à nouvel ordre. Pas de sorties, pas de visites. Une escorte va t'accompagner.

Il demeurait immobile, son visage trahissant une vive inquiétude, pour ne pas dire de la peur.

– Chevalier, puis-je te supplier de revenir sur ta décision? Je redoute qu'elle ne déclenche des... des malentendus, voire pire encore.

– Non.

Il soupira profondément. Trois légionnaires l'encadrèrent. Ils partirent. Ménandros avait disparu depuis longtemps.

Avec l'aide d'un des esclaves qui m'accompagnaient depuis Rome, je me débarrassais de mon manteau trempé, et je m'essuyais la tête, lorsque parut Egnatius, enchanté:

– Superbe, Chevalier! Vraiment, tu l'as... eu... magnifiquement.

– Merci, Egnatius. Je ne suis toujours pas sûr d'avoir raison.

– Si, forcément, au moins vis-à-vis des autres décurions. D'ici la prochaine heure, tous seront au courant, ils auront compris que tu ne plaisantais pas. Tu le constateras cet après-midi lorsqu'ils viendront te visiter – sois sûr qu'ils ne se tromperont pas d'adresse! En attendant, le déjeuner que voulait t'offrir Caius Julius Magnus n'est pas perdu, nous avons pris le relais de ses cuisiniers, et tu pourras boire à sa santé!

La *domus* était deux fois plus grande que celle de mon cousin (ou supposé tel), et aucune pièce, aucun couloir, aucune cour n'étaient demeurés en souffrance. Les décors présentaient sûrement moins de somptuosité que dans les grandes maisons de Rome ou de la province Narbonnaise, mais, ne les ayant guère fréquentées, je ne pouvais argumenter cette impression. Je passais de pièce en pièce, non sans éprouver un sentiment de gêne, car, expulsés sur l'heure, les occupants avaient laissé toutes les traces de leur vie quotidienne, parfois de leur intimité. J'espérais que les légionnaires les avaient autorisés à rassembler quelques affaires et à emporter un minimum de bagages. Le péristyle était d'assez jolies dimensions, la cour ornée de buissons et d'une fontaine qui crachait l'eau par la bouche d'un triton. La pluie redoublait de violence, et je pus apprécier l'efficacité des évacuations: la *domus* disposait de bons égouts! Où se déversaient-ils? Dans la rue? Ou bien la ville avait-elle déjà équipé un réseau souterrain? Ménandros n'avait pas évoqué la question.

À mesure que se déroulait cette visite… indélicate, une question se fit jour dans mon esprit. Lorsque je l'avais expulsé, l'attitude de Caius Julius Magnus m'avait paru naturelle. Qu'il se montrât mécontent, ulcéré, rien de plus normal. Mais, à y réfléchir, je me rappelais autre chose: ses traits avaient exprimé une véritable peur. Peur de quoi? De perdre la face devant ses concitoyens? Peu probable. Alors? Cette *domus* recelait-elle un secret, des secrets que le préteur redoutait de me voir découvrir? Je m'assis dans un fauteuil d'osier garni de coussins moelleux, regardant par la baie qui ouvrait sur le péristyle les jeux de la pluie sur les buissons et le dallage. Quel genre de secrets? Je ne concevais qu'une possibilité : des documents. Des documents compromettants.

Je revins vers les pièces du devant, et appelai :

– Egnatius !

– Me voici, Chevalier.

– Egnatius, cette *domus* doit contenir toutes sortes de documents, des courriers, des actes, je ne sais quoi. J'aimerais que tu les recherches, que tu les classes, et nous les étudierons ultérieurement.

– Excellente idée, Chevalier, viens voir.

Une grande pièce servait manifestement de bureau au préteur. Cinq coffres à terre, et des dizaines de coffrets ou d'étuis à *volumina* sur des étagères. Egnatius avait sorti et étalé sur un tapis le contenu du premier coffre.

– J'ai fait sauter la serrure, comme tu vois. Non sans mal. Nous aurions dû fouiller le préteur : peut-être portait-il un trousseau sur lui. Ou bien lui faire dire où il cache les clés.

– Egnatius, je l'ai assez humilié. Tant pis, cassons.

– Jusqu'à présent, je n'ai rien aperçu de digne d'intérêt, mais je commence à peine.

– Et si nous déjeunions? Toutes ces émotions m'ont creusé l'estomac.

– Je vais avertir les cuisines.

– Je t'accompagne, voyons comment elles se présentent.

Elles se composaient de deux vastes pièces, la première servant de resserre, avec des étagères pour ranger la vaisselle, des garde-manger, des tables portant des coupes de fruits ou des cruches, etc. La seconde était destinée à la préparation des repas : deux grands éviers, un four, des grils, une cheminée à crémaillère, et une immense table tout en longueur. Trois de mes serviteurs étaient à l'ouvrage, apparemment contents de travailler dans une vraie cuisine plutôt que de se livrer à des acrobaties pour mes déjeuners en plein air. L'un d'entre eux s'inclina :

– Quand tu veux, Chevalier, nous avons préparé le petit triclinium.

– Un instant.

J'apercevais deux portes ménagées dans le mur aveugle de la desserte. La curiosité me prit :

– Ces portes, elles donnent où ?

– Celle de gauche, dans une cave à provisions, avec les réserves de nourriture, une trentaine d'amphores, et…

– Et l'autre ?

– Elle est fermée à clé.

Je m'approchai. Non seulement elle était munie d'une serrure impressionnante, mais en bas et en haut deux grosses tiges de fer entraient dans le plafond et dans le sol, bloquées par d'autres serrures d'un genre particulier qui, de plus, paraissaient neuves.

– Bizarre, non ?

Egnatius était aussi surpris que moi. Je pris ma décision :

– Il faut ouvrir cette porte.

– Sans clés ? Tu rêves : autant démolir le mur, et le quart de la *domus* viendra avec.

– Il y a bien des haches, des masses, non ?

– Oui, dit l'un des esclaves, j'ai aperçu un atelier, la porte à gauche dans le vestibule.

– Les légionnaires ont pris leur repas ?

– Depuis longtemps, ils sont dans leurs chambres à l'étage.

– Egnatius, demande au centurion de descendre avec trois ou quatre hommes.

Dire que la mission les enchanta serait mentir. Ils regardèrent avec perplexité l'énorme porte et les outils à leur disposition.

– Mieux vaudrait attaquer au burin et au marteau, dit l'un d'eux. Si les serrures résistent, on prendra les haches, mais le bois est costaud.

Les cuisiniers les supplièrent d'attendre qu'on nous eût servi les plats.

– Apportez-les maintenant, dis-je, peu importe si certains refroidissent, je ne vous en voudrai pas.

J'invitai Egnatius et le centurion à ma table. Nous parlâmes peu, non que l'absorption de nourriture nous occupât pleinement, mais en raison des bruits épouvantables qui provenaient de l'arrière-cuisine, accompagnés de cris, d'exclamations, d'encouragements. Egnatius me jetait des regards en coin qui accroissaient mes propres interrogations : n'allais-je pas sombrer dans le ridicule si, la porte ouverte, on ne découvrait que des meubles, des tapis ou des tableaux auxquels tenait le maître des lieux et qu'il avait mis à l'abri des voleurs ?

Une clameur joyeuse nous signala la fin de l'opération. Nous nous précipitâmes. Les serrures avaient été arrachées, tordues, des éclats de bois jonchaient la pièce, deux saignées avaient crevé le plafond et le dallage. La porte, légèrement déformée, refusait encore de s'ouvrir, mais quelques coups de masse dégagèrent l'espace nécessaire. Devant nous, les premières marches d'un escalier de pierre.

– Des torches !

Le centurion descendit le premier avec précaution. Nous parvînmes à l'entrée d'un sous-sol qui comportait trois pièces. Comme je l'avais redouté, elles étaient encombrées d'un indescriptible bric-à-brac : coffres, meubles, tapis roulés, candélabres, statues ou statuettes – bref, tout ce qui n'avait pas été utilisé pour aménager la maison. Il y avait aussi des équipements de cavalerie, harnachements, armes, casques, des ustensiles pour la chasse et la pêche. Des piles de vaisselle, des lits debout contre un mur. J'avais l'air fin.

– Venez voir, dit le centurion qui s'était écarté.

Dans un renfoncement, une petite porte. Nous vîmes qu'elle aussi était munie d'une serrure neuve, mais apparemment peu solide. Appelé en renfort, un légionnaire lui régla son compte.

Nous ouvrîmes. La lueur des torches laissait entrevoir un spectacle atroce.

Sur un lit de fer, gisait un être à demi-nu, un linge lui couvrant les reins et les jambes. La partie supérieure de son corps portait des blessures, des zébrures, des gouttelettes de sang à peine séchées. Une pure horreur. Le visage était tuméfié, déformé. En approchant une torche, je me rendis compte qu'il s'agissait d'une femme, dont la chevelure courte était, elle aussi, imprégnée de sang coagulé.

Je me penchai. Elle respirait selon un rythme saccadé.

– Centurion, va chercher deux hommes.

Avec mille précautions, le lit fut soulevé, franchit l'escalier de la cave. Je le fis déposer dans l'une des pièces donnant sur le péristyle, dont les tentures furent tirées pour épargner à la malheureuse une trop vive lumière. On s'était acharné sur elle, non seulement à mains nues – c'est-à-dire à coups de poing – mais aussi en utilisant des instruments, probablement des fouets.

– Chevalier, un décurion d'Augustodunum demande à te voir.

J'avais oublié ma « convocation »: les décurions allaient se succéder tout l'après-midi. Je passai dans un salon garni de fauteuils confortables.

– Fais-le venir.

S'inclina devant moi un personnage assez solennel, un peu plus jeune que moi, de haute stature. Il tentait de se donner un air calme, mais son regard et son visage trahissaient l'inquiétude. Il n'était pas citoyen Romain, sinon il eût revêtu la toge pour déférer à la convocation de l'Envoyé de César Auguste.

– À tes ordres, Chevalier.

– Décurion, je suis sensible à ton exactitude, qui démontre ton amour envers Notre Glorieux Empereur, que j'ai la lourde tâche de représenter dans votre superbe cité.

– Ne doute pas de mon attachement.

Je tentai de le jauger. Après un moment d'incertitude, ses yeux se fixèrent dans les miens, et nous ressentîmes l'un et l'autre que nous pouvions parler franchement, et même nous faire confiance.

– Si tu te présentes ici le premier, c'est que tu es en tête de l'Album*, je présume?

Il eut l'air un peu gêné.

– Non, pas en tête, dans le groupe de tête. Mes... prédécesseurs ont péri lors des... des événements.

Je savais désormais que, pour évoquer la révolte de Sacrovir, les batailles, etc., il fallait dire « les événements ».

– J'ai deux choses à te communiquer. D'abord, si je me trouve ici, dans la *domus* de votre Préteur, c'est parce qu'il a offensé notre Empereur en ma personne.

Il ne prononça pas un mot pour défendre Caius Julius Magnus. Je poursuivis:

– D'autre part, à peine étions-nous arrivés, l'un de mes adjoints, auquel je tiens beaucoup, s'est effondré. Il est entre la vie et la mort. J'ai besoin d'un médecin.

S'étant attendu à parler politique, il avait du mal à me suivre.

– Un médecin? Tu veux un médecin?

– Oui, le meilleur possible.

Il réfléchit.

* L'Album était le registre recensant les décurions selon l'ordre de leur ancienneté.

– Évidemment, il y a bien trois ou quatre personnages qui se disent médecins, mais (il hésita) je ne te les recommanderais pas.

– Alors?

– Je ne vois qu'une possibilité.

– Laquelle?

– T'adresser aux Écoles. Parmi tous les... les éminents spécialistes qui y enseignent, il y a un Grec dont on dit que, outre la science de la physique et de la nature, il connaît l'art de soigner. Mais il refuse généralement de prodiguer ses soins, ou il réclame des sommes extravagantes.

– Comment s'appelle-t-il?

– Diodotos. Mais je ne suis pas sûr qu'il soit resté ici après... les...

– Les événements.

Je fis venir Egnatius.

– Va aux Écoles avec le centurion. Si un certain Diodotos s'y trouve, faites-lui savoir, avec tous les égards possibles, que l'Envoyé de César Auguste réclame le secours de sa Science et de son Art, et ramenez-le ici dans les plus brefs délais.

Je me retournai vers le décurion.

– Tu as compris que nous avions des problèmes. Puis-je compter sur toi?

(Il s'inclina).

– Je suis obligé de renvoyer mes audiences à demain après-midi. Voudrais-tu en informer tes collègues et ne pas m'en tenir rigueur?

Il me salua avec déférence.

– Ton message sera transmis. À demain, Chevalier. Si tu as besoin de moi, je vais indiquer à tes hommes le chemin de ma *domus*.

Il se retira. Je me rendis dans le petit salon où j'avais fait porter la victime de ces traitements épouvantables. On l'avait recouverte d'un drap. J'eus l'impression que sa respiration était devenue plus régulière. À observer ce pauvre visage déformé par les hématomes, même un vieux soldat comme moi sentait son cœur se serrer.

Un légionnaire m'attendait à l'entrée du péristyle.

– Un message pour toi, Chevalier. Je suis l'un de ceux qui montent la garde devant la *domus* de Caius Julius Magnus. Il ne nous a pas été… interdit de transmettre ses messages (il avait peur d'une réprimande)?

– Donne.

Il me tendit un petit paquet que j'ouvris. À l'intérieur, trois clés et une tablette:

« Au Très Noble Chevalier Lucius Valérius Priscus, de la part de Caius Julius Magnus, Préteur des Éduens. Veuille ouvrir, à l'aide de ces clés, la porte de la resserre proche des cuisines. Fais vite, je te prie. Je te fournirai ultérieurement des explications. *Vale.* »

Stupéfiant. Je n'arrivais pas à comprendre. Pourquoi Magnus me demandait-il implicitement de délivrer la femme qu'il avait lui-même enfermée après l'avoir rouée (ou fait rouer) de coups? Redoutait-il sa mort? Encore un mystère à élucider.

– Chevalier, puis-je faire entrer Diodotos?

– Évidemment, Egnatius.

Je n'éprouve pas une sympathie instinctive à l'égard des Grecs, appréciant peu leurs airs de supériorité, leur tendance à vous écraser sous des citations de poètes ou de dramaturges, sans parler de l'accoutrement vestimentaire dont on dirait qu'ils s'affublent à dessein pour paraître le moins romains possible. Je fus donc très étonné en voyant entrer un grand jeune homme rasé de près, les cheveux courts, portant sous son manteau une simple tunique blanche. Des yeux clairs, un sourire franc, seuls le nez et le menton trahissaient son origine. Il se débarrassa de son manteau et posa à terre une sacoche.

– Pour te servir, Chevalier. Je m'appelle Diodotos.

– Merci d'être venu. Tu sais qui je suis?

– Je n'ignore rien de ta mission, Chevalier.

– En m'installant dans cette *domus*, j'ai découvert une femme qui a fait l'objet de... tortures. On te l'a sans doute dit.

– Oui. Conduis-moi.

Il s'agenouilla auprès du lit, retira délicatement le drap.

– Quelle horreur, murmura-t-il.

De son sac, il sortit un instrument bizarre que j'eus du mal à identifier. C'était, en miniature, l'une de ces clepsydres* dont la vogue a envahi tant de nos habitations. Il observait l'écoulement de l'eau tout en contrôlant les battements du cœur. Puis il entrouvrit la bouche de la jeune femme, observa la langue, et se retourna:

– Vous ne l'avez pas trouvée dans cette pièce?

– Non, dans une espèce de cave.

– Avez-vous vu une coupe, enfin un récipient pour boire?

Nous n'y avions prêté nulle attention. Egnatius se précipita et revint avec un bol à demi plein. Diodotos huma la mixture.

– Une drogue, apparemment puissante. En un sens, mieux vaut qu'elle l'ait absorbée, sinon la douleur l'aurait fait hurler. Ce qu'elle a enduré, je préfère ne pas l'imaginer.

– Tu penses pouvoir la guérir?

Diodotos me considéra calmement.

* Horloge à eau, créée en Égypte pour des usages cultuels, puis utilisée à Athènes pour mesurer le temps de parole dans les tribunaux. Le système se perfectionna, se miniaturisa et se répandit dans le monde antique.

– Tout dépend de ce que tu entends par ce mot. S'il s'agit de la faire revenir à elle, pas de problème : les effets de la drogue vont se dissiper d'ici quelques heures, et je vais lui administrer une décoction qui accélérera les choses. La suite, c'est à la fois très simple et très compliqué. Soit elle a des os fracturés – à mon avis, elle n'en a pas, mais je vais l'examiner à fond –, soit elle souffre seulement de ces plaies et de ces lésions horribles. Pour réduire les fractures, je suis compétent. Pour le reste…

Il se tut, l'air – comment dire ? – énigmatique.

– Tu ignores comment soigner les plaies ?

– Chevalier, durant tes campagnes, tu as dû être blessé. Certains de mes confrères t'auront appliqué des onguents ou fait avaler des potions, n'est-ce pas ?

– Pas toujours très efficaces, mais enfin…

– Eh bien, moi, ce qui m'intéresse, c'est… disons l'organisation générale du corps humain. Les os, les organes, le sang, les nerfs, le cerveau… Toutes les découvertes de Hérophile et d'Érasistrate*.

Je n'avais jamais entendu prononcer ces noms. Il s'en aperçut, et sourit.

– Rassure-toi, je ne vais pas t'infliger une conférence. Je cherche plus à comprendre qu'à guérir, ou plutôt, je crois que, pour guérir, il faut d'abord comprendre.

Il sentit que sa déclaration me choquait. De nouveau, il fit appel à la séduction de son regard et de son sourire.

– Ne t'inquiète pas. Elle en a pour plusieurs heures à éliminer les effets de la drogue qu'on lui a fait ingurgiter. Pour les plaies, les coups, je pourrais évidemment l'enduire de pommades, et tu me

* Médecins célèbres du IIIe siècle avant J.-C.

jugerais compétent, surtout si j'arborais un air grave et pénétré.

Je jetai un coup d'œil à Egnatius. Comme moi, il était intrigué.

– Le maître que je vénère, Hérophile…

– Pas Hippocrate?, dit Egnatius en l'interrompant (assez grossièrement à mon avis).

– Je révère Hippocrate, mais… bon… je résume… Vous avez les maladies qui affectent l'ensemble de votre corps, qui proviennent d'un mauvais fonctionnement, qui nécessitent des traitements… comment dire?… de fond. Vous comprenez?

Nous fîmes signe que oui.

– C'est à celles-là que je m'attache. Les autres maux, ceux que je dirais superficiels, ce n'est pas vraiment l'affaire des médecins. On s'en occupait bien avant la naissance d'Hippocrate – puisque vous avez prononcé son nom!

– Tu veux dire que tu te désintéresses de cette malheureuse?

– Chevalier, du calme! Bien sûr que non, j'ai le cœur qui saigne depuis que je l'ai vue. Mais, vois-tu, j'ai pas mal roulé ma bosse, j'ai fréquenté beaucoup de pays…

De fait, à l'observer et à l'entendre, il me paraissait plutôt dans la quarantaine que dans la petite trentaine que je lui avais attribuée.

– Alors, je vais te dire deux choses. La première, c'est que ni moi, ni toi, ni tes hommes, ne sommes capables de nous occuper d'elle. Il faut des femmes, si possible qui la connaissent et qui l'aiment.

– Mais, nous…

– Laisse-moi terminer, je te prie. La seconde chose: je crois pouvoir guérir toutes sortes de maux, depuis les hémorragies jusqu'à la colique chronique, les toux insistantes, les vomissements, etc. Je puis, si tu en as besoin, te rendre la virilité. Mais pour les blessures, les plaies, les hématomes, les remèdes que j'emploie (que m'ont transmis mes maîtres) ont cent fois moins d'efficacité que ceux qu'utilisent, un peu partout, de vieilles bonnes femmes.

– Tu veux dire, des sorcières?

– Absolument pas. Il s'agit d'onguents à base d'herbes ou de substances animales qui ont des pouvoirs que moi, pauvre savant, ne puis que constater. À vrai dire, je tente, partout où je passe, à m'en faire confier la composition. Je suis sûr qu'ici-même il existe de tels remèdes, qui agiront beaucoup plus vite que les miens.

Ces déclarations me laissaient éberlué. Les médecins que j'avais jusqu'alors fréquentés – à l'armée – professaient une assurance que rien ne pouvait démonter, pas même le décès de leurs patients!

Egnatius leva la main pour me demander l'autorisation d'intervenir:

– Si nous te comprenons bien, Diodotos, il faut que cette jeune femme soit soignée par ses servantes, et que celles-ci lui dispensent des remèdes... ancestraux.

– Exactement.

– Le problème, dis-je, c'est que nous ignorons son identité.

Diodotos nous regarda d'un air ébahi:

– Comment? Vous ne savez pas qui c'est?

– Pas du tout.

Si la malheureuse n'avait pas été dans cet état, je crois qu'il aurait éclaté de rire.

– Mais enfin, Chevalier, ce n'est pas possible!

– Quoi?

– C'est la petite Julia!

Voyant que nous ne comprenions pas, il précisa:

– Julia, la sœur de quelqu'un que vous connaissez bien : Sacrovir !

Egnatius et moi nous regardâmes, stupéfaits.

– Je l'ai reconnue au premier coup d'œil. La sœur de Sacrovir, la petite Julia, que la famille appelait Libia, Lisbia, quelque chose comme ça. Tout le monde la connaît à Augustodunum.

Je me sentis frappé par la foudre.

– Lesbia, tu as dit ?

– Non, pas Lesbia, un nom de leur langue ancienne, ça veut dire « la jolie », je crois. Il faut bien qu'on s'y reconnaisse avec toutes ces Julia, et c'est vrai qu'elle est jolie – enfin, elle l'était avant ce massacre.

– Tu sais où elle habite ?

– Évidemment. Pas très loin d'ici. J'espère que les servantes sont encore là.

– Je vais envoyer un ou deux légionnaires.

– Je préférerais, si tu veux bien, y aller moi-même. Ce serait plus... enfin... on me connaît...

– Entièrement d'accord. Je te remercie de ta proposition.

– Alors, j'y vais.

Il se retourna avant de franchir la porte.

– Raisonnons. Tu peux loger les servantes ?

– Sans problème, évidemment.

– Je me demandais si je n'allais pas m'incruster moi aussi...

– Tu serais le bienvenu.

– Pas seulement pour des raisons médicales. J'aimerais m'entretenir avec toi.

– Entendu.

Avec Egnatius, je pris des dispositions pour réserver à... à Julia (j'allais dire Lesbia), à ses servantes et à Diodotos les pièces qui occupaient l'étage au-dessus de deux des ailes du péristyle.

Tout à coup, la fatigue m'assomma. J'allai m'allonger sur un canapé du petit salon. L'avalanche des événements me donnait le tournis. Ma mission, mon enquête? Je ne savais plus où j'en étais. Caius Julius Magnus (chez qui j'habitais), la petite... Julia, sœur de Sacrovir, « massacrée » par le préteur. Il s'en fallut de peu que je m'endormisse, mais je me secouai: à quoi bon tourner et retourner dans ma tête des interrogations lancinantes? Non, j'allais profiter de cette fin d'après-midi ensoleillée, m'aérer un peu. Je me débarrassai de ma toge, enfilai une tunique, pris un manteau léger. Ragaillardi, je filai vers le vestibule.

– Egnatius? Où te caches-tu?

Il sortit du bureau, l'air accablé.

– Chevalier, tu as besoin de moi?

– Tu n'as pas l'air en forme?

– Toujours rien de bien intéressant dans ces tablettes, mais ça va venir, j'en suis sûr.

– Moi, je sors, j'ai besoin de respirer.

– Tu as constitué ton escorte?

– Une escorte? Non, je préfère sortir incognito.

Il me considéra avec stupéfaction.

– Incognito? Tu imagines pouvoir sortir incognito? À peine auras-tu quitté cette *domus*, le bruit se répandra que l'Envoyé de César Auguste parcourt la ville. Tu dois revêtir ta toge officielle, être accompagné de cavaliers et de fantassins. Cette tunique, quelle horreur!...

En soupirant, j'allai me déshabiller et me rhabiller. Devant le porche, m'attendaient huit légionnaires qui m'encadrèrent, puis deux cavaliers se placèrent en avant, deux autres à l'arrière.

En quelques pas, nous gagnâmes la rue principale, celle qui dégringolait vers le fleuve et vers le sanctuaire où m'avait mené, le matin même le préteur des Éduens, Caius Julius Magnus. À peine avions-nous commencé à l'emprunter que je fus entouré de gens enthousiastes qui acclamaient César Auguste, et qui adressaient à ma modeste personne des louanges dont je ne méritais rien! Je ne savais que faire, ni où aller, le cortège grossissait sans cesse. Je compris que cette foule convergeait vers un endroit précis, m'y conduisant comme si, de toute évidence, j'avais choisi de m'y rendre.

Je me trouvai sur une grande esplanade. À gauche et à droite, des portiques en cours de construction, des tranchées pour recevoir les fondations de je ne sais quels édifices. Au fond, jaillissait, très impressionnant, le temple que Ménandros m'avait signalé. Vu de près, il était aussi imposant que les plus grands de Rome. On finissait sa toiture, et des sculpteurs étaient à l'œuvre pour en parfaire l'ornementation.

Un personnage rondouillard accourait à toutes jambes, haletant, le visage cramoisi, se frayant un chemin parmi la cohue en tenant les pans de sa toge.

– Che... Chevalier... tu aurais dû me... me prévenir... de ta... de ta... venue...

– Ma visite est impromptue. Qui dois-je saluer?

– C'est... c'est moi... qui te... salue. Je... je...

Je me demandai s'il n'allait pas s'effondrer et mourir devant mes yeux. Mais non, il se reprit, respira profondément et se redressa comme un coq sur ses ergots.

– Je m'appelle Caius Julius Rufinus, décurion de cette cité, *sacerdos* de ce Temple, où les Éduens célèbrent la magnifique Déesse Rome et le Très Illustre, Très Vénéré César Auguste Impérator, fils et petit-fils des dieux Césars, Père de la Patrie et Notre si Admirable Bienfaiteur.

Son intervention avait fait régner le silence. Il me revenait de prendre la parole.

– L'ampleur de ce monument, la beauté éclatante qui sera sous peu la sienne ont déjà été portées à la connaissance de notre Maître à tous.

Un murmure de satisfaction se fit entendre.

– César Auguste ne s'en est que davantage étonné des… des événements qui se sont déroulés à Augustodunum qu'il considérait comme Sa Ville.

Silence total. Chacun redoutait les paroles que j'allais prononcer.

– Mais César Auguste n'a qu'un souci : que se rétablisse la *concordia* entre tous ses fidèles sujets. C'est pourquoi, *Sacerdos*, je te charge d'organiser pour demain, avant la fin du jour, un sacrifice digne de cet acte solennel. Après la cérémonie que je présiderai moi-même, je veux que tous ceux qui seront présents jouissent des restes des victimes, et l'on n'aura compté ni les animaux ni les amphores de vin. Je veux que les fumées qui s'élèvent soient les plus nombreuses qu'Augustodunum ait jamais vues. Je veux cette esplanade couverte de tables et de bancs.

Un grand brouhaha s'éleva, les applaudissements éclatèrent. Je levai la main :

– Il va sans dire que réconciliation ne signifie pas absolution. Je suis ici pour faire passer la justice de César Auguste, et elle passera.

Ces mots n'atténuèrent pas la liesse générale.

– Maintenant, retournez tous à vos occupations, je désire visiter votre ville dans le calme afin de faire connaître à notre Impérator qu'elle a retrouvé la paix et qu'elle œuvre au bien de l'Empire.

La foule se dispersa à regret. Seul, le *sacerdos*, qui s'épongeait le front, resta auprès de moi, l'air tourmenté :

– Oui ?

– Très Noble Chevalier, ton idée d'un grand sacrifice est évidemment… euh… excellente. Mais…

– Mais quoi?

– L'organiser d'ici à demain, trouver les animaux ou plutôt... les... acheter... les faire cuire... le vin...

– Tu sais dans quelle *domus* je réside?

– Bien sûr, celle de...

– Demande à voir Egnatius de ma part. Il te remettra un ordre de réquisition. Je verrai ultérieurement si je prends ou non à ma charge les dédommagements.

Il s'inclina trois fois et repartit d'un pas plus posé.

L'esplanade s'était clairsemée. Seuls, quelques groupes de curieux nous regardaient encore, de loin. Je pris le chemin du retour, décidé, cette fois, à observer. Cette ville constituait un mélange étonnant. Un peu partout, des chantiers en cours côtoyaient des bâtiments à peu près achevés. Des bicoques de toutes sortes, en planches ou en pisé avec des toitures rudimentaires, abritaient des boutiques, des échoppes d'artisans et probablement (à l'étage ou à l'arrière) de misérables habitations. On voyait même des tentes qui brinquebalaient. J'avais l'impression de me retrouver dans des *kanabae,* ces quartiers qui poussent anarchiquement à la périphérie de nos camps. En même temps – je dus admettre que Ménandros avait raison –, ce vaste désordre était organisé selon des « rues » qui se croisaient à angle droit, des tranchées servaient d'égouts (on s'apprêtait à les daller et à les recouvrir).

Surtout, un incroyable mélange d'odeurs. L'odeur du sang: des boucheries (ou plutôt des bouchers avec juste un étal et une cabane à l'arrière) débitaient des poulets, de rares pièces de porc ou de bœuf, surtout des abats. À côté, un autre étalage proposait des outils de fer et de bronze, et l'on entendait, l'on sentait les bruits, les odeurs que dégage le travail du métal. Un peu plus loin, les fumets (pas trop appétissants) des plats qu'un gargotier servait à sa clientèle. De petits paysans tentaient de vendre des légumes, des poussins, des poules et de petits agneaux. D'autres offraient des paniers de champignons, mais les vendeurs puaient à un tel point que les effluves des cèpes et des girolles ne vous atteignaient pas les narines. Une boutique d'émailleur les jouxtait, on devait remplir des creusets à l'arrière, car le nez vous piquait en passant – je remarquai cependant de superbes bijoux et de belles pièces de harnachement que je me promis d'acquérir.

Dire que ma « promenade » ne retenait pas l'attention serait mentir. Souvent, on voulait m'arrêter, mais toujours avec déférence, parfois pour m'offrir un petit présent. Empruntant des rues latérales, j'observai quelques *domus* ouvrant sur des porches parfois monumentaux. Des serviteurs montaient la garde devant la plupart, tandis que d'autres étaient barricadées et manifestement désertes.

Je revins sur la « grande voie ». Sa pente était réellement impressionnante. Des volées d'escaliers avaient été prévues pour les piétons sous les portiques latéraux, il restait encore à faire pour substituer la pierre au bois. Les cavaliers et les chariots empruntaient plutôt un cheminement détourné, une rue horizontale, un tronçon en descente, une nouvelle horizontale, etc. Je comprenais les récriminations de Ménandros sur le choix d'un site aussi escarpé.

Le soleil allait se coucher. Artisans, boutiquiers, vendeurs rabattaient les toiles sur leurs échoppes ou repartaient avec leurs cageots. Ils me saluaient, tandis que je regardais, en me tournant alternativement, les deux Portes éclairées en oblique et, au fond, la montagne Bibracte qui resplendissait.

La nuit tombait, mon escorte devenait nerveuse mais n'osait m'arracher à ma rêverie. Au milieu de la grande voie, je sentais que des raisons puissantes avaient présidé au choix de son implantation. Quels dieux l'avaient dictée? Des dieux gaulois, je n'en connaissais guère, à part Teutatès, le dieu des guerriers, et surtout Taranis, celui du ciel et du tonnerre.

Le tonnerre: à cet instant précis, retentit un grondement de tonnerre! Incroyable par un ciel aussi dégagé! Il allait en s'accentuant. Mes soldats et moi nous regardions sans comprendre. Le fracas approchait. Un légionnaire me prit par les épaules, me fit basculer sur le côté, tandis que les autres tentaient de s'écarter. Une masse sombre se précipita sur nous, je crus entendre des cris, puis plus rien.

Lorsque je rouvris les yeux, j'aperçus le visage flou d'Egnatius:

– Content de ta petite promenade, Chevalier?

– 12 –

Je repris assez vite mes esprits, rassuré par la plaisanterie d'Egnatius et surtout par la présence de Diodotos.

– Tu n'as rien, dit celui-ci. Une éraflure au menton, peut-être une ou deux côtes fêlées, et une belle bosse sur le crâne. Tu t'en tires à bon compte.

– Que s'est-il passé?

– Un regrettable accident, dit Egnatius.

Un chariot chargé de pierres de taille avait rompu son attache et dévalé la rue, tuant ou estropiant une vingtaine de malheureux et nous trouvant sur son parcours. Trois membres de mon escorte avaient perdu la vie, les cavaliers s'en étaient tirés plus ou moins bien, les autres – y compris les chevaux – n'étaient pas beaux à voir. Les roues du convoi étaient passées sur les reins du légionnaire qui m'avait culbuté.

– Puis-je te suggérer de prendre une collation et une coupe de vin de Chios? dit Diodotos.

– Tu as tout intérêt à suivre ces conseils, ajouta Egnatius, étant donné ce que nous avons à t'apprendre. La pleine forme est requise.

Effectivement, trois gorgées de vin me rendirent une certaine lucidité. On m'apporta des œufs en sauce, un poisson et je ne sais plus quoi.

– C'était prémédité, tu penses?

Egnatius leva les yeux au ciel.

– Non, pas du tout, un divertissement pour amuser les passants! Chevalier, soyons sérieux! Un attentat, oui, vite et bien organisé. Ce qui prouve une chose: ton enquête dérange, et ces gens-là savent réagir rapidement. Oh, à propos: plein de magistrats et de décurions se sont présentés pour t'assurer de leur respect, de leur dévouement et de leur compassion. Ils ignorent si tu es mort ou vif, j'ai laissé planer l'incertitude.

– On verra plus tard.

Je racontai en deux mots ma « promenade » et, notamment, l'idée que j'avais eue d'organiser un sacrifice au Temple suivi d'un banquet géant.

– Un qui n'a pas perdu de temps, dit Egnatius, c'est le *sacerdos*. De ta part, il m'a réclamé je ne sais quel poids d'or.

– Je lui avais parlé de réquisition.

– Ne t'inquiète pas, j'ai trouvé les mots qu'il fallait pour le... motiver. À mon avis, César Auguste n'aura rien à débourser.

Diodotos nous observait avec amusement.

– Excuse-moi, Diodotos, nous pourrions t'éviter ces problèmes.

– Oh, à chacun ses problèmes, Chevalier. Si l'on se désintéresse de ceux d'autrui, l'humanité ne risque pas de progresser.

– J'ignorais que les médecins fussent philosophes !

– Ils le sont, grâce aux dieux, ou je leur dénie le nom de médecins !

Le poisson était délicieux.

– Alors, toi, où en es-tu, Illustre Thérapeute ?

Egnatius et lui échangèrent un soupir.

– Eh bien, j'ai... euh... une expérience est en cours.

– Vous vous payez ma tête ?

Il raconta. Il s'était rendu dans la *domus* de Sacrovir – enfin, de sa sœur. Elle était déserte, ou à peu près. N'y demeuraient qu'une vieille servante et une gamine de seize ou dix-sept ans, la petite-fille ou l'arrière petite-fille. La vieille parlait un idiome incompréhensible, d'autant qu'il ne lui restait plus aucune dent, ou alors bien dissimulée. La jeune, elle, était plutôt du genre déluré. Ignorant le sort de… Julia, elles avaient suivi Diodotos, qui les avait conduites auprès de leur maîtresse. Après des hurlements de douleur, elles s'étaient mises à parler à toute allure, la vieille gesticulant, donnant des ordres, la jeune essayant de traduire.

– Elles disaient quoi?

– Pour remettre le Chevalier en forme, proposa Egnatius à Diodotos, si nous essayions de lui donner une idée de la scène? Je fais la vieille évidemment, toi, la jeune, le Chevalier tient notre rôle à nous deux.

Il attrapa une des serviettes, se la passa autour de la tête, produisit une grimace épouvantable en agitant les bras et émit des sons inarticulés. Diodotos s'ébouriffa les cheveux, prit une mine espiègle et dit:

– La mater, elle veut drap.

– Elle veut quoi, dis-je?

– Vesture, linge. Du corps. Avec sang.

– Je ne comprends pas.

Éructations d'Egnatius (de la vieille).

– Drap que vous la trouvâtes, dit Diodotos. Pour le bois.

– Arrêtez, tous les deux, vous me faîtes perdre mon temps, le jeu ne m'amuse pas.

Ils eurent l'air déçu, et se résignèrent à me résumer la séance. Au terme de discussions compliquées et interminables, ils avaient compris ceci:

1. La vieille voulait qu'on lui remette le vêtement ou le drap qui couvrait Lesbia – euh… Julia – lorsqu'on l'avait trouvée dans la cave. Egnatius avait fini par le repêcher dans un tas de linge sale que les légionnaires laissaient traîner.

2. Elle avait demandé qu'on aille acheter au plus vite trois coqs blancs et une salamandre (on m'expliqua qu'il s'agissait d'une sorte de lézard noir et jaune). Ce qui avait été fait, non sans mal.

3. Elle avait envoyé la jeune à une certaine adresse, d'où elle était revenue avec des pots contenant des substances dont Diodotos avait enduit… Julia.

4. Sitôt fait, la jeune avait réclamé un cheval et était partie avec le fameux linge.

– Qu'est-ce que tout cela veut dire? Je n'y comprends rien.

– À mon avis, dit Diodotos, il s'agit d'un mélange de soins et de rites plus ou moins magiques. J'ai déjà observé ce qu'on appelle les pratiques de substitution, qui passent par des animaux ou des végétaux. Par exemple, on accroche à un arbre le vêtement de celui qui souffre, et l'arbre absorbe les substances du mal. C'est très courant en Grèce. Dans d'autres contrées, tu fais passer les souffrances de l'homme à des animaux, et, à mesure que ceux-ci s'affaiblissent, l'homme reprend vie.

– Donc, la fille est allée accrocher le… linge à un arbre?

– Probablement. Un arbre sacré.

– En pleine nuit?

– Elle s'est peut-être fait accompagner, je n'en sais pas plus que toi. Toujours est-il qu'en ce moment, dans la chambre de la petite Julia, tu as cette vieille qui marmonne et qui gesticule entre le lit et les cages des coqs et de la salamandre. Demain matin, ça sentira la rose!

Il éclata de rire, un rire si franc et si communicatif qu'Egnatius et moi ne pûmes éviter de l'accompagner.

– Ah, ah, Chevalier, hoquetait Egnatius, tu devrais peut-être, ah, ah, demander conseil à cette vieille ou l'envoyer directement, ah, ah, ah, à César Auguste? Elle le débarrasserait de ses maladies, de ses tourments, de ses obsessions!…

La drôlerie du moment me fit pardonner à Egnatius ces paroles sacrilèges.

– Si nous allions jeter un coup d'œil?

– Non, dit Diodotos, j'ai promis de ne pas entrer avant demain matin.

– Mais enfin, Diodotos, tu crois à ces balivernes?

– Non, je ne crois pas à ces pseudo-substitutions. Mais je sais la puissance du cerveau humain et les influences qu'il peut subir. Lorsqu'il est en éveil, tu le convaincs par la raison ou la rhétorique, tu le charmes par la poésie, tu le circonviens par le sentiment ou la séduction. Lorsqu'il est en sommeil, tu peux aussi agir sur lui: n'as-tu pas vu des enfants endormis sourire à des berceuses? J'ignore l'effet que les formules de cette vieille édentée peuvent produire sur les femmes de sa race, peut-être font-elles appel à des souvenirs enfouis. J'observe et... j'essaierai de comprendre, ... de rationaliser. C'est cela que m'ont appris mes maîtres.

– Et les pommades?

– J'en ai subtilisé assez pour faire des analyses.

Je baillai. La journée avait été longue et agitée.

– Chevalier, dit Diodotos, je suis à ta disposition si, durant la nuit, tu éprouves une douleur. N'hésite pas à me faire réveiller.

– Le Chevalier préférerait peut-être dormir avec un coq ou une salamandre?

– Egnatius, merci de tes plaisanteries délicates.

Il se rembrunit.

– Excuse-moi, si tu as jugé mon ton déplacé.

– La question n'est pas là. C'est vrai, nous devrions évoquer des affaires sérieuses, mais je ne m'en sens pas la force. Dormez bien, tous les deux.

– Toi aussi, Chevalier.

Pourtant, les lampes éteintes, je n'arrivai pas à trouver le sommeil. J'en rallumai une et plongeai la main dans le coffret qui contenait les manuscrits de

Catulle que je n'avais pas encore lus. Je pris au hasard et déroulai. J'avais mal pioché, le *volumen* contenait la suite d'un poème dont j'ignorais le début.

Je sautai plein de lignes. Une petite pièce suivait qui retint mon attention.

> « Lesbius est beau. Comment ne le serait-il pas, lui que Lesbia te préfère, Catulle? »
> *Lesbius est pulcher...*

Je me rappelais vaguement ce que m'avait appris Egnatius. Lesbia, c'était Claudia, amoureuse et amante de son frère*. Je continuai :

> « Pour beaucoup de gens, Quintia est belle ; pour moi, elle a de l'éclat,
> De la taille, de l'allure : je reconnais chacune de ces qualités
> Mais ne la trouve pas globalement "belle" ; car il n'y a dans un corps
> Si grand, aucune grâce, pas une once de sel.
> Lesbia, elle, est belle, d'abord parce qu'elle est d'une totale perfection,
> Ensuite parce qu'elle a volé toutes leurs grâces aux autres femmes ».
> *Lesbia formosa est, quae cum pulcherrima tota est...*

Je me laissai bercer par l'harmonie miraculeuse de ces vers. Catulle m'enchantait de plus en plus, Lesbia m'ensorcelait...

Je ne me lançai pas dans la lecture du poème qui suivait, mes yeux se fermèrent.

Lorsque je me réveillai – beaucoup plus tard que je n'avais prévu –, la *domus* bruissait d'allées et venues, de conversations qu'on cherchait en vain à rendre discrètes. Je passai une tunique et sortis dans le péristyle. J'aperçus Probus en grande discussion avec Egnatius et le centurion.

– Probus ! Qu'est-ce que tu fais ici ?

* Le nom du frère de Lesbia-Claudia était Publius Clodius Pulcher. Le vers (*Lesbius est Pulcher*) est considéré comme la « clé » identifiant Lesbius à Clodius – donc Lesbia à sa sœur.

Il eut l'air un peu gêné.

– Pardonne-moi, Chevalier, mais, ayant appris ce qui s'était passé hier soir, j'ai préféré venir constater si ta sécurité était bien assurée, et surtout prendre tes ordres, au cas où tu souhaiterais…

– Où je souhaiterais quoi?

– Eh bien, – tu en avais menacé les Éduens, je me le rappelle parfaitement – une… expédition punitive, ou quelques… exemples.

Je les fixai, Egnatius et lui:

– C'est cela que vous complotiez tous les deux?

– Nous nous demandions seulement comment agir si tu donnais des ordres allant dans ce sens.

Je soupirai.

– Qu'on nous apporte une collation, asseyons-nous, parlons calmement. Accordez-moi un instant, je vais me passer la tête sous l'eau.

– On ne voit presque plus ta bosse, Chevalier, dit Egnatius.

Je l'avais oubliée. De fait, je ne ressentais de douleur qu'au niveau des côtes.

Je les retrouvai devant une petite table garnie de gâteaux au miel, de fruits et de charcuteries diverses. Des cruches de vin chaud dégageaient une odeur acidulée qui ouvrait l'appétit.

– Écoutez-moi, tous les trois. Le chariot, oui, Egnatius, je suis d'accord avec toi, on a voulu m'avoir. Mais que gagnerions-nous à lancer… je ne sais quoi… une répression? Contre qui? Je pense que ma « promenade » d'hier, avec la promesse d'un grand sacrifice, va porter ses fruits. Je préfère jouer la carte de la proximité.

– Tu risques ta vie, dit le centurion, et moi celle de mes hommes. Hier soir, j'en ai perdu six, morts ou quasi.

– Qui ne risque rien n'a rien… Organise des patrouilles, pas davantage.

– DEUX COQS AGONISENT!, tonitrua une voix joyeuse.

Diodotos arrivait, hirsute, les traits tirés, des poches sous les yeux, arborant un sourire épanoui.

– Probus, voici Diodotos, médecin aux Écoles. Diodotos, Probus qui commande à notre camp.

– Commandant, Cocorico! exulta Diodotos.

Probus le regardait avec des yeux ronds. Je remis à plus tard d'éventuelles explications.

– Ça veut dire quoi, Diodotos?

– Je sors de la chambre de Julia. J'ai passé la nuit dans la mienne à me torturer la cervelle, me demandant comment je pouvais cautionner (ou en tout cas autoriser) ce qui se passait dans la pièce d'à côté, d'où parvenaient à mes oreilles les caquètements des volailles et les éructations de la vieille. Je n'ai guère fermé l'œil.

– Tu en sors, dis-tu?

– Oui. La vieille bique avait ouvert les cages, les coqs et la salamandre se sont baladés toute la nuit, dispersant leurs excréments selon une méthode de répartition quasiment aristolélicienne. Je ne te dis pas l'odeur.

Il saisit deux gâteaux et une coupe. Je m'impatientais:

– Et alors?

– Et alors, comme je le proclamais en vous rejoignant, deux des trois coqs sont couchés sur le flanc et n'en ont plus pour longtemps, le troisième fatigue, et la salamandre est en train de tourner de l'œil.

– Mais enfin, Diodotos, je m'en f... de ces maudites bestioles! *Elle,* comment va-t-elle?

– Elle dort comme un bébé. Sa peau n'est pas vraiment belle à voir, mais par rapport à hier, c'est le jour et la nuit. À propos, la fille, la jeune, n'est pas revenue?

– Pas que je sache, dit Egnatius.

– Elle... enfin... Julia va se réveiller bientôt?

– Aucune idée, mais il est hors de question de brusquer les choses. Laissons faire la nature.

Il corrigea:

– La nature, si je puis dire... J'ai tenté de faire comprendre à la vieille (en faisant des gestes) que l'on devrait peut-être nettoyer, elle s'est mise à hurler. Pas même question d'aérer.

Le fou rire le reprit.

– Vraiment, Chevalier, je te suis reconnaissant à un point que tu ne peux imaginer! C'est sans doute l'expérience de ma vie, même si elle peut me coûter ma réputation! Ah, ah, ah, si tu voyais cette chambre...

Il siffla une nouvelle coupe.

– Si vous m'y autorisez, je vais aller dormir un peu. Nous ferons le point en début d'après-midi.

Il nous salua et partit en chantonnant. Probus n'en pouvait plus.

– Si tu permets, Chevalier, qui est ce type?

– L'un des grands médecins grecs de notre époque, disciple de savants... euh... célèbres dont j'ai oublié les noms – tu t'en souviens, Egnatius?

– Hérophile et Érasistrate.

– Il soigne avec des coqs et des serpents?

– Pas des serpents, une salamandre. Non, ce sont des pratiques d'ici, qui ont l'air de marcher. Egnatius te racontera. Revenons à nos affaires. Tu m'envoies cinq ou six légionnaires. Tu organises quelques patrouilles discrètes. Pour le sacrifice et le banquet de ce soir (tu l'as mis au courant, Egnatius?), tu renforces le dispositif mais, je le répète, aucune brutalité, ni même d'intimidation.

– À tes ordres, Chevalier.

– Au fait, et Publius?

– Rien de nouveau. Il reste enfermé dans son mutisme, tout en hurlant parfois de douleur en se tenant le ventre.

Une idée me traversa l'esprit.

– Par Jupiter, il faut que Diodotos l'examine ! Il saura peut-être le soigner, en tout cas il déterminera l'origine du mal.

– Tu crois qu'il acceptera de me suivre au camp ?

– Pas question. Diodotos ne quittera pas cette *domus*. C'est toi qui vas faire venir Publius.

– Il ne voudra jamais.

– Tu le fais amener ici, qu'il le veuille ou non. S'il faut le ligoter, tu n'hésites pas. C'est un ordre.

Probus me regardait d'un air suppliant. J'insistai :

– Probus, j'ai pour lui plus d'amitié et d'affection qu'on n'éprouve généralement, même à l'égard d'un vieux compagnon.

– Chevalier, je sais, mais c'est mon Commandant.

– Absolument pas. Il s'est lui-même destitué. Et c'est moi qui ai tous pouvoirs.

Je jetai un coup d'œil à Egnatius, qui ne disait mot.

– Tu n'es pas d'accord avec moi, Egnatius ?

– Que tu aies tous pouvoirs, nul doute. Que Probus hésite, je comprends. Je ne vois pas trop ce qu'il y a à gagner en s'occupant de Publius.

Une espèce de fureur me prit :

– Mais vous me faites ch... tous les deux. Ça suffit comme ça ! Je *veux* que Publius soit examiné par Diodotos. Probus, tu exécutes mes ordres. Les patrouilles. Et Publius ici dans les meilleurs délais.

Egnatius s'éclipsa. Probus se mit au garde-à-vous, me salua et partit.

J'allai me détendre dans les thermes, disons plutôt dans les deux salles de bains dont était dotée la *domus*. L'eau était à la température désirable. J'aurais aimé terminer par quelques longueurs de brasse dans une piscine, mais point de *natatio*. J'avais à peine esquissé le premier mouvement de ma gymnastique quotidienne que ma douleur aux côtes me dissuada de poursuivre. J'allais regagner mon appartement (là encore, une hyperbole!) lorsque parvinrent à mes oreilles des cris suraigus (manifestement féminins) et des vociférations qui ne pouvaient être émises que par les légionnaires qui gardaient l'entrée. Quoique en tunique, je me précipitai. La jeune esclave de Julia se débattait en hurlant, trois légionnaires tentaient de la maîtriser.

– Espèces fils de putes, vous allez lâcher, oui? Salopards, bâtards de louve! Vous attaquez la femme? Quand maîtresse réveillera, elle fera vous bouffer par les chiens, ils ratatineront partouilles, si vous avez!

Je criai:

– Arrêtez!

L'un des légionnaires, une espèce de géant dont le visage portait des griffures, le sang dégoulinant sur ses joues, m'expliqua que cette fille avait voulu entrer sans dire qui elle était. Je ne pouvais guère lui reprocher d'avoir appliqué les consignes.

– Vous auriez pu en référer au centurion, plutôt que de cogner sur cette malheureuse.

– Mais nous n'avons pas cogné. On s'est défendu. Regarde le camarade, elle lui a quasiment arraché l'œil et elle lui a balancé son pied dans les… les partouilles, comme elle dit. Une vraie tigresse.

Il rigolait. Le centurion arriva. J'emmenai la fille qui suffoquait.

– Alors, tu es allée à l'arbre?

Elle me fixa avec stupéfaction.

– Tu… tu sais?

– Je suis Chevalier de Rome, je sais tout. Tu as mis le … linge?

Elle poussa un cri déchirant:

– Tu dois pas savoir ! Toi vas tuer Maîtresse !...
– Pas du tout.
Elle était éperdue :
– Toi vu l'arbre ?
– Pas moi. Mes hommes.
– À Bibracte ?... Pas... Pas possible. Maîtresse !...
Elle se précipita à toutes jambes vers l'escalier. Je retournai à l'entrée remettre un peu d'ordre, mais le centurion y avait veillé. Nous échangeâmes quelques mots qui me rassurèrent. Passant devant le bureau, j'entr'aperçus Egnatius en pleine lecture. L'heure du déjeuner approchait. Je pensai à l'après-midi qui m'attendait : le défilé des décurions, le sacrifice, le banquet..., quel programme ! M'observant dans le miroir, je constatai que ma figure ne présentait pratiquement plus de traces de... l'accident. Je décidai de ne pas m'envelopper dans ma toge, cela pouvait attendre, les côtes me faisaient toujours mal, j'étais plus à l'aise dans une tunique. Comme la veille au soir, une table avait été dressée dans le petit triclinium. Je m'installai, me demandant si j'allais convier Egnatius à partager mon repas. J'y renonçai, préférant quelques moments de solitude pour réfléchir – plutôt, soyons honnête, pour décompresser. Avec un soupir d'aise, je m'étendis sur le lit et commençai mon repas.
Le silence ne dura guère, rompu par les claquements de sandales en bois dévalant l'escalier, vacarme qui ne couvrait pas totalement un sifflotement caractéristique. Je soupirai :
– Diodotos, déjà réveillé ? La forme est revenue ?
– Ah ça, totalement ! Lève-toi, Chevalier, viens voir.
– Quoi, qu'est-ce qui se passe ?
– Viens, te dis-je.

Une forme blanche commençait à descendre l'escalier, aidée par la jeune servante – la tigresse.

– Diodotos, ce n'est pas... elle..., euh, Julia?

– Elle-même.

– Comment est-ce possible?

Il fit un geste désinvolte.

– Grâce à la science. Les coqs sont morts, la salamandre aussi. Sans parler de l'arbre. Victoire de la raison, de l'expérimentation. La science, te dis-je.

Je la voyais se déplacer lentement de marche en marche. Lorsque je l'avais découverte dans la cave, elle était quasiment nue, mais je n'avais retenu que les blessures, les meurtrissures. Cette fois, j'apercevais un être de chair. La robe couvrait un corps mince mais épanoui. Son visage, encore tuméfié, avait un aspect fascinant. Ses cheveux ras (on les lui avait coupés?) dégageaient un front large. Des yeux gris-vert, très écartés, un nez... légèrement retroussé, une bouche belle, très belle, avec une lèvre inférieure charnue, un cou long et musclé. Elle s'arrêta, appuyée sur la petite.

– Julia, heureux de voir que tu as... recouvré la santé. Ne reste pas debout, viens t'asseoir ou t'allonger.

Elle ne bougea pas.

– Il paraît que je te dois mon salut. Je te présente mes remerciements, comme il convient.

Son ton était glacial, mais la voix agréable, assez grave avec des modulations harmonieuses.

– Tu ne me dois pas grand-chose. Remercie Diodotos, et surtout les coqs, les arbres, je ne sais quoi.

Cette tentative pour rompre la glace n'obtint aucun succès. Elle continuait de me fixer avec une intensité qui ne me mettait guère à l'aise.

– Suis-je ta... prisonnière? Dois-je demeurer en ces lieux?

Il me fallait réagir sans réfléchir.

– Tu es parfaitement libre. Cependant, j'aurai à t'interroger.

Diodotos intervint :

– Vous parlerez plus tard. Julia, tu as besoin de repos. Ici ou ailleurs.

– Je veux repartir chez moi.

– On va t'aider.

– Je n'ai pas besoin d'aide.

Je tournai les yeux vers Diodotos qui me fit un geste signifiant « laisse faire ». La vieille descendait à son tour. Elles s'en allèrent toutes les trois.

– Mais enfin, Diodotos, on aurait pu la faire raccompagner en litière, la ...

– Ne t'inquiète pas. Dès qu'elle aura franchi la porte, elle recevra tous les secours possibles.

Il fronça le nez.

– Qu'est-ce qui te prend, illustre médecin?

– Tu ne sens rien?

Effectivement, des odeurs nauséabondes gagnaient le péristyle.

– Cette f...ue vieille a laissé la porte ouverte.

Il se précipita à l'étage, revint en hoquetant.

– Je ne te raconte pas. Prévois une gratification spéciale pour les légionnaires qui nettoieront la chambre. Beurk! À propos...

Il réprima ses nausées.

– À propos?

– J'emporterais bien les... les dépouilles (il rit). Pour ta gouverne, sache que les coqs blancs sont, à cette heure, noirâtres ou plutôt violacés. Le gros lézard a d'étranges boursouflures. Je ne sais ce que je puis en tirer, mais une analyse...

– Diodotos, tu te sens capable de passer à table? Je t'invite.

– Volontiers, Chevalier. Je vais quand même aller faire un brin de toilette. L'hygiène...

– … La science…

– … La raison qui gouverne le monde…

Ce médecin grec me plaisait de plus en plus. Je lançai l'ordre de servir. La table était garnie lorsqu'il revint. Il s'allongea et soupira d'aise :

– Ah, quelles journées ! Tu m'as fait vivre des expériences extraordinaires.

– Les rites magiques…

– Bien sûr, mais pas seulement. Je n'oublierai jamais la fin.

– La fin, quelle fin ?

– Julia et toi.

– Je ne comprends pas.

Il prit deux ou trois petits pâtés, les dégusta lentement, puis me regarda.

– Chevalier, on parle franchement ?

– J'espère bien.

Il hésitait, réfléchissait, en mâchonnant.

– Je suppose que tu n'es pas trop familier des traités philosophiques.

– Philosophiques ? Non, pas du tout.

– Platon, Aristote ou même Cicéron ?

– Non, désolé.

– Je ne vais pas te dispenser un cours théorique. Beaucoup de philosophes ont disserté sur l'amour, sous toutes ses formes, et notamment sur ce qu'on appelle le « coup de foudre ». Tu sais ce que c'est ?

– Évidemment.

– Je n'avais jamais assisté à ce phénomène. Personnellement, je ne l'ai pas vécu.

Où voulait-il en venir ?

– Deux êtres face à face. Deux rivières qui se rejoignent. Ou des souffles, des vents, je ne sais quoi, des étoiles. En un instant, tout se transforme. Les assistants sont glacés, interdits devant ces phénomènes inouïs. Ahurissant, indescriptible.

– MAIS TU PARLES DE QUOI ? hurlai-je.

ABERCROMBIE, ABERCROMBY. Of territorial origin from the barony, now parish, of the same name in Fife. William de Abercromby of the county of Fife did homage in 1296. His seal bears a boar's head and neck on a wreath, star in base and crescent above, and *S' Will'i de Ab'crumbi* (*Bain*, II, p. 203, 540). As William de Haberchrumbi he was juror on an inquest in the same year which found that Emma la Suchis died seized in demesne in Fife (ibid., p. 216). Johan de Abercromby of the same county also rendered homage in the same year, and in 1305 served on an inquest made at the town of St. John of Perth (ibid., 730, 1670, p. 204). The Abercrombies of that Ilk became extinct in the direct line in the middle of the seventeenth century, and the Abercrombies of Birkenbog are now the representative family of the name. In the lists of the Scots Guards in France the name appears as Abre Commier. Abarcrumby 1552, Abbircrumby 1486, Abbircrummy 1496, Abercrombye, Abercrumie 1556, Abercrummye 1583, Abbyrcrummy, Abhircrummy 1521, Abircromby 1427, Abircromy 1571, Abircromye 1574, Abircrumby 1362, Abircrumbye 1585, Abircrumme 1536, Abircrummy 1491, Abircrumy 1546, Abircumby 1586, Abyrcrummy, Eabercrombie 1639.

ef: 'The Surnames of Scotland"
George F. Black
New York Public Library '46
reprinted.

– De Julia et de toi, Chevalier.

– Qu'est-ce que tu racontes, tu divagues?

– Je ne divague pas, je témoigne. Vous êtes tombés amoureux fous. C'est un fait. Indiscutable.

Je me forçai à me taire. Le cœur me battait. Moi, tombé amoureux de Lesbia? Lesbia, j'avais dit Lesbia, pensé Lesbia! Je la revoyais descendre l'escalier. Oui, je l'aurais prise dans mes bras, j'aurais posé mes lèvres sur ce visage encore blessé. Oui, je voulais la revoir. Ce fichu médecin avait raison.

– Diodotos, peut-être, effectivement, que j'éprouve… un certain sentiment… à l'égard de cette petite.

– Tu as franchi le premier pas. Je devine le second, tu vas me dire : « Mais, elle, comment serait-il possible qu'elle se soit éprise de moi? »

J'éprouvais à son égard une espèce de haine, qu'il lut dans mes yeux.

– Chevalier, je suis ton ami (si tu permets). Tu vis un « cas d'école » – comme nous disons –, d'autant plus intéressant qu'il se produit rarement. Je ne saurais t'expliquer pourquoi, en te voyant pour la première fois, elle est tombée amoureuse de toi (il rit joyeusement). J'ai constaté un fait, voilà tout.

– Tu… tu crois vraiment?

– Sûr et certain.

Une sorte d'exaltation commençait à monter en moi. Diodotos me considérait avec sympathie.

– On boit une coupe ensemble?

– Ah oui, Diodotos, bien volontiers, et en te rendant grâces du fond du cœur!

Nous trinquâmes.

– Chevalier?

– Oui?

– Je me trompe si je dis que ça ne va pas te simplifier la vie?

– 13 –

Par tous les dieux, quel après-midi ! J'étais sous le coup de ma brève rencontre avec Julia et de l'interprétation que m'en avait donnée Diodotos. Je n'arrivais pas à y croire. Que je fusse tombé amoureux d'elle, je le reconnaissais, tout mon être me le faisait sentir. Mais la… moitié du « coup de foudre » qui lui revenait ? Impossible.

En écrivant ces lignes, si longtemps après, je ressens à la fois honte et nostalgie. Je passe sur la nostalgie (le mot est faible, je devrais dire douleur) : seuls, comprendront celles et ceux qui ont connu dans leur vie cette inimaginable exaltation.

Honte. Celle d'aujourd'hui ne correspond pas à ce que j'éprouvais à l'époque. Je me revois attendant l'arrivée du premier des décurions que j'avais convoqués. Mon esprit était occupé par Julia, mais, en même temps, il ne cessait de ressasser le commentaire de Diodotos : « cela ne va pas te simplifier la vie ».

Réflexion à la fois lucide et gentille. Je pouvais la formuler autrement : « Comment, toi, Envoyé de César Auguste, tu te places dans une telle situation ? Tu compromets ta mission ? Que penserait Séjan, ou même l'un des décurions que tu vas recevoir ? Qu'en dirait Egnatius ? »

C'est dans ces dispositions déplorables que je reçus neuf décurions, avec lesquels je m'entretins vaille que vaille. Dissimulé par un paravent, Egnatius prenait des notes au fond de la pièce. J'écoutais et ne parlais guère. L'heure approchant de me rendre au Temple, je fis savoir que je mettais fin à mes audiences. Egnatius sortit de sa cachette, l'air épanoui :

– Chevalier, bravo, vraiment tu as été parfait !

Je n'en croyais pas un mot.

– Je m'étais demandé quelle stratégie tu allais adopter. Jouer la sympathie, la connivence, ou au contraire la hauteur, la sévérité? Toi, cette espèce de... distance, ta façon de te taire qui les obligeait à parler, tes sous-entendus qui leur laissaient supposer que tu en savais énormément... Remarquable.

Son admiration semblait sincère. Il agita quelques tablettes.

– L'essentiel est là. Leurs déclarations. Peut-être la clé de l'énigme.

Hélas, mon cerveau n'avait pas été suffisamment disponible. Je fronçai les sourcils.

– Je n'ai pas l'habitude de conclure aussi précipitamment.

– Quand même, l'un d'entre eux a lâché un nom. Pas n'importe lequel: Caius Trébonius Optatus!

– Soyons prudents.

– Chevalier, tu te rappelles l'avoir relevé dans les documents que tu as lus à Rome. Tu m'en avais parlé.

Il avait raison. Le brouillard qui m'enveloppait m'avait empêché de mettre en relation les allusions à ce personnage et les rapports que m'avait confiés Séjan.

– Egnatius, laisse-moi ces tablettes. Merci de ta collaboration. Je réfléchirai plus tard. D'ailleurs, je n'en ai pas fini avec ces entretiens. Pour l'heure, hélas, il faut que je me prépare pour ce fichu sacrifice!

– Tu offenses les dieux, Chevalier (il riait) !

– Quelle idée m'a traversé la tête hier après-midi! Enfin!...

– Tu n'es peut-être pas au courant, mais toute la ville s'y prépare, quand je dis la ville, il paraît que des paysans affluent de partout. L'événement de l'année, Chevalier, sinon du siècle!

– Arrête, Egnatius.

Mais ses propos atteignaient leur but: me décontracter.

– Probus nous a dépêché un détachement de cavaliers. Les plus experts avec les plus belles montures, dont les harnachements brillent comme de l'or pur. Il a aussi fait apporter la litière de l'Illustre Légat de...

– ... Germanie...

– ... Supérieure (tout est dans l'adjectif). Ivoire, argent, soieries. Cent fois mieux que le trône où tu as installé avant-hier tes augustes... compétences.

Il réussit à me faire rire.

– Allez, Egnatius, puisque nous parlons librement, laisse-moi voir si j'arrive à t'amuser à mon tour. Selon toi, comment vais-je me rendre au temple? Avec quel équipage et quelle escorte?

– Tu as le choix entre plusieurs formules, selon l'impression que tu veux produire.

– J'irai à pied, et tout seul. Pas incognito, évidemment, au contraire.

Après avoir manifesté une vive réprobation, son visage s'éclaira.

– Génial! Chevalier, plus je te connais, plus tu me surprends. Tous les autres seront arrivés en grande pompe, essayant d'en jeter plein la vue. Toi, à pied. Tu fais confiance, la foule sera ta protection... De toute façon, aucune escorte ne peut empêcher un attentat, elle attire plutôt l'attention. Excellent!...

– En revanche, pour le retour, je veux tout l'apparat possible.

– Je vois avec le centurion.

Il sortit avec une grande jubilation. Moi, le visage de Julia me traversa l'esprit: viendrait-elle? Sûrement pas, elle devait se reposer. Quand irais-je la voir? Le lendemain? Mais serait-il convenable que j'aille la visiter au lieu de la convoquer? Peu importe, ici ou ailleurs, je la retrouverais. Cette résolution m'emplit d'énergie.

Lorsque l'on m'ouvrit la porte de la *domus*, je me trouvai face à une petite foule bruyante qui attendait – je suppose – un spectacle extraordinaire. En me voyant sortir seul, le pan de ma toge sur mon bras, puis partir à pied, sans escorte, tous se turent, stupéfaits. Puis, on m'entoura – à distance respectueuse –, j'adressai quelques signes de tête, on m'acclama, on m'adressa des mots que je devinais gentils. Je marchais d'un pas égal, mon escorte grossissait, le niveau sonore devenait assourdissant.

Mon arrivée sur l'esplanade faillit provoquer des incidents : le service d'ordre crut à une émeute. Je revois encore l'incrédulité des magistrats et des décurions lorsque, les rangs s'écartant, ils me découvrirent me dirigeant vers eux. Ils se précipitèrent au bas des estrades érigées, de part et d'autre de l'autel, pour les hauts personnages, et me saluèrent avec confusion, totalement pris au dépourvu.

L'édile qui dirigeait la cité depuis que j'avais mis à l'écart Caius Julius Magnus me pria de m'installer à la place d'honneur et d'inaugurer la cérémonie. Je levai le bras. Le silence se fit sur l'esplanade noire de monde.

– AU DIEU CÉSAR, AU DIEU AUGUSTE, À NOTRE CÉSAR IMPÉRATOR TIBÈRE, LES DIEUX IMMORTELS ET, PARMI EUX, LA DÉESSE ROME...

Les organisateurs avaient fait les choses correctement. De part en part, des hommes dotés d'une ouïe excellente et d'une voix retentissante répercutaient mes paroles. J'entendais « et... la Déesse Rome... »

– … ONT DONNÉ POUR MISSION DE FAIRE RÉGNER LA PAIX SUR TOUTE L'ÉTENDUE DE L'EMPIRE.

(« … toute l'étendu…u…e de l'Empi…i…re »)

– DEVANT LA DÉESSE, DEVANT CÉSAR AUGUSTE, NOUS NE SOMMES RIEN.

Je notai une certaine qualité de silence.

– POURTANT, LEUR ATTENTION SE PENCHE SUR NOUS.

(« … sur nou…nous »)

– CÉSAR AUGUSTE POSSÈDE LA PUISSANCE DE PORTER LA MORT OÙ IL LE DÉSIRE. MAIS IL VEUT DONNER LA VIE.

(« la mort… la… vie »)

– LA VIE SE MÉRITE. PAR LE RESPECT DE LA FOI JURÉE.

…

– PAR LA CONCORDE ENTRE CITOYENS

…

– PAR LA RÉVÉRENCE ENVERS LES DIEUX

…

– PAR L'OBÉISSANCE AUX POUVOIRS LÉGITIMES

…

– PAR LE TRAVAIL DE TOUS LES JOURS

(« … de tous les jou…ours »).

– MOI, ENVOYÉ DE CÉSAR AUGUSTE, JE SUIS NÉ D'UNE MÈRE ÉDUENNE…

…

– DE VOTRE SANG. JE ME SENS, AU MILIEU DE VOUS, DANS MA PATRIE…

(« … dans ma patrie… »). Des acclamations s'élevèrent.

– MAIS NOTRE PATRIE, À VOUS ET À MOI, C'EST AUSSI ROME…

…

– GARANTE DE LA PAIX ET DE LA

[*prospérité?...*]

> Lacune d'environ cent lignes, qui nous prive du détail de la cérémonie au temple, laquelle devait être parfaitement classique : sacrifice de quartiers de victimes sur l'autel, chants, peut-être autres discours. Dut ensuite se dérouler un banquet en plein air sur des tables et des tréteaux. Valérius s'entretint-il avec magistrats et décurions ? Probablement, mais sans en retirer d'informations importantes, si l'on en juge par les phrases qui suivent.

[*Beaucoup me saluaient(?)*] avec respect mais aussi, dirais-je, avec affection. Lorsqu'arrivèrent les cavaliers et les fantassins qui venaient me chercher au son des cors et des trompettes, lorsque je m'installai sur la litière (merci, Illustre Légat de Germanie Supérieure!), les vivats éclatèrent de partout. Difficile de ne pas sentir des bouffées d'orgueil vous envahir. Je me sentais quelqu'un de... vraiment remarquable. Si Lesbia avait été présente!

Egnatius m'attendait à la porte de la *domus*.

– Superbe, Chevalier, je rentre à peine, j'ai tout vu. Si tu le souhaites, demain tu es Empereur des Éduens! Le début d'une immense carrière!

_ Ça va Egnatius, épargne-moi, j'ai horriblement mal aux côtes, je suis crevé. En plus, j'ai l'impression d'avoir fait du spectacle. Avec les magistrats, nous n'avons échangé que des banalités. Sur Sacrovir, pas un mot, pourtant j'ai tendu la perche plus d'une fois.

– L'important, c'est que les gens te considèrent comme celui qui commande et, en même temps, comme un ami. Incommensurablement lointain mais quand même proche.

– Allons nous coucher. Demain sera un autre jour.

– Bonne nuit, Chevalier.

– À toi aussi.

J'allais me retirer, lorsque me vint un remords : je n'avais pas remercié le centurion de la superbe mise en scène qui m'avait permis un retour si éclatant. Le légionnaire de garde m'informa que son chef était rentré et devait se trouver dans sa chambre. Je montai à l'étage, frappai. Le centurion ouvrit, l'air horriblement gêné – car il était quelque peu débraillé, pensai-je.

– Tu… tu as besoin de moi, Chevalier ?

– Non, je voulais seulement te féliciter pour ta remarquable organisation.

– Ah… euh… merci.

Il me laissait sur le pas de la porte. Une voix s'éleva :

– Fais-le entrer, plus on fait de nous… plus on est de fous…

Je reconnus la voix de… Publius !

Le centurion s'écarta, et j'aperçus, autour d'une table, Publius et Diodotos, une coupe à la main. Ils n'avaient pas l'air très frais.

– Publius !…

– Salut, guiloteur !

– Publius, dit Diodotos non sans difficulté, contrôle ton éco… élo…cution. Tu veux dire… ligoteur.

– Il m'a fait…

– Ligoter.

Le centurion m'informa :

– Je les ai trouvés en revenant. J'ignore pourquoi ils se sont installés dans ma chambre.

Diodotos leva la main d'un air solennel :

– Parce que la mienne exhale des… relents… de… galli… gallina…

– Elle pue, dit Publius.

– Chevalier, dit le centurion, comme tu l'avais ordonné à Probus, on a amené Publius. Pas du tout ligoté. Il a suivi de son plein gré. Ici, je l'ai confié à

Diodotos, puis je me suis occupé de ton escorte. Je ne sais ce qui s'est passé entre eux.

– Je n'ai pas l'impression que nous pourrons l'apprendre ce soir.

Diodotos me regardait avec le sourire miraculeux de celui qui a atteint la pure ivresse :

– Tu m'as... encore... offert une exp... expérience subliiime, Cheval... ier.

Son cerveau fonctionnait au-delà des capacités de ses transmissions vocales.

Il se força à parler lentement :

– Je... n'ai... jamais vu... un tel silu... SI...MU...LA...TEUR. J'ai... passé des heures. Et j'ai dû... dû le... saoûler... pour qu'il... avoue.

– N'AVOUEZ... JA...MAIS, vociféra Publius.

– Va chercher quelques hommes, dis-je au centurion, qu'ils raccompagnent Diodotos dans sa chambre. Qu'on mette Publius n'importe où, mais je veux qu'il soit enfermé à clé.

Diodotos et Publius tentèrent de se lever.

– TYRANNIE, tonitrua Diodotos, JE TE... je te... (il s'effondra).

Publius maugréait un commentaire sur le sort indigne réservé à son camarade d'enfance, lorsqu'entrèrent quatre légionnaires qui les saisirent et les emportèrent sans ménagement.

– Désolé, centurion, que tu aies connu ces... désagréments.

– Chevalier, pas du tout. Publius m'a paru quelqu'un d'épatant. Quant au médecin grec, qu'est-ce qu'il peut être sympathique ! À moi et à mes hommes, cet après-midi, il nous a soigné plein de bobos, donné des remèdes, tout le monde l'aime.

On entendait l'Illustre Thérapeute hellène hurler des COCORICO retentissants. Publius devait déjà ronfler.

Retrouvant ma chambre, je constatai qu'il m'était impossible de fermer l'œil. L'image de Julia, la voix de Julia, le regard de Julia. Et si je tentais, pour une fois, de faire le point, un point sérieux? J'ouvris les tablettes que m'avait remises Egnatius.

Ce garçon était vraiment doué. Non seulement sa graphie était impeccable, mais il savait choisir, dans chaque entretien, les phrases qui comptaient, mettant en lumière toutes sortes de choses que j'avais à peine entrevues (« Maudit Amour », *Improbe Amor,* « à quoi ne réduis-tu pas les mortels? », ça, c'était de Virgile, j'en étais sûr).

Sur Sacrovir (auquel tous s'étaient opposés), l'impression que j'avais gardée se confirma : les décurions étaient demeurés sur la plus grande réserve. Ils ramenaient tout à son caractère. On le traitait de « pas trop équilibré », « impulsif », « dénué du sens des responsabilités », « aventureux ». Pourtant – je l'avais oublié –, deux d'entre eux laissaient entendre qu'il n'aimait pas trop « l'ordre établi » (j'aurais dû demander des précisions) et qu'il pouvait écouter d'une oreille favorable certaines « sollicitations ». L'un d'entre eux l'avait trouvé « très changé » lorsque, cinq ou six ans auparavant, revenant de Germanie pour passer quelques mois à Augustodunum, il s'était mis à proclamer un peu partout que les choses n'allaient pas. Lisant une énième tablette, je compris, d'après les propos d'un autre décurion, que Sacrovir avait mal supporté, quatre ans auparavant, le rappel de Germanicus à Rome par César Auguste. Sacrovir partisan de Germanicus? Cela n'avait rien d'étonnant : tous ceux qui avaient servi sous ses ordres lui portaient une incroyable affection, disons même une totale dévotion. Ce rappel avait-il déclenché chez Sacrovir une espèce de fureur? Était-ce cela que mes interlocuteurs tentaient de me faire comprendre? La mort de Germanicus – que tant de Romains avaient eux-mêmes attribuée à César Auguste – n'avait pas dû arranger les choses!

J'avais vaguement en tête les notes que les services de renseignement de la Préfecture du Prétoire avaient consacrées à ce Caius Trébonius Optatus dont m'avait reparlé Egnatius. Si je me souvenais bien, on l'avait vu s'entretenir – plus ou moins secrètement, en tout cas pas à titre officiel – avec des représentants ou des délégués des cités des Trois Gaules. Au nom de Germanicus, d'abord, puis de Drusus, le fils de César Auguste Tibère. Me revenait l'impression qui m'avait alors frappé, celle d'un complot, impression que j'avais écartée à la suite de mes entretiens avec Aviola. Les tablettes que je lisais prenaient une signification inquiétante.

> « Sacrovir a voulu nous faire rencontrer certains... personnages qu'il appréciait, mais je me suis rendu compte qu'ils n'avaient aucun mandat officiel, et je n'ai pas donné suite. »
>
> « À Condate, de la part de Sacrovir, s'est présenté, de manière très... confidentielle, un citoyen Romain dont j'ignore le nom, qui a évoqué l'amour qu'avait porté Germanicus aux cités de Gaule, et que son cousin et frère, Drusus, fils de César Auguste, voulait amplifier. »

Au sein des discours ampoulés des décurions, je n'avais guère remarqué ces phrases qui, maintenant, me frappaient. Je m'en voulus encore davantage lorsque je lus la déclaration de celui que j'avais reçu en dernier, un certain Sextus Jucundus. Un homme d'une soixantaine d'années dont je me rappelais les sourcils broussailleux et l'inextinguible débit verbal qui m'avait d'autant plus énervé que je pensais à la cérémonie au Temple. Je l'avais à peine écouté. Les notes d'Egnatius me démontraient ma sottise – mon incompétence.

> « Sacrovir, oui, c'est un petit-neveu de ma belle-sœur. Je veux dire, excuse-moi, Chevalier, car je me suis marié trois fois, pas de ma belle-sœur actuelle, d'ailleurs en fait je n'ai pas en ce moment une seule belle-sœur, j'en ai deux. Je veux dire la belle-sœur de

mon deuxième... non, de mon premier mariage. D'ailleurs, c'était avant que je m'installe à Augustodunum... »

Egnatius avait commenté : « La barbe ! » J'éclatai de rire. La transcription reprenait :

« J'ai toujours pratiqué l'hospitalité, même si Sacrovir, je préfère ne pas te raconter tous les tourments qu'il a causés à ma famille, enfin pas à moi directement, mais, je ne sais si je t'ai dit, ma seconde... non, ma première femme avait une sœur dont il était le neveu, enfin pas directement mais... »

Egnatius avait sauté un développement interminable dont je me souvenais vaguement.

« Alors, évidemment, j'ai accepté de loger chez moi cet ami qu'il me recommandait. Ma femme, la deuxième, celle qui est morte – je ne sais si je te l'ai dit – après avoir mangé un poisson avec ces nouvelles sauces (remarque, je ne suis pas certain, Chevalier, je ne voudrais pas accuser les produits nouveaux), donc on voulait appeler notre enfant, parce qu'elle était enceinte, si c'était un garçon, on voulait l'appeler Optatus, "Désiré", parce que, avec ma première épouse, ça n'avait jamais marché, et donc je me réjouissais qu'elle attende ».

À ce moment, j'avais dû complètement décrocher, me demandant comment j'allais, sans trop de discourtoisie, le mettre dehors. Heureusement, Egnatius avait continué à noter.

« Je me demandais bien pourquoi Sacrovir, que je voyais une fois tous les trois ans, voulait que je loge un de ses amis. Il m'a donné une raison, mais je ne m'en souviens plus parce qu'à cette époque-là, j'avais des soucis avec un étalon que j'avais acheté très cher et qui... »

[...]

« Cet Optatus, attends, je crois qu'il s'appelait Trébonius – oui, j'en suis sûr parce que, quand je me suis marié, euh, la troisième fois, avec ma nouvelle femme, nous sommes allés à Narbo, et nous avons, à l'auberge, rencontré un Romain qui s'appelait Trébonius. Figure-toi qu'il nous a emmenés dans des thermes où il organisait des jeux de dés, il y avait des filles qui dansaient, j'ai perdu quatre ou cinq mille sesterces... »

« La barbe, la barbe » (commentaire d'Egnatius).

« Ce... comment j'ai dit ? Trébonius... Optatus, il ne nous a pas gênés. Un type absolument charmant, qui nous a apporté plein de cadeaux venant de Rome. La plupart du temps, il s'entretenait

> avec Sacrovir. Mais il s'intéressait à moi, il me demandait de lui parler de notre cité, de nos magistrats, de nos décurions. Quelqu'un de très délicat, très intéressant. J'aime beaucoup les chiens, j'en ai dix-sept. Enfin, j'en avais dix-sept parce que... »
>
> [...]
>
> « Donc, plus tard, pour me remercier, il m'a fait parvenir, de je ne sais où, un lévrier, une bête superbe, qui, malheureusement, souffrait de coliques, probablement le changement de régime alimentaire, ou une difficulté d'adaptation, parce qu'il paraît que les chiens – je ne sais si tu es au courant... »

Mon exaspération avait atteint un tel degré que je m'étais levé et l'avais congédié, subissant encore des phrases de remerciement, des assurances de dévouement, etc. Egnatius avait cependant noté ses derniers propos :

> « Quelle joie pour moi de te retrouver tout à l'heure au Temple, tu m'apercevras au milieu du collège des décurions, d'ailleurs je voulais te dire que nous avons tenu à prendre en charge tous les frais, en dépit de l'opposition de deux collègues dont je ne te citerai pas les noms mais qui, lorsque je leur aurai fait connaître le bonheur que l'on éprouve à parler avec toi...
>
> – Ces entretiens sont... confidentiels.
>
> – Naturellement, naturellement, rien ne transpirera de nos échanges – si riches –, on me reproche d'ailleurs souvent mes silences, par exemple ma première femme me disait toujours – c'était un vrai moulin à paroles... »

Egnatius s'en était tenu là. On sentait qu'il s'était bien amusé. Pour ma part, je me reprochais de n'avoir pas cherché à en savoir davantage. Mais préoccupé comme je l'étais, obsédé par... un visage, étourdi par ce verbiage, cela avait dépassé mes forces. Une chose était certaine : il faudrait que je convoque de nouveau ce... Sextus Jucundus.

Ce fut la dernière pensée sérieuse qui me traversa l'esprit. Comment imaginer que ses bavardages lui avaient déjà coûté la vie ?

– 14 –

J'avais oublié de tirer les tentures devant ma fenêtre. Une lumière vive me réveilla : la journée serait de grand soleil. Les côtes me faisaient toujours mal, et je ne me sentais pas l'esprit vraiment clair. Avant de me restaurer, mieux valait passer un moment dans les bains. J'ouvris la porte de la salle chaude. Dans l'une des deux baignoires, reposait une forme immobile, la tête recouverte d'une serviette. La serviette s'écarta un peu.

– Oh, c'est toi, Chevalier ?

– Diodotos ! Je ne pensais pas te revoir avant un jour ou deux, le temps que tu…

– Que je cuve, n'est-ce pas ?

Je souris sans répondre, fis couler l'eau, ôtai ma tunique et me plongeai dans la baignoire avec un soupir d'aise.

– Chevalier, l'ivresse est un plaisir que les dieux ont accepté de partager avec les hommes. As-tu lu le *Banquet* de Platon ?

– Diodotos, tu as affaire à un Romain, à un rustre, qui a sûrement pris plus de cuites que toi, sans jamais chercher de justification dans les auteurs. Ah, ça fait du bien !…

Nous nous tûmes.

– Au fait, tu n'as pas entraîné Publius dans ce milieu… aquatique – pour le changer ?

Pas de réponse. Je n'insistai pas. L'endroit n'était guère propice à la conversation.

Il se redressa et sortit de la baignoire. Un corps superbe, à peine marqué par l'âge. Il devait s'entraîner. J'avais remarqué que les Grecs avaient tendance à prendre rapidement du ventre, tandis que les Romains demeuraient plutôt secs – sauf à Rome !

– Tu veux partager une collation avec moi?

– Volontiers, Chevalier, mais prends ton temps. Tu t'es mis ma pommade sur les côtes avant de te coucher? Non, évidemment. Bah, laissons faire la nature!

Nous nous retrouvâmes dans le petit triclinium, les cheveux encore humides.

– Vois-tu, Chevalier, ce qui nous distingue, toi et moi, c'est notre appréciation sur l'ivresse. Depuis toujours, Rome la condamne, imaginant qu'elle est nocive, et surtout qu'elle marque une faiblesse. Toi, lorsque tu « prenais des cuites », comme tu l'as dit tout à l'heure, tu te sentais coupable, au moins le lendemain: l'expression même trahit le dégoût. Moi, je me sens libre de m'enivrer – évidemment, pas tous les jours de ma vie –, j'en retire l'impression de côtoyer (très fugitivement) Dionysos, l'Olympe, un monde auquel je n'ai nul accès normal, et j'en reviens plus riche – ou plus interrogateur.

J'engloutissais des figues, délicieuses, d'épaisses tranches de jambon et des pignons au miel.

– Toi, tu t'es enivré. Publius a pris une cuite. Le Grec, le Romain. S'il y avait eu un Gaulois, on aurait dit quoi?

Il se mit à rire.

– Le coup de Vénus* pour toi, Chevalier! Restons-en là. Bon, je change de conversation. Je suis heureux de t'avoir rencontré avant de quitter la *domus*. Je n'étais pas sûr de pouvoir te saluer et te remercier.

– Tu quittes la *domus*?

– Évidemment. La... petite Julia est repartie, qu'est-ce que tu veux que je fasse ici?

De fait.

* Le meilleur coup au jeu de dés.

– Diodotos, tu n'as pas à me remercier. C'est moi qui suis ton débiteur.

– Alors, disons que nos dettes s'annulent, et n'épiloguons pas.

– Non, non, la mienne est infiniment supérieure.

– Tu veux vraiment te montrer… reconnaissant?

– J'y tiens.

– Je vais en profiter. Je requiers de toi deux choses.

– Accordé d'avance.

– D'abord, subir un interrogatoire et y répondre.

– Si tes questions sont… compatibles avec…

– Avec ta mission, Chevalier, cela va de soi. D'ailleurs, tu peux te taire à tout moment.

– Et la seconde?

– On verra après l'interrogatoire, d'accord?

Il me sourit et se mit à manger à son tour. Surtout des fruits et des fromages. Je notai qu'il évitait le vin.

– Chevalier, je ne vais pas donner dans la diplomatie. Tu comptes… revoir Julia?

– Le plus rapidement possible.

– Pas aujourd'hui, s'il te plaît.

Depuis mon réveil, je ne pensais qu'à cela, me demandant quelle tactique adopter (ah! le langage militaire): me rendre chez elle, la faire venir? J'avais échafaudé je ne sais combien de plans.

– Et pourquoi?

– Il faut la laisser récupérer. Sa… guérison présente des aspects… inquiétants. Si je me suis laissé aller à… l'ivresse, c'est parce que tout ce que je possède en moi de raison refusait cette incroyable expérience, que, pourtant, comme toi, j'ai vue, constatée avec mes yeux, avec mes mains, et que… que je ne comprends pas. Cette femme, la vieille, a fait appel à des…, j'allais dire à des procédés, mais ce n'est pas le mot juste, à des… forces qui dépassent l'entendement. Ces forces habitent encore Julia, elles ne s'en retireront que leur œuvre accomplie. Elles doivent épuiser non seulement son corps – tout en lui redonnant la santé – mais surtout son esprit – dans lequel elles se sont introduites.

– Pourtant, tu m'as dit que… euh… elle et moi…?

– Même type de phénomène. Peut-être étais-tu là au bon moment. Les… les « forces » t'ont reconnu comme celui qui a initié le salut de Julia. J'ai peur qu'en allant la voir trop tôt, tu ne casses le processus. Laisse passer un jour ou deux. C'est peut-être elle qui te demandera de la recevoir.

Il avait sûrement raison, mais mon cœur saignait à l'idée de ne pas la retrouver ce matin même.

– Chevalier, ce n'est quand même pas la première fois que tu tombes amoureux?

– À ce point, si.

J'étais sincère. Il secoua la tête et se tut, en me fixant avec… une espèce de sympathie qui se mêlait – j'en fus frappé – de souffrance. Je soupirai.

– Entendu, illustre médecin. Me permets-tu une question, à mon tour?

– Bien sûr, Chevalier, si elle est compatible avec… ma mission (il éclata de rire, je l'accompagnai).

– Publius?

– Que veux-tu que je te dise? Qu'il n'est pas plus malade que toi ou moi? Tu le savais déjà. Pourquoi a-t-il joué la comédie? Je n'ai pas pu lui tirer un mot d'explication. Que c'est un type épatant, d'une… d'une richesse exceptionnelle? Je ne vais pas te l'apprendre. Si tu veux mon sentiment profond: sa simulation obéit à un seul motif: te protéger. Mais de quoi? À toi de t'interroger.

Il se mit à croquer une pomme, tout en observant fixement l'adorable Nymphe qui occupait le centre du panneau peint sur le mur du fond. J'étais sûr qu'il ne la voyait pas, qu'il cherchait ses mots.

– Chevalier, tu es conscient que bien des choses te dépassent?

– Naturellement.

– Ça n'est pas une réponse, c'est une échappatoire. « Naturellement », « naturellement »...

Il haussa les épaules.

– Si tu en restes à ce degré... « il est normal que des choses m'échappent », tu fais de toi une espèce de... jouet. Lorsque quelque chose te dépasse, tu dois mettre en œuvre toutes les ressources de ton intelligence, tu dois raisonner: ne suis-je pas trompé par une apparence, abusé par mes sens, par mon jugement?

Que tentait-il de me faire comprendre ? Je ne voyais pas.

– C'est bien pour cette raison que je ne mets pas ta pommade. Dès que je t'ai aperçu, je me suis méfié de toi, tu as la tête d'un empoisonneur.

De nouveau, éclata son rire, une merveille – quand il était à jeun.

– Tu as raison, je ne sais pourquoi je me suis lancé dans ces considérations oiseuses! Publius, probablement.

– Si je me rappelle bien, après l'interrogatoire (qui a un peu dérapé), tu avais une autre demande à me faire?

– Tout à fait. Horriblement prétentieuse, je dirais même arrogante. Je ne t'en voudrais nullement si tu refusais.

– Dis-moi.

– Que tu me raccompagnes aux Écoles. Pas dans l'immédiat, à un moment où tu seras disponible. Avec un peu de décorum, des soldats, moi à tes côtés.

– Diodotos, je le ferai volontiers, mais j'attends tes raisons.

Il m'expliqua. On m'avait déjà parlé des Écoles – au camp, si je me rappelais bien –, mais en quelques mots. Diodotos, lui, me fit un récit circonstancié, que je vais résumer. Le dieu Auguste avait conféré son patronage à… *Augustodunum.* Non seulement la ville qui porterait Son Nom serait ornée de monuments, ceinte de remparts, exempte d'impôts, etc., mais il tenait à la doter d'un prestige exceptionnel : il y ferait venir de grands savants, de grands « professeurs » pour y attirer les enfants de la noblesse gauloise. Augustodunum deviendrait, à l'instar de Massalia, une petite Athènes. Petite Rome par son apparence, petite Athènes pour sa culture. Me revint à l'esprit la réflexion du préteur des Éduens : quel réseau d'amitiés ou d'influences pour obtenir du dieu Auguste des privilèges aussi exceptionnels ?

Donc, les Écoles s'étaient constituées. Un superbe édifice avait été conçu pour elles, en priorité, tandis que des offres avaient été lancées un peu partout pour recruter les enseignants. Diodotos se trouvait à Naples lorsqu'il avait eu vent de ces propositions.

– Je ne vais pas te raconter d'histoires. À Naples, je gagnais difficilement ma vie. Je m'y étais installé pour soigner, mais aussi pour poursuivre mes recherches. La concurrence ne manquait pas. Un jour, j'apprends que, si j'allais enseigner en Gaule, dans une ville dont j'ignorais l'existence, on me paierait dix fois plus. Comme je te l'ai dit, j'ai pas mal voyagé, je me suis toujours intéressé aux remèdes, aux soins que pratiquent certains peuples moins avancés que nous. C'était l'occasion d'enseigner et… d'apprendre. De gagner de l'argent – pardon si je te choque, mais j'en ai besoin pour suivre la voie que j'ai choisie. Je suis parti.

Il n'avait pas imaginé ce qui l'attendait. Ou plutôt, rien ne l'attendait, sinon un incroyable désordre.

Un bâtiment dont le gros œuvre était à peine fini, une ville en chantier, aucun hébergement prévu, et une vingtaine de « professeurs » aussi paumés que lui. Ils avaient dû prendre eux-mêmes les choses en main, harceler le préteur, envoyer une délégation à l'Illustre Gouverneur de la Gaule Lyonnaise, menacer d'en référer à César Auguste lui-même. Si la situation s'était améliorée, on le devait au dynamisme d'un de ses collègues, professeur de rhétorique, qui leur avait suggéré d'aller faire des conférences dans les capitales des Cités. Succès fou. Les demandes d'inscription avaient afflué. Depuis lors, les Écoles d'Augustodunum étaient obligées de refuser plus de candidats qu'elles n'en acceptaient. Le collègue avait été élu Préfet de l'établissement.

– Où est le problème, Diodotos? Je ne comprends pas.

– Les événements du printemps ont été désastreux pour nous.

– Cela s'est passé comment?

– Imagine un jour comme les autres, les enseignants avec leurs élèves. Tout à coup, déboulent des cavaliers armés jusqu'aux dents. Les uns encerclent le bâtiment, les autres sautent de leurs montures, investissent toutes les pièces, le glaive à la main. Ceux d'entre nous qui tentent de protester ou de s'opposer reçoivent une volée de coups qui les assomment ou qui les dissuadent. Tous les jeunes sont capturés. Une affaire rondement menée. Quelques instants plus tard, nous nous retrouvons hébétés, heureux d'avoir sauvé nos peaux! Sacrovir…

– Mais tous vos élèves ont été retrouvés sains et saufs?

– Certes, mais ils sont aussitôt repartis chez eux. Je les comprends. Ce qu'ils auront raconté, va savoir. Toujours est-il que les Écoles en ont pris un sacré coup. Notre Préfet a décidé de les fermer provisoirement, jusqu'en janvier. Les inscriptions se font rares, même les meilleurs semblent avoir renoncé à poursuivre leurs études. Sacrovir nous a vraiment... assassinés.

– Je vois, mais que pourrais-je faire pour toi – enfin pour vous?

– Eh bien, si, par un geste solennel, tu nous manifestais ta confiance, ton estime – au nom de César Auguste –, cela compterait énormément. Tout se sait, très vite. Les cités – je te le dis en confiance – s'interrogent sur le sort que Rome réserve aux Éduens et à Augustodunum, patrie de Sacrovir. Depuis ton arrivée, tu as rassuré les citoyens de cette ville. Ta venue aux Écoles nous serait bénéfique. Immensément.

– Très bien, Diodotos. Ma matinée est libre. À la prochaine heure, je puis t'accompagner.

– Euh..., j'ai peur d'abuser...

– Abuse.

– Pourrais-tu faire informer notre Préfet?

Je fis venir Egnatius et lui donnai des instructions. Il revint quelques instants plus tard.

– Tout est réglé, Chevalier. Ton escorte se prépare. (Il sourit). Il te va falloir de nouveau passer une toge!

– Je commence à avoir l'habitude (je soupirai). Et toi, à l'inverse, où en es-tu de tes... dépouillements?

– C'est assez décevant, je me débats avec les petites combines financières de notre préteur préféré. Une vraie fripouille, mais de faible envergure. Côté politique, rien qui dépasse le niveau local ou régional, des intrigues minables, sans intérêt.

Son analyse rejoignait la mienne. Je regrettais d'avoir agi sur un coup de tête. Après tout, Caius Julius Magnus avait peut-être cru me faire plaisir en me logeant dans la *domus* de mon cousin. Pourtant…

– Egnatius, n'oublions pas Julia dans la cave, rouée de coups, torturée!…

– Chevalier, si c'était une affaire privée? Elle l'a repoussé, humilié. Sans prétendre connaître à fond la nature humaine, je dirais que c'est le genre à vouloir prendre sa revanche. Il n'aura pas osé tant que Sacrovir était vivant. Une fois que le frère eut perdu la vie, pourquoi se gêner? D'autant qu'il lorgne sur leurs domaines. Je le vois très bien exercer un chantage: soit tu m'épouses, soit tu disparais, dans les deux cas je prends tes terres, à toi de choisir. Et tous les moyens sont bons, y compris les pires.

– Il m'a quand même envoyé ce message avec les clés?

– Admets que nous ayons trouvé Julia morte. Tu l'aurais fait exécuter, non?

Je fermai les yeux. Oui, je l'aurais fait exécuter mais auparavant je me serais arrangé pour lui offrir les plus délicats supplices, je lui aurais moi-même… Par Jupiter, il fallait que je me calme!

– Selon toi, je n'ai pas eu tort de le… rudoyer?

– Au contraire. Tu t'es imposé par un acte fort. Juste ou injuste, cela n'importe pas. En outre, Caius Julius Magnus ne devait guère être populaire, si j'en juge par le nombre de créances que j'ai retrouvées, et par le double des missives qu'il envoyait, menaçant ses débiteurs alors qu'il pratiquait des taux usuraires. J'ai même l'impression…

– Oui?

– Il faudrait vérifier dans les archives de la cité, mais je subodore des trafics un peu louches concernant certains chantiers. J'ai trouvé cinq ou six tablettes au contenu bizarre concernant une Porte et le Temple.

– Donc, on laisse les choses en l'état?

– Je te suis reconnaissant de me demander mon avis, Chevalier. Selon moi, offrir au préteur un temps de réflexion ne peut que contribuer à son équilibre futur.

J'éclatai de rire.

– Egnatius, je croirais entendre Diodotos! Vous avez, tous les deux, l'art de vous servir des mots, de les assembler d'une manière que je comprends mais que je serais incapable de mettre en œuvre. Toi, un esclave d'Étrurie, lui un médecin grec!

– Je suis à cent coudées en dessous de lui, mais, à force d'étudier, de s'instruire, de fréquenter des hommes cultivés, un esclave peut acquérir certains talents, ne serait-ce que par imitation... contagion.

– Je ne t'ai pas vexé, Egnatius?

– Nullement, Chevalier, au contraire, je me sens flatté.

Son sourire me rassura. Je me disposais à le quitter pour aller m'habiller, lorsqu'entra le centurion, l'air désemparé.

– Chevalier, excuse mon intrusion, mais... mais...

– Mais quoi? Parle.

– Le commandant... Publius... n'est plus là. Il s'est échappé.

– Échappé?

– Je l'avais, sur tes ordres, fait enfermer à clé dans l'une des chambres. Je viens de faire un contrôle, comme tous les matins à cette heure-ci, la serrure a été forcée, la chambre est vide. En plus, un cheval a disparu.

Un grand sentiment de bonheur m'envahit. J'éclatai de rire. Le centurion me fixait avec incompréhension.

– Centurion, Publius et moi nous sommes sortis de situations dont tu n'as pas idée. Vous ne l'avez pas fouillé hier soir? Non? Eh bien, il est probable que, comme d'habitude, il avait sur lui quelques petits instruments dissimulés à des endroits… insoupçonnables, qui lui ont permis de crocheter la serrure. Sortir de la *domus* par une porte ou une fenêtre, prendre un cheval, pour quelqu'un comme lui, c'est un jeu d'enfant.

– Qu'est-ce que je fais?

S'il attendait des ordres précis, je dus le décevoir.

– Tu ne fais rien. J'ai appris ce que je désirais savoir. On le retrouvera un jour ou l'autre, lorsqu'il le voudra. À cette heure, il est déguisé en mendiant, en garçon-vacher, en astrologue ou en vendeur de saucisses. Laisse tomber. Va t'occuper de mon escorte.

Il sortit.

Publius, cher Publius! Encore un joli coup à ton actif! Je ne doutais pas que sa préoccupation eût été – comme me l'avait affirmé Diodotos – de me protéger. Il veillait sur moi.

Bizarrement, les Écoles occupaient un lieu assez excentré. L'édifice qui les abritait ressemblait à une *domus* aux proportions hypertrophiées. Diodotos m'ayant avoué qu'il ne pratiquait pas l'équitation, j'avais utilisé la litière du Légat (… de… Germanie… Supérieure) qu'il partageait avec moi. Dès notre sortie, une foule joyeuse nous avait accompagnés, me saluant avec enthousiasme – à quoi devais-je cette popularité?

Les cavaliers de mon escorte exécutèrent une manœuvre impeccable, s'écartant de part et d'autre, comme dans un spectacle de danse. Encadrés de fantassins dans leur uniforme de parade, nous mîmes pied à terre. Trois personnages nous attendaient devant le porche à colonnades (je remarquai que les chapiteaux étaient à peine dégrossis). Un homme de haute stature se détacha du groupe, s'inclina profondément, se redressa et m'adressa ces mots :

– Très Noble Chevalier, les Professeurs de ces Écoles t'adressent leurs respects et leur reconnaissance. En ta personne, ils saluent le représentant de leur Bienfaiteur, César Auguste Impérator, auquel les attache le lien indéfectible de la fidélité.

– C'est le Préfet, me chuchota Diodotos à l'oreille.

– Si j'ai tenu à te rendre visite, Préfet de ces Écoles, c'est pour témoigner de l'estime qui vous est portée à Rome, et de l'attention que l'on vous y prête.

– *Rome, Ville dont je voudrais chanter la grandeur en des vers pleins de piété. Hélas, faible est ma bouche, de mon étroite poitrine ne sort qu'un filet de voix.*

Je compris qu'il s'agissait d'une citation, car « de sa faible bouche et de sa poitrine étroite » (il était plus large que moi), sortait une voix grave et retentissante. Ne pouvant rivaliser avec lui en matière de littérature, je me contentai de lui dire :

– J'ai peu de temps. Me ferais-tu les honneurs de ton établissement ?

– Notre... collègue Diodotos (il lui lança un regard aigu) a déjà dû tout t'expliquer ?

– Diodotos s'est rendu au chevet d'un cas désespéré, auquel il a consacré tous ses soins, et qu'il a réussi à guérir. Je suis venu à sa demande. Il m'a dit que j'apprendrais tout de toi, qui es à l'origine de la réussite de ces Écoles.

– Il exagère (son visage trahissait une vive satisfaction). Je te présente... (j'ai oublié les noms, un Romain et un Grec), qui me secondent dans une tâche exaltante mais non dépourvue de difficulté.

À l'intérieur, un vaste vestibule donnait sur une cour encadrée de portiques. Une vingtaine d'hommes d'âges divers se tenaient quasiment au garde-à-vous. Une table avait été dressée au fond, couverte de nourritures et de cruches.

L'un après l'autre, les « professeurs » s'inclinèrent devant moi :

– Je te présente (un tel) qui enseigne les poésies du divin Homère... un tel... l'histoire de Rome... l'éloquence attique... l'art de rédiger des suppliques... la grammatique... la prosodie... la procédure judiciaire... la construction des plaidoiries... la tragédie... le droit des propriétés... l'art de persuader... la jurisprudence des temples...

Je me tournai vers Diodotos, qui me suivait quelques pas en arrière :

– Toi, Illustre médecin, tu enseignes la médecine, naturellement?

Le Préfet ne lui permit pas de répondre.

– La médecine? Très Noble Chevalier, on n'enseigne rien de tel ici! Diodotos donne des cours – remarquables – de philosophie grecque.

Nous arrivions devant le dernier des « professeurs », le plus âgé de tous, une bonne soixantaine, obèse et avachi. Je sentais que le Préfet l'eût volontiers évité.

– Agathôn, professeur de cosmographie.

Le gnome m'adressa un sourire édenté, le Préfet hâta le pas et m'emmena vers la table, m'offrant une coupe de vin. Bientôt, les autres m'entourèrent. Je posai les questions auxquelles ils devaient s'attendre. Les salles de cours ? Oui, il y en avait une dizaine, mais ils aimaient aussi enseigner sous les portiques, voire dans les deux jardins – s'il faisait beau. Le nombre d'étudiants? Le Préfet souhaitait ne pas dépasser la soixantaine. En général, ils restaient deux ans, certains davantage. Oui, ils pouvaient loger aux Écoles, mais pas mal d'entre eux préféraient résider en ville, ce qui n'allait pas sans inconvénient : leur assiduité en souffrait. Qui payait ? Comment cela : qui payait ? Les étudiants, évidemment, enfin leurs parents.

– Excuse-moi, Préfet, j'avais compris que vous étiez rétribués par César Auguste, qui vous recrutait sur sa cassette.

C'était fini depuis plusieurs années. Notre Impérator Tibère avait cessé de subventionner les Écoles, les Éduens renâclaient à en assurer l'entretien. Ils devaient se débrouiller eux-mêmes. La réussite qu'ils avaient gagnée par leurs efforts, venait d'être compromise par... les événements. Planait l'ombre de Sacrovir.

– Vous-mêmes, vous logez ici ?

Une voix grêle et acide s'éleva. Je tournai les yeux : l'obèse avait pris la parole.

– Oui, nous bénéficions d'appartements somptueux. Quatre ou cinq pas sur trois ou quatre. Reconstituant le monde, dessinant la carte de l'*oikouménè**, j'ai droit à une cage à rats.

– Agathôn a la nostalgie de la grande Antioche (il me souffla à l'oreille : – qu'il a dû fuir afin d'éviter un procès pour viol de jeunes étudiants, je ne l'ai appris que récemment).

L'autre continuait avec véhémence :

– Quand tu quittes ta cage, tu te retrouves en face de petits prétentieux qui se croient tout permis parce que leur grand-père a combattu avec le dieu César. Mes aïeux étaient citoyens grecs quand les leurs étaient habillés de peaux de bêtes.

– Agathôn, je t'en prie, dit le Préfet, qui était au supplice.

Impossible de l'interrompre :

* L'*oikouménè* est l'espace terrestre habité par les hommes.

– Tu passes ton temps à essayer d'instruire de vaniteuses bourriques qui ne comprennent rien à rien. À part ça, dans cette ville de merde, qu'est-ce que tu peux faire? C'est le désert. Dis-le à Rome, Très Noble Chevalier.

Il quitta la salle, au grand soulagement de tous.

– Hum, Chevalier, je te prie d'excuser l'incident. Agathôn est un savant très réputé, mais... la Gaule ne lui réussit pas.

D'autres professeurs intervinrent. Oui, c'était vrai, Augustodunum n'offrait guère de satisfactions intellectuelles, culturelles, mais ils faisaient de leur mieux pour contribuer à les amorcer. La plupart d'entre eux donnaient régulièrement, ici même ou en plein air, de petits spectacles : déclamations, récitals de poésie, organisation de procès fictifs, récits historiques, etc. Agathôn, avec sa cosmographie, se trouvait démuni et en nourrissait de l'amertume. Moi qui avais mené la vie des camps et qui m'étais réjoui quand était annoncée l'arrivée d'une troupe de comédiens, voire d'un simple rhéteur, je comprenais fort bien.

– Vous avez quand même l'école des gladiateurs? Ils doivent donner des spectacles?

Le Préfet pinça les lèvres.

– Non pas, ajoutai-je en hâte, que je mette vos Écoles sur le même plan, mais je n'ignore pas que les Gaulois adorent les jeux.

– Chevalier, sais-tu comment a été formée cette... fameuse école? Lorsque le dieu Auguste, dans sa souveraine sagesse, a décidé de l'instituer (sa mine mettait en doute la souveraine sagesse du dieu Auguste), je venais d'arriver pour monter notre établissement. Je discutais avec les magistrats, je songeais à construire (au sens matériel et intellectuel) ce... temple de l'esprit (murmures d'approbation dans l'assistance). Surviennent des... individus (moue de mépris)... comment dire?... louches, qui promettent monts et merveilles. Alors que je me demandais comment j'allais recruter de... hautes compétences (nouveaux murmures approbateurs), en deux mois, ils rassemblent trois cents types, aux mines plus ou moins patibulaires. On leur construit en hâte une espèce de camp. Information prise, il s'agissait de condamnés de droit commun, d'esclaves en fuite ou de déserteurs, auxquels l'impunité avait été promise. Je n'ai pas cherché à savoir comment on les a entraînés, je n'ai eu aucune relation – tu l'imagines – avec les dirigeants. Le seul élément que je puisse retenir en leur faveur, c'est que leurs gladiateurs n'ont jamais causé le moindre trouble dans la ville. Ils ne quittaient leur camp que pour des jeux je ne sais où, revenaient dans leurs casernements, etc.

– Ils ont quand même combattu avec Sacrovir?

– Simplement parce que Sacrovir les a payés. D'ailleurs, à ce que je sache, ils ne se sont pas montrés particulièrement performants.

Inutile de poursuivre sur ce point. Je levai une coupe, puis vins m'entretenir avec chacun des professeurs. Ils me rappelaient beaucoup de mes camarades de Germanie, contents de remplir une tâche estimable mais horriblement nostalgiques. Le sort de beaucoup d'entre nous...

Je les quittai après avoir reçu mille et mille témoignages de reconnaissance. Diodotos, quasiment en pleurs, me murmura des phrases confuses. Le même apparat m'entoura jusqu'à la *domus*. Je poussai un soupir de soulagement en entrant. Ouf, j'allais pouvoir me débarrasser de ma toge, me reposer un moment.

Erreur! Egnatius m'attendait, surexcité:

– Viens, Chevalier, je crois avoir mis le doigt sur quelque chose!

– 15 –

À voir l'agitation d'Egnatius, il était hors de question que je ne le suive pas immédiatement dans le bureau. Lorsque j'y pénétrai à sa suite, je fus pris d'une crise d'éternuement. Partout, des tablettes en vrac, des *volumina* formant des piles à l'équilibre improbable, une poussière qui vous piquait le nez, les yeux. Ma toge aurait besoin d'un sérieux nettoyage.

Écartant du pied ce qui le gênait, Egnatius m'entraîna, au fond de la pièce, vers une table éclairée par une minuscule fenêtre et par deux candélabres. D'un revers de la main il envoya par terre une vingtaine de tablettes, n'en conservant que deux.

– Regarde, dit-il, rayonnant, en me tendant la première.

Il ajouta :

– Je précise qu'elles étaient dissimulées au milieu de comptes domestiques concernant les esclaves de la *domus* et l'achat de pouliches.

Les deux tablettes portaient en tête CTO en majuscules. Suivait une liste de lettres et de chiffres organisée en deux colonnes verticales.

– Chevalier, CTO, ça t'évoque quelque chose, non ?

Je ne voyais pas.

– Mais enfin, Caius Trébonius Optatus !

Je le regardai, l'air sceptique, ce qui lui déplut : il s'était attendu à des félicitations, voire à des exclamations admiratives sur son génie !

– Admettons. La suite, ça voudrait dire quoi ?

– Des initiales et des chiffres ! Des initiales de noms (comme pour Trébonius) et, selon moi, des sommes d'argent. Ici, tu vois « six cent mille », puis

« quatre cent mille », etc. Des sesterces évidemment*.

– Tu veux dires des... des sommes remises par Trébonius à... des Éduens?

– Je ne vois pas d'autre explication.

Je réfléchissais, intrigué.

– Mais comment Magnus en aurait-il eu connaissance? Tu l'accuses de jouer double jeu?

– Non, on peut lui prêter bien des défauts, mais nul doute qu'il a choisi le camp de Rome, je veux dire de César Auguste. Cela dit, qu'il se soit tenu informé de tout, qu'il ait obtenu des renseignements en corrompant je ne sais qui, des serviteurs par exemple, pourquoi pas? Je te l'ai déjà dit, il ne recule devant aucun moyen pour accroître sa richesse et sa puissance. Pour lui, le chantage, l'intimidation, c'est de la routine.

Egnatius avait probablement raison, mais comment s'en assurer?

– On fait venir le Préteur et je l'interroge?

– Il y a un autre moyen de vérifier. Je vais aller consulter l'Album des décurions, celui de l'année dernière, et voir si les initiales correspondent à tel ou tel.

– Bof, les initiales...

– Chevalier, les initiales offrent des centaines de combinaisons, surtout pour les citoyens romains qui en ont trois. Le hasard peut jouer une fois ou deux. Les tablettes donnent vingt-quatre séries d'initiales. Au-delà de trois ou quatre correspondances, toute coïncidence sera exclue.

– Entendu, Egnatius, vas-y, mais tu en as pour la journée entière.

– Tu plaisantes, Chevalier, c'est l'affaire de quelques instants, il suffit de suivre l'alphabet.

* Un sesterce correspond approximativement à un euro.

J'allai me plonger dans une baignoire chaude, roulant des pensées peu agréables. Si Egnatius avait vu juste, la thèse du complot se renforçait. Un complot cimenté par la corruption! Près de la moitié du Sénat des Éduens séduit par l'or!...

Si je me rappelais bien, les sommes distribuées tournaient autour de cinq cent mille sesterces. Vingt-quatre Éduens étaient concernés. Je comptai et recomptai plusieurs fois, tant le total me paraissait incroyable. Douze millions! Évidemment versés en liquide. Douze millions! Puis, me vint à l'esprit une autre évidence: la révolte n'avait pas touché que les Éduens! Et les Andécaves, les Turons, les Trévires, les Séquanes, d'autres encore? Il fallait ajouter combien de dizaines d'autres millions? La tête me tournait. Des chiffres aussi astronomiques – et les méthodes qu'il avait fallu mettre en œuvre – renvoyaient forcément au... sommet de l'Empire. Un sentiment d'accablement m'envahit: pourquoi m'étais-je lancé dans cette enquête? J'éprouvai subitement la certitude que j'allais y laisser la vie. Je tournai de nouveau le robinet d'eau chaude, et... je m'endormis, épuisé.

– Alors, Chevalier, tu veux inonder la ville? Le climat d'ici n'est pas assez humide à ton gré?

J'ouvris les yeux avec difficulté. Egnatius pataugeait dans l'eau, ma baignoire débordait à grands flots.

– J'ai fermé le robinet, rassure-toi.

Il arborait un air épanoui.

– Je t'aide?

Il me tendit une grande serviette, me frotta énergiquement et me fit enfiler une tunique propre. J'avais du mal à... émerger!

– Le déjeuner t'attend. M'inviterais-tu à le partager?

– Tout plutôt qu'une nouvelle visite de ton bureau ! Tu as vu combien de liquide il m'a fallu pour me débarrasser de tes saletés ?

Il ne m'écoutait pas, tant il exultait. Il posa devant moi trois tablettes.

– Sur les vingt-quatre séries d'initiales, vingt concordent. J'ai distingué trois groupes. Première tablette : seize noms de décurions qui ont pris les armes avec Sacrovir et qui ont été tués lors de la bataille. Deuxième tablette : trois décurions qui ont disparu, enfuis on ne sait où.

Je le regardai avec admiration.

– Beau travail, Egnatius ! Vraiment.

Tout en savourant mon compliment, il attendait autre chose. Je compris subitement.

– Et la troisième tablette ?

Il buvait du petit-lait.

– Tu as compté, Chevalier ? Sur les vingt, dix-neuf sont morts ou disparus. Il en reste un, dont voici le nom : Donnius Flavus. DF sur la tablette du Préteur. Quatre cent mille sesterces.

Le nom laissait entendre qu'il n'avait pas reçu la citoyenneté romaine et qu'il pouvait être blond*.

– Lui, il n'a pas combattu ?

– Je ne sais pas, je n'ai pas eu le temps de prendre des renseignements. Mais voici qui va t'intéresser : c'est l'un de ceux que tu reçois cet après-midi.

Par Jupiter, j'avais oublié : encore une fournée de décurions à me… (je préfère ne pas terminer ma phrase).

Egnatius se frottait les mains.

– Voilà un entretien que tu pourras mener autrement qu'à l'aveugle.

* Les citoyens romains portent les « trois noms » (*tria nomina*). *Flavus* signifie « blond ».

Il mourait d'envie de m'adresser mille recommandations – en fait, il aurait voulu tenir ma place ! L'un des aspects agaçants de sa personnalité, mais son incroyable trouvaille, les trésors de patience et d'ingéniosité qu'il avait déployés pour y parvenir, sa... subtilité ne pouvaient m'inspirer qu'indulgence – une indulgence non dénuée de jalousie, je l'avoue.

Je n'avais guère d'appétit. Egnatius, que sa démonstration avait apparemment creusé, dévorait à belles dents.

– Le décurion de la dernière tablette, son nom, déjà ?

– Donnius Flavus. Donnius, Donnios, ce doit être gaulois. Flavus apporte la... touche romaine. Il n'est pas citoyen de Rome, tu auras encore plus de poids face à lui.

Mon amour-propre m'interdisait de lui demander conseil sur la manière de mener l'entretien avec ce Donnius. Pourtant, la relation de confiance que j'avais nouée avec lui me permettrait de ne pas déroger à ses yeux si je le consultais. J'allais franchir le pas, lorsqu'entra un légionnaire.

– Chevalier, à la porte, il y a la... dame qui était malade. Elle demande à te voir.

Mon sang se figea. Julia !...

– Fais-la... fais-la entrer...

Elle pénétra dans la pièce, accompagnée de sa jeune servante. Je me levai pour l'accueillir. Elle portait une robe verte ornée de motifs géométriques plus sombres. Ses cheveux ras laissaient ressortir avec une force extraordinaire les traits de son visage, qu'on eût dit martelés par un sculpteur spécialiste du bronze. Je la fixai avec anxiété et passion. Tous les hématomes avaient disparu, sa peau ne présentait aucune imperfection – mais je n'ignorais pas les vertus de certaines substances qu'utilisent les femmes.

– Sois la bienvenue, Julia.

– Hier, je me suis conduite avec une impolitesse qui me fait honte. Je tenais à venir te présenter mes excuses.

Nous nous tenions à deux ou trois pas l'un de l'autre, nous regardant dans les yeux. Tournant à peine la tête, elle ajouta :

– Tu peux renvoyer l'homme ?

Offusqué, Egnatius quitta la pièce avant que le moindre mot fût sorti de ma bouche. Il fallut que je me force pour prononcer une banalité.

– Tu es… complètement guérie ?

– Je crois. Enfin, à part des détails sans importance.

Toujours nos regards qu'une force inconnue empêchait de se détacher l'un de l'autre.

– Julia, il faut que nous parlions, toi et moi.

– Oui, Chevalier.

Ce « oui, Chevalier » m'emplit d'un bonheur inexprimable.

– Mais pas ici. J'ai dû prendre sur moi pour franchir le seuil de cette *domus*.

Je la comprenais.

– Où veux-tu que nous nous rencontrions ?

– Je ne sais si tu accepteras. J'aimerais te conduire à Bibracte.

– Bibracte ? Ah oui, la montagne, l'ancienne capitale.

– Mais si tu viens, c'est sans tes soldats. On part à cheval, toi et moi.

J'imaginais déjà les vitupérations du centurion et d'Egnatius ! Comment partir seul ? C'était impossible.

– Entendu. Où et quand ?

– Tu connais le gué en bas de la ville ? Celui qui mène au quartier sacré ? À côté, il y a un petit bois.

– Je vois.

– Si tu t'y trouvais demain vers midi…
– J'y serai.
– À demain, Chevalier.
Elle s'approcha. Me submergea l'envie de la serrer contre moi. Elle s'inclina. Longtemps après son départ, j'étais encore immobile, subjugué…
– Alors, Chevalier, que voulait la virago?
J'aurais tué Egnatius.
– Me… me remercier, … m'informer qu'elle se tenait à ma disposition.
– C'est bien le moins qu'elle puisse faire. La sœur de Sacrovir! Elle a de la chance d'avoir évité la mort ou l'exil. À mon avis, ses biens vont lui être confisqués, et elle se retrouvera dans une auberge minable, servant ces horribles soupes gauloises et accompagnant les clients à l'étage.
Je ne saurais décrire l'effort que je fis sur moi-même pour ne pas l'étrangler. Mais je me préoccupais déjà des machinations à imaginer pour le lendemain. Si seulement Publius avait été à mes côtés, lui, le roi des manœuvres – moi, j'étais plutôt le fonceur –, je me serais senti plus à l'aise.
– Les décurions ne vont pas tarder à se présenter.
Merde, merde, merde pour les décurions! (pardon!).
Cela dit, si la perspective de l'après-midi m'accablait, l'idée de rejoindre Lesbia le lendemain me procurait… de l'enchantement. Advienne que pourra! Moins d'un jour à attendre. Allez, une toge propre, recevons les décurions. Et pas question de « consulter » Egnatius.
Évidemment, je n'accordai à peu près aucune attention à la plupart d'entre eux. Toujours les mêmes déclarations, les phrases creuses, les protestations de fidélité envers César Auguste, l'absence d'explication sur les agissements de Sacrovir.

Entra Donnius Flavus. S'il avait été blond, c'était à sa naissance, car son crâne était presque totalement dégarni. Il avait une petite quarantaine d'années. Je l'observai attentivement : un regard pas très assuré, un sourire obséquieux. L'ayant fait asseoir, après l'échange des formules de politesse, je lui lançai d'un ton négligent :

– Alors, tu as fait quoi des quatre cent mille sesterces ? Tu les as placés, tu as acheté des terres, tu as doté tes filles ?

Les yeux allaient lui sortir de la tête. Il ne put que bredouiller.

– Je... je... je ne vois pas... ce que tu... veux dire ... Noble... Chevalier... je... je...

– Écoute, je n'ai pas de temps à perdre. Soit tu me dis la vérité, soit tu vas pourrir dans une geôle en attendant pire. La seule chose qui m'intéresse, c'est de savoir ce qui s'est passé. L'argent, je m'en fiche. Décide-toi.

Je fus alors submergé par une avalanche de paroles. Un Chevalier aussi illustre, aussi riche que moi (tu parles !) aurait sans doute du mal à comprendre un malheureux comme lui, possédant peu de terres, propriétaire d'à peine vingt ateliers ou commerces bas de gamme, qui, pour le bien de ses enfants (qu'il voulait voir magistrats afin de devenir citoyens de Rome), menait une existence misérable, trimant du matin au soir, et inversement.

– Ça va. Contente-toi de répondre à mes questions ou peut-être préfères-tu que je fasse venir deux ou trois légionnaires pour... t'attendrir ?

– Non, non, je te suis tout dévoué.

– Donc, un jour, on t'a contacté.

– Chevalier, c'est beaucoup plus compliqué.

Le récit qu'il me fit était du plus haut intérêt. Après la mort du dieu Auguste, l'avènement de Notre Impérator Tibère n'avait provoqué ni enthousiasme ni accablement. Mais, rapidement on avait vu les impôts augmenter, les exemptions accordées aux cités disparaître (exactement les paroles d'Aviola), un mécontentement diffus se répandre. Lui, Donnius, avait vu ses revenus fondre, les taxes s'ajoutant les unes aux autres. Quelle que fût sa dévotion à l'égard de César Auguste, comment ne pas se sentir… insatisfait? Sur ce, il y avait cinq ans environ, le bruit avait couru que l'Illustre Germanicus, commandant des légions de Germanie, aurait pu – il ne savait comment – prétendre au trône impérial et restaurer Augustodunum dans ses anciens privilèges. C'est du moins ce que prétendait Sacrovir qui combattait sous ses ordres.

– Tu as connu Sacrovir?

– Nous avons passé notre jeunesse ensemble, nos maisons étaient quasiment contiguës. Il avait… un faible pour ma sœur, ma famille pensait qu'il l'épouserait, mais elle est morte à seize ans. Bref… Sacrovir, chaque hiver, nous chantait les louanges de Germanicus.

– Continue.

Germanicus rappelé à Rome par César Auguste, puis mourant mystérieusement en Orient, les gens comme lui s'étaient résignés à leur sort. Jusqu'au jour où, sous le sceau du secret, vint le trouver un Romain avec une lettre de recommandation portant le sceau de Sacrovir.

– Caius Trébonius Optatus.

– Tu sais tout, Chevalier!

– C'était quand?

– Il y a un an, non, un peu plus, mai ou juin de l'an passé.

– Vous vous êtes rencontrés. Que t'a-t-il dit?

Il hésitait.

– Je te le répète, tu garderas tes sesterces. Et ta tête. Parle.

Trébonius avait visité un certain nombre d'Éduens… influents. Il leur avait assuré qu'un… très… très haut personnage était prêt à faire pour les cités des Gaules ce que Germanicus avait médité. Supprimer des mesures injustes, restituer les privilèges accordés par le dieu Auguste. Il faudrait sans doute combattre, mais les combats seraient sans péril, car les légions étaient gagnées à la cause.

– Le… haut personnage en question, il te l'a nommé?

– Non.

– Tu as une idée?

Son regard me fuyait.

– Je ne connais pas assez Rome…

– Admettons. Trébonius t'achète (inutile de protester!) pour quatre cent mille sesterces. Tu devais faire quoi en échange?

Je le voyais de plus en plus mal à l'aise.

– Eh bien…, si se produisait… un… mouvement, mettre… mes hommes…

– C'est quoi, tes hommes?

– Mes esclaves, mes paysans, mes artisans, mes serviteurs…

– Donc, tu devais les mettre à disposition… De qui?

– De celui qui me serait désigné.

– On t'a donné quatre cent mille sesterces rien que pour cela?

– Euh…, je devais aussi acquérir des armes.

– Tu l'as fait?

– Chevalier, il s'est trouvé que le père de mon épouse, qui réside en Aquitaine, près de Burdigala, est tombé gravement malade en avril dernier. Nous sommes partis en toute hâte. Nous avons été retenus, non seulement par son décès, mais par le règlement de la succession, horriblement compliquée… Je suis revenu à Augustodunum une semaine après les… événements tragiques que tu sais.

La crapule totale. Il avait empoché les sesterces sans rien rendre en échange, s'arrangeant pour quitter la ville au moment où il aurait dû prendre des risques et tenir ses engagements. Le seul des « corrompus » à avoir préservé sa situation antérieure.

Il reprenait de l'assurance. J'avais l'impression de lire dans sa tête : il s'en voulait amèrement d'avoir craqué, pris par surprise, mais que pouvais-je lui reprocher ? D'avoir reçu de l'argent privé ? De n'avoir pas pris les armes contre Rome ? Tentant de dissimuler mon mépris, je lui adressai un grand sourire :

– Eh bien, Donnius Flavus, je suis heureux que tu aies pu éviter de te trouver engagé dans une aventure sans issue.

Son soulagement fut palpable. Il esquissa à son tour un sourire.

– Je te sais gré, Très Noble Chevalier, de ta… compréhension.

Je fis apporter deux coupes de vin, me montrai cordial, le fis parler de lui, de sa famille, de la vie à Augustodunum, de ses *villae*. Il s'épanouissait littéralement. Nous étions les meilleurs amis du monde lorsque je lui donnai congé. Au moment où il allait franchir la porte, je lançai d'une voix sèche :

– Au fait, Donnius, tu as gardé des lettres, des billets d'Optatus ?

Là encore, il fut pris au dépourvu.

– Oui, je dois… je pense…

– Où sont-ils ?

De nouveau, la panique le saisissait.

– Je ne sais plus… je…

– Cherche-les. Je les veux demain matin.

Il sortit précipitamment. Je m'affalai sur un siège, totalement vidé. Egnatius s'approcha. Son ton – une première pour lui ! – trahissait le respect.

– Eh bien, Chevalier !... Encore mieux qu'hier !

– Quelle espèce d'ignoble salopard ! J'en ai rencontré dans ma vie, mais à ce point !

– Oh, un salopard de petite envergure, qui n'ira pas loin. Tu as joué admirablement. Admirablement.

Donnius Flavus m'avait inspiré un tel dégoût, son impunité me choquait tellement que j'échafaudais dans ma tête des plans pour lui en faire baver. Envoyer quelques légionnaires le rosser ? Je regrettais de n'avoir pas versé dans sa coupe une de ces petites poudres qui vous font tordre les boyaux pendant des semaines ! Tout à ces pensées (dérisoires, je l'avoue), j'entendis à peine les propos d'Egnatius.

– ... et ton enquête finie. Tu vas pouvoir rédiger ton rapport.

– Tu plaisantes, Egnatius.

– Que souhaiter de plus ? Avec ce que t'ont révélé Sextus Jucundus et ce... Donnius, tout se met en place, non ? Tu as trouvé la clef, les indices se rassemblent. Enfin, c'est mon impression, mais tu en sais plus que moi.

Je ne me sentais pas convaincu.

– Egnatius, il faut que je revoie Sextus Jucundus, cette fois pour lui poser des questions précises. Je veux établir un lien incontestable entre Trébonius Optatus et Sacrovir. Tu as noté que Donnius n'a pas prononcé de nom. Si celui de Sacrovir apparaissait dans les lettres qu'il détient, oui, cette fois, je crois que l'affaire serait bouclée.

Un frisson me parcourut. Sacrovir, Sacrovir, pour moi, c'était effectivement un nom, un personnage sans chair. Mais qui m'étais-je engagé à rejoindre le lendemain à midi? Par quel processus étrange pouvais-je dissocier de Sacrovir ma... Julia-Lesbia? Retentit dans ma tête la petite phrase de Diodotos pénétrante, obsédante: « tu ne te facilites pas la vie... ». Au moment où mon enquête parvenait à dégager une logique, un sens, ma propre conduite adoptait la voie inverse.

– Chevalier, si tu permets?

Je revins sur terre.

– Oui?

– Tu as encore deux décurions à recevoir, n'oublie pas.

– Quoi?

– Chevalier, je me suis autorisé cette... pause pour te féliciter mais l'après-midi n'est pas finie!

Je soupirai profondément.

– Allez, Chevalier, il n'en reste que deux! Tu as tout appris. Expédie-les gentiment. D'ailleurs, si tu m'y autorisais, je me retirerais volontiers. J'ai la main entièrement ankylosée, je ne me sens plus capable d'écrire, mes doigts refuseraient. Je te laisse les tablettes concernant Donnius.

– Va, Egnatius, et merci. Si je pouvais faire comme toi!...

– Courage, Chevalier! Ça ne devrait pas être bien terrible.

Pourtant, ce le fut.

– 16 –

Au moment d'écrire les pages qui vont suivre, je me demande dans quelle mesure elles seront véridiques. Je me fie à des souvenirs si lointains! Moi qui connais la fin de l'histoire, n'ai-je pas tendance à interpréter, à modifier en un sens qui me soit favorable? J'espère que non, mais je ne le jurerais pas devant les dieux immortels.

Une chose est sûre. Mes chers héritiers (pardonnez-moi si je me répète), je vous demande d'essayer de comprendre, de vous glisser à ma place. Je venais de déceler un complot, machiné au plus haut niveau de l'Empire. Je n'en comprenais pas les mécanismes, bien des détails m'échappaient, mais la ligne générale apparaissait clairement. Parallèlement (hum... est-ce que le mot est juste?), j'étais amoureux d'une femme qui avait pu tremper dans... Par toutes les Muses, mon style m'épouvante, j'espère pouvoir le faire corriger par l'un des littérateurs dont Alexandrie est fière à juste titre. Sacrovir, la révolte de Sacrovir, Julia, la sœur de Sacrovir... Le coup de grâce me fut porté par le décurion que je reçus en dernier (le précédent avait enfilé des banalités).

Il s'était présenté en toge. Deux serviteurs l'aidaient à marcher. Quel âge pouvait-il avoir? Quatre-vingts? Davantage? Très grand, un visage osseux, d'énormes yeux de couleur bizarre, un cou totalement décharné, des pommettes saillantes, et surtout un nez protubérant comme j'en avais rarement vu. Contrastant avec cette forte personnalité, une voix cassée, presque fluette. Je l'accueillis évidemment avec tous les ménagements possibles, le fis asseoir sur un canapé. Il renvoya ses esclaves.

– Chevalier, j'aurais préféré une arrivée plus glorieuse. La maladie me ronge, j'ai perdu mes yeux, ma gorge est morte, mes membres ne répondent qu'à peine. Pas de commentaire, je te prie. Si haute que soit ton autorité, accorde-moi un privilège : laisse-moi m'exprimer sans m'interrompre, car mes forces sont limitées, et venir ici m'a coûté beaucoup d'efforts.

Il respirait de manière saccadée. Je me forçai au silence. Au bout d'un moment, il reprit.

– Prononce quelques mots, s'il te plaît, que j'entende le son de ta voix.

J'hésitai.

– Décurion, si l'on m'avait informé de ton état, jamais je n'aurais admis que tu te déplaces. C'est moi qui serais allé te rendre visite.

– Tu as la voix de ton père, en un peu moins grave peut-être, en plus… solennel. J'avais beaucoup de sympathie et d'estime pour lui.

De nouveau, de légères suffocations.

– Si j'ai tenu à venir, c'est pour que tu ne te laisses pas avoir.

Suivit un récit, non, pas un récit, une suite de considérations pas toujours faciles à suivre.

– Il y a… différentes choses que je veux (il hoqueta) que… tu saches.

Je ne me rappelle plus les termes exacts qu'il employa, mais ils attestaient des facultés intellectuelles encore estimables, sinon intactes.

En premier lieu, il me fit savoir que, depuis toujours, sa famille avait prôné l'alliance avec Rome, que son père avait combattu avec le dieu César, que lui-même avait prêté serment à son divin fils, l'Impérator Auguste. Mais, dans les jeunes générations, la fidélité, la loyauté s'étaient estompées. On ne pensait qu'à l'argent, au profit, à l'enrichissement. Il ne fallait pas que je croie le contraire (mon entretien avec Donnius m'avait édifié !).

Secundo, la création d'Augustodunum représentait un pur scandale. Là encore, une affaire d'argent, l'influence de commerçants sans foi ni loi, d'entrepreneurs de voies routières, les uns et les autres inondant les décurions de pots de vin, sans parler des architectes et maçons qui faisaient fortune en construisant des édifices minables ou des égouts qui ne fonctionnaient pas. Alors que Bibracte aurait pu être conservée, embellie, magnifiée, si on lui avait consacré le dixième des efforts et des financements qu'engloutissait cette nouvelle ville, stupide et laide.

Je me taisais, un peu triste d'entendre de telles récriminations, comme il en sort souvent de la bouche des vieillards. La suite fut d'un tout autre acabit.

– Tu le sais ou tu ne le sais pas, mais tu es issu d'une famille qui s'est toujours opposée à ces changements irresponsables. Ta mère était ma nièce.

Je le fixai passionnément. Il parlait avec de plus en plus de difficulté.

– Nous étions trois frères. Moi l'aîné. Les autres sont morts, les armes à la main, au service du divin Auguste. J'avais aussi une sœur.

Je me concentrais, essayant de visualiser l'arbre généalogique, d'ailleurs peu compliqué.

– Tu me suis? Ma sœur a eu deux enfants, un garçon et une fille. La fille, c'était ta mère. C'était elle l'aînée, de sept ou huit ans.

Il se lança dans un long monologue. Lui n'avait pas eu d'enfant, en dépit de je ne sais combien de mariages. Les frères, morts au combat, n'avaient pas engendré. Son affection s'était reportée sur les enfants de sa sœur, mon oncle et... ma mère.

– Ta mère était une gamine adorable. Lorsqu'un officier romain (ton père) est tombé amoureux d'elle, on a applaudi. Si tu avais vu ce mariage! Une fête extraordinaire! J'ai exigé qu'elle se passe à Bibracte.

Il se tut, évitant – je suppose – d'évoquer sa mort lors de ma naissance.

Il amorça un développement compliqué, souvent interrompu par la nécessité de reprendre son souffle. Il en ressortait que, ma mère morte et mon père reparti avec moi en Italie, je n'avais plus occupé – comment imaginer autre chose? – la moindre place dans ses pensées.

Je n'en avais pas fini avec ses confidences... un peu tortueuses. Il tenait à m'entretenir de mon oncle, le frère de ma mère. Le voyant au bord de l'épuisement, je lui proposai une boisson. À mon grand étonnement, il demanda une coupe de vin glacé.

– Mon neveu, ton oncle, c'était moi en plus jeune. Je lui ai fait donation de la moitié de mes biens. Je te signale, Chevalier, qu'à ma mort le reste te reviendra.

Quoique stupéfait par cette déclaration, je me tus, espérant en apprendre davantage sur l'oncle en question. De nouveau, il emprunta des chemins détournés.

La politique du Sénat des Éduens lui avait paru désastreuse. Tout en continuant à demeurer à Bibracte dans la maison de son père (qu'il avait fait rénover de fond en comble, car il n'était pas hostile au progrès, bien au contraire), il s'était résigné à passer, de temps en temps, à l'occasion des séances officielles, quelques jours ou semaines à Augustodunum, dans un pied-à-terre dont le confort laissait à désirer – avais-je vu les horreurs qu'on construisait?

Je patientai. Il fut soulevé par une quinte de toux qui m'alarma, mais il reprit son souffle.

– Pardon. Évidemment, même si ma santé m'interdit de me rendre à toutes les réunions et cérémonies, on me tient informé. J'ai appris de quelle mission tu étais investi. J'ai décidé, non sans de longues hésitations, qu'il valait mieux que tu saches.

Il se tut, reprenant sa respiration.

– Tu as été militaire. Tu ne fais pas partie de ces tarés, de plus en plus nombreux, qui prônent à tout bout de champ la… vertu (son visage afficha un air écœuré). Remarque bien, ils la prônent plus pour les autres qu'ils ne la pratiquent à titre personnel.

Nouvelle quinte de toux. Il tremblait de tous ses membres.

– Pardon. Il y a… à peu près… trente-cinq ans, ton oncle – le frère de ta mère – (j'avais compris!) avait une vingtaine d'années. Un garçon très beau, très brillant.

Je n'oubliais pas qu'il l'avait auparavant décrit comme « lui, en plus jeune »!

– À cette époque, reprit-il avec difficulté, il y avait parmi nous… parmi les décurions, il y avait un personnage d'une stupidité exceptionnelle, d'une laideur repoussante, mais qui avait hérité d'une belle fortune. Ses parents lui avaient arrangé un mariage avec une « superbe petite », attendant d'elle une nombreuse progéniture, laquelle tarda à venir. Puis, quelques années plus tard, naquirent un garçon et une fille.

Il haleta.

– Je n'ignorais pas que ton oncle avait une liaison avec elle. Le mari passait le plus clair de son temps dans les Germanies, étant incapable d'autre chose que de manier l'épée ou le glaive, et encore. À mon avis, les enfants de cet imbécile ont été... procréés par ton oncle.

Ne voyant pas où il voulait en venir, je rompis le pacte du silence et m'exclamai :

– Mais que veux-tu me dire ?

– Si je te donne le nom des enfants, tu comprendras. Caius Julius Sacrovir et sa sœur.

Pour comprendre, je comprenais. Hallucinant !

– D'autres que toi le savent ? C'est une histoire... connue ?

– Non. Leur... relation avait été discrète – même si j'ai, plus d'une fois, tapé sur les doigts de ton oncle pour qu'il rompe, redoutant un scandale. Le décurion ne s'est pas posé de questions. D'ailleurs, peu de temps après, il s'est fait trucider par les Germains (pas une grande perte !), la mère est tombée malade de je ne sais plus quoi. Voilà. Il est possible, probable, que tu aies deux cousins – illégitimes et secrets, il va sans dire –, Sacrovir et Lubia. Je tenais à t'en informer.

– Sacrovir et... qui ?

Il esquissa un sourire.

– Lubia, c'est le petit nom qu'on lui donnait dans son enfance. Ça veut dire « la chérie », « la petite chérie », c'est vrai qu'elle était mignonne à craquer.

Lubia ! Lubia-Lesbia !... « Ma chérie » !

L'épuisement le gagnait. Il ajouta cependant quelques phrases. Mon oncle s'était marié, avait eu des enfants. Hors de question qu'il manifeste un intérêt particulier envers Sacrovir ou Julia – d'ailleurs, il n'était sûr de rien. Mais je ne devais pas m'étonner qu'il eût rejoint Sacrovir avec ses fils.

– Quinze ou vingt années de moins et j'aurais fait la même chose. Sacrovir, c'était quelqu'un de bien. Un grand cœur. Peut-être pas assez de tête, malheureusement. Chevalier, il faut que je te quitte.

Je fis venir ses serviteurs, et le vis s'éloigner. J'avais du mal à me ressaisir. Mon grand-oncle! Qui m'avait fait son héritier. Qui m'avait appelé « Chevalier », sans esquisser le moindre geste, sans prononcer une seule parole susceptibles de traduire le lien qui existait entre nous. Était-il, étions-nous trop vieux? Aurais-je dû tenter un premier pas? Quant à mon « possible », « probable » cousinage avec Sacrovir, j'avoue qu'il ne me tracassait pas. Je m'enchantais de « Lubia ». « Lubia », oui, c'était plus beau que « Lesbia », plus musical, plus harmonieux. Lubia... « ma chérie »...

Je décidai de sortir, il fallait que je respire. Ma toge, évidemment, mais une escorte réduite. Le centurion tomba d'accord: depuis la cérémonie au Temple, il me jugeait en sécurité dans les rues. Je quittai la *domus* avec quatre légionnaires. Superbe fin d'après-midi. Un peu de vent, quelques nuages. Évidemment, on me reconnaissait, mais je ne fus nullement harcelé. Tous se contentaient de me saluer avec déférence, certains en esquissant un sourire timide, on s'écartait respectueusement à mon passage, la rumeur s'étant vite propagée que je parcourais les rues d'Augustodunum. J'avais l'impression que ma tête se libérait, j'allais au hasard, me contentant d'observer. Seule la Grande-Rue et ses abords offraient une réelle animation. Si l'on s'en écartait, on longeait des *domus* aux portes fermées et des chantiers à des stades divers d'avancement.

Mon attention fut attirée par une scène cocasse. Sur l'un de ces chantiers, une espèce d'énergumène vociférait en faisant de grands gestes. La voix et la silhouette me rappelaient quelqu'un. Je m'approchai et reconnus mon guide, l'architecte que m'avait présenté Caius Julius Magnus – comment s'appelait-il, déjà? Métrodoros?... Non, Ménandros.

Hurlant de fureur, il regagnait la rue. Le vent faisait voler en tous sens ses cheveux et ses poils. Il devait conserver un minimum de vision en dépit du nuage qui l'entourait, car, m'apercevant, il stoppa net.

– Chevalier, tu t'intéresses à ce chantier? Ah, je comprends! Je t'assure que je n'y suis pour rien.

Je n'eus pas le temps de répondre.

– Excuse-moi de t'avoir quitté si précipitamment avant-hier. J'ai préféré te laisser en tête à tête avec le Préteur, il y avait de l'orage dans l'air! Je suis content que vous vous soyez réconciliés.

Ces mots me stupéfièrent. D'abord « avant-hier »: il me semblait que s'étaient écoulés des jours et des jours depuis la « visite » qu'il m'avait commentée. Surtout, son allusion à une... « réconciliation » entre Caius Julius Magnus et moi! Une nouvelle fois, il ne me laissa pas le temps d'ouvrir la bouche.

– Je le jure, je n'ai aucune responsabilité dans ce..., dans ce... scandale! Je te supplie de le faire savoir à Rome!

Il enchaîna des phrases exaltées, d'où il ressortait – crus-je comprendre – qu'une fois de plus avaient été violées les règles qui avaient présidé à l'organisation de la ville. Les murs extérieurs du bâtiment (j'ignorais sa destination) avaient « mordu » de six ou sept pas par rapport à l'emprise prévue – et autorisée. Comment travailler, c'est-à-dire organiser, prévoir, dans de telles conditions? Il allait donner sa démission, ne pouvant cautionner ces dérèglements.

– C'est insupportable. Voilà je ne sais combien d'années qu'on me roule dans la farine. Tout à l'heure, j'ai répété au Préteur ce que je lui avais dit en ta présence, à savoir que les dérogations, les passe-droits, les *domus* qui débordent, les rues qu'on rétrécit, je ne pouvais plus supporter!

– Quand tu lui montreras le chantier, il comprendra mieux ton… indignation.

– Mais il l'a vu ! Il y a… à peine deux heures, je remontais la Grande-Rue. Je l'aperçois à cheval avec son escorte. La chance ! Je me mets à hurler, je l'arrête, je le saisis par le manteau, je le force à m'accompagner. Il renâclait, mais je tenais à lui mettre le nez sur la manière dont ses amis enfreignaient les règlements. Je puis te dire qu'il a manifesté le plus vif mécontentement.

Et d'autres circonstances, la scène m'aurait fait éclater de rire.

– Je te jure qu'il a tout examiné avec soin. Pour une fois que je le tenais, je n'allais pas le lâcher. Les pieux rouges, oui, là, à droite et à gauche, ceux que j'ai implantés pour marquer les limites, je les lui ai montrés un par un. Puis, je lui ai demandé s'il jugeait normal (il ricana) que les tranchées de fondation se trouvent de trois ou quatre pas à l'extérieur de la délimitation – celle qu'avait approuvée le Sénat.

– Qu'a-t-il répondu ?

– Il était bouleversé. Il m'a affirmé qu'il s'en occupait toutes affaires cessantes, il est remonté sur son cheval. Mais je n'ai guère confiance, il ne lèvera pas le petit doigt, ils se tiennent tous. J'en ai ma claque !

Il me salua vaguement, partit à grandes enjambées, puis se retourna :

– N'OUBLIE PAS D'AVERTIR ROME !…

Je rentrai en toute hâte et convoquai le centurion.

– Où est Caius Julius Magnus ?

– Mais… là où tu l'as consigné, Chevalier. Pourquoi ?

– On l'a vu en ville cet après-midi, à cheval, et très pressé, semble-t-il.

– Je me renseigne et je t'informe.

Ouf, l'heure de dîner! Comme Ménandros, moi aussi j'en avais ma claque! Les cuisiniers m'avaient mijoté un repas délicieux, notamment des perdrix aux champignons dans une sauce au vin... délectable. Je me rendis aux cuisines pour les féliciter. Oui, un vieux militaire, même Chevalier, ne se sentait pas déchoir en allant parler aux cuisiniers! Ils m'apprirent que, depuis le matin, ils avaient été submergés par les flots de nourriture que leur avaient apportés des gens du peuple. Surtout des champignons, ils en avaient des paniers entiers. Je leur suggérai de les assaisonner et, le lendemain, de les offrir devant la *domus* à qui voudrait. Autant soigner ma popularité!

Je regagnai le petit salon, celui où je recevais mais aussi où je prenais aussi mes aises, lorsqu'arriva le centurion, l'air préoccupé.

– Chevalier, c'est exact, Caius Julius Magnus est parti, prétendant que tu l'avais autorisé, s'il le souhaitait, à se rendre dans l'une de ses *villae*.

Je me rappelais l'avoir dit.

– Un de mes hommes s'est précipité ici. Il a croisé en chemin Egnatius qui a confirmé ta déclaration.

– Pas de problème, centurion. On sait où il est allé?

À son embarras, je compris que la question n'avait pas été posée. Je le congédiai. Ce départ me tracassait vaguement, mais j'avais tant d'autres raisons de me tracasser! J'allai piocher dans les *volumina* de Catulle et revins m'allonger sur un canapé du salon, décidé à oublier cette journée éprouvante, préférant ne pas penser au lendemain, désireux de retrouver Lesbia-Lubia.

– Je te dérange, Chevalier?

– Egnatius, où étais-tu passé? Tu t'es fait soigner tes doigts... ankylosés?

À son large sourire, je compris qu'il avait subi des traitements... qui soignaient l'ankylose... en d'autres endroits.

– Chevalier, Augustodunum, outre ses Écoles et sa caserne de gladiateurs, a su recruter des spécialistes... remarquables, dont tu devrais te hâter d'apprécier... la science! Vraiment... exceptionnel. Demain, si tu veux, je ferai venir deux de ces... savantes. La magie gauloise, que je viens de découvrir, c'est quelque chose!

Allais-je lui narrer mon entretien avec le vieux décurion, mon grand-oncle, ma promenade en ville? J'y renonçai, me sentant épuisé. J'allai me coucher et m'écroulai. Je dormis comme une souche. Tant pis pour Catulle.

Lorsque je rouvris l'œil, le ciel était couvert, il tombait des gouttes. Ayant expédié ma toilette et tandis que je prenais ma collation, je fis venir le centurion.

– Tu vas m'accompagner avec quelques cavaliers. D'abord, je veux me rendre à la *domus* de Donnius Flavus, puis chez Sextus Jucundus. Renseigne-toi.

– À tes ordres, Chevalier.

Quelques instants plus tard, nous nous trouvions devant la *domus* de Donnius. Nulle réaction aux coups dans la porte. Des voisins s'approchèrent, non sans crainte. La *domus* était fermée depuis longtemps. Donnius? Tout le monde le croyait mort. Je compris que ce... salopard m'avait joué, comme il en avait joué d'autres. Mais il ne serait pas trop difficile de le traquer dans la campagne où il avait dû se précipiter après notre entrevue. Celui-là, je ne le laisserais pas échapper.

Chez Sextus Jucundus, la porte était entrebâillée. Après avoir frappé puis donné de la voix, nous entrâmes. Pas un bruit. Nous découvrîmes deux hommes à terre, couverts de sang. À mesure que nous progressions, le nombre des cadavres s'accroissait. Sept… huit… dix. Dans une chambre admirablement décorée, reposant sur un lit somptueux, Jucundus, la gorge tranchée, avait la bouche ouverte, comme pour d'ultimes paroles.

J'avais assisté en Germanie à pas mal de massacres. La vue du sang, hélas, m'était familière.

– Chevalier, tu as remarqué?

– Quoi?

– Les blessures. Ce sont des coups de glaive. Ils ont été tués par des militaires. En tout cas, par des gens qui ont servi dans nos armées.

– 17 –

J'ai gardé peu de souvenirs de l'agitation qui s'ensuivit. Une sorte de terreur s'était emparée de moi. J'avais affaire à un adversaire inconnu, dont la puissance – et la préscience – dépassaient de cent coudées mes propres forces. Je me rappelle avoir envoyé chercher l'édile de la Cité (que le spectacle épouvanta) et l'avoir chargé de l'enquête officielle. Il me restait assez de lucidité pour lui poser quelques questions. Ses réponses confirmèrent mes appréhensions. Oui, avant la cérémonie au Temple, Jucundus avait raconté en long et en large son entretien avec moi. Lui-même était trop occupé pour s'être intéressé à son récit, mais il avait remarqué le décurion allant de groupe en groupe, assommant tous les assistants de son inépuisable faconde. Je rentrai et fis venir Egnatius. Il prit les événements avec calme.

– Tels sont les inconvénients que s'attire celui qui parle trop.

Inconvénients…

– Tu crois qu'il a prononcé le nom de Trébonius?

– Sûrement.

Nous réfléchissions. Jucundus avait été entendu par quelqu'un que ce nom avait alerté. Il demeurait donc des… membres du complot dont nous ignorions l'identité?

– Chevalier, les tablettes portaient une vingtaine de noms. Ceux de décurions. On peut faire deux suppositions. D'abord, elles n'étaient peut-être pas exhaustives. En outre, bien d'autres Éduens, ceux qui gravitent autour des puissants, ont forcément été dans le coup. Il doit en rester je ne sais combien, qui se tiennent en alerte, redoutant une dénonciation, voire une simple indiscrétion.

– Au point d'organiser un tel carnage?

– Ne donnons pas dans la sensiblerie! Pour en revenir à Sextus Donnius, je suggère que nous nous procurions l'état de ses biens. Tu pourrais ordonner à Probus d'expédier des légionnaires dans chacune de ses *villae* – et dans celles qui appartiennent à ses proches. On mettra forcément la main sur lui.

– J'ai eu la même idée. Tu t'en charges?

– À tes ordres, Chevalier.

Le soleil montait dans le ciel. La pluie avait cessé. L'heure approchait de mon rendez-vous avec Lubia. Que faire? Allais-je partir sans avertir? Impossible. Mais quel prétexte invoquer? La nervosité me gagnait. Egnatius m'observait.

– Chevalier, si tu fréquentes encore Catulle, tu auras peut-être lu le poème où il déclare qu'il ne faut jamais faire attendre une dame – Lesbia, en l'occurrence.

Je le fixai avec stupéfaction.

– Oui, pardonne-moi, je suis sorti du salon, mais pas plus d'un pas ou deux, et j'ai écouté ta... conversation avec Julia. J'ai ordre de te protéger, ne l'oublie pas.

L'indignation que j'éprouvai sur l'instant céda rapidement place au soulagement.

– Tu penses que j'ai tort?

Il fit un large geste et déclama:

– *Ne pas considérer l'Amour comme le plus grand des dieux, c'est sottise ou totale inexpérience, car il peut – s'il le veut – rendre fou ou sage, bien portant ou malade*. Caecilius Statius* – c'était d'ailleurs un Gaulois, un Insubre si je me rappelle bien.

* Caecilius Statius est un auteur de comédies de la première moitié du IIe siècle avant J.-C.; il est originaire de Gaule cisalpine (l'Italie du Nord).

Je devais offrir l'apparence de l'idiot complet, car il ajouta :

– Tu ne sais guère dissimuler tes sentiments, Chevalier, je te l'ai déjà fait observer. Voilà un défaut – non, disons une caractéristique – que tu partages avec cette... avec Julia. Cela suffit-il pour augurer d'une entente... plus profonde ? L'avenir le dira.

Je ne parvenais pas à trouver une réplique. Se moquait-il de moi ? Il avait l'air le plus sérieux du monde.

– Évidemment, j'ai beaucoup pensé à ta... petite escapade. Outre les satisfactions personnelles qu'elle t'apportera (j'espère), elle pourrait te fournir des renseignements si tu conserves (au moins par moments) le souvenir de ta mission. Une femme amoureuse se livre souvent à des confidences. Essaie de la faire parler. Joins l'utile à l'agréable. Combien de temps comptes-tu lui consacrer ?

Je n'en avais pas la moindre idée. Il soupira.

– Tu refuserais, je suppose, toute escorte ou même une discrète surveillance à distance ?

– Je m'y suis engagé.

Il me considérait comme un maître d'école regarde son élève, ou un père son enfant. M'être placé dans une telle situation m'humiliait à un point que je ne saurais exprimer. Pourtant, il ne me faisait sentir nulle supériorité. Encore heureux, pourrait-on penser, de la part d'un esclave ! Mais nos relations étaient infiniment plus complexes, il jouait à mon égard un rôle indéfinissable : confident, conseiller, protecteur, presque... ami. Sans évoquer son intelligence, qui avait débloqué tant de situations.

– Tu me détestes, Chevalier, mais tu ne peux te retenir d'une certaine affection. Notre cher Catulle : *Odi et amo, quare id faciam, fortasse requiris ?*, «Je hais et j'aime, comment le puis-je, te demandes-tu peut-être? ».

– Egnatius, la barbe, la barbe (il sourit)! Allez, je t'aime plus que je ne te hais, et je préfère ne pas avoir de cachotteries à te faire. Donc, je vais partir, l'heure approche.

– Emporte des vêtements chauds, là-haut tu risques de cailler.

– Préviens le centurion, éventuellement Probus, l'édile, s'il se manifeste. Je te fais confiance pour trouver un prétexte.

– Pas la peine. Je laisserai planer le mystère. Mais, si tu permets, tu ne peux t'autoriser une lune de miel interminable.

– Egnatius!...

– Si tu t'absentes plus de deux jours, je ne réponds de rien. Probus s'inquiétera, il lancera des recherches.

– Entendu. Je reviens au plus tard après-demain.

– Chevalier...

– Oui?

– Ne crois-tu pas qu'avant de t'éclipser, tu devrais coucher sur une ou deux tablettes ce que tu as découvert? Au moins les grandes lignes.

– Tu as peur pour moi?

Il haussa les épaules.

– Un accident est vite arrivé, tu l'as constaté.

– Eh bien, tu témoigneras.

– Ma parole à moi, celle d'un esclave, tu veux rire? C'est d'ailleurs impossible juridiquement. Il faut un document écrit de ta main, signé, authentifié par ton sceau.

J'hésitai, puis décidai de m'abstenir. Le temps pressait, c'était aussi l'occasion de lui démontrer les limites de son... influence. Il prit mon refus avec philosophie.

– Tous mes vœux t'accompagnent, Chevalier. J'espère qu'un froid serpent ne se cachera pas dans l'herbe*.

– Ah, cette fois, tu ne m'auras pas, Egnatius ! Virgile, *Les Géorgiques*.

– *Les Bucoliques*.

– Tu m'agaces. Quand même, bonne journée à toi aussi. Quel est ton programme ? Retourner aux... écoles qui emploient ces... Gauloises expertes ?

– Je ne l'exclus pas. Je compte surtout en finir avec les archives du Préteur. Je ferai peut-être une rapide expertise chez Sextus Jucundus. Tu l'as constaté, les écrits, même les mieux dissimulés, parlent plus que les êtres humains.

Les légionnaires de garde ouvrirent de grands yeux en me voyant sortir seul de la *domus*, couvert d'un manteau, un sac de voyage à l'épaule. Quelques passants m'adressèrent des signes respectueux. Je me hissai sur ma jument favorite, qu'Egnatius avait dû faire harnacher, lui flattai l'encolure, et en avant ! J'évitai la Grande-Rue, prenant des voies détournées, franchis le gué, trouvai le petit bois. Personne. Je regardai du côté de la ville : personne non plus !

Je commençais à m'inquiéter, puis j'entendis des appels. Je ne parvenais pas à en identifier l'origine, lorsque je sentis des coups sur mon pied droit. J'aperçus un gamin de neuf ou dix ans, vêtu d'une tunique dépenaillée et les pieds nus.

– Qu'est-ce que tu veux, toi ?

– Julia a dit que tu me suivisses.

– Que quoi ?

– Que tu me suivisses.

* « Vous qui cueillez des fleurs et les fruits des fraisiers rampants, sauvez-vous d'ici, garçons : un froid serpent se cache dans l'herbe » (*latet anguis in herba*).

Par les Muses, un virtuose du subjonctif dans un bois en plein milieu des Gaules! Je l'attrapai par le bras et l'installai sur l'encolure devant moi.

– C'est toi qui m'emmènes.

Il eut l'air enchanté, mais je compris vite qu'il ne s'était jamais trouvé sur un cheval.

– Tu t'appelles comment?

– Caturix.

– Caturix, « le Roi des Combats », rien que cela!

– Tu connais la vieille langue, Chevalier?

– Un peu, j'ai eu pas mal de Gaulois sous mes ordres. Et toi, tu sais qui je suis?

– Julia m'informa.

– Où me conduis-tu?

En réalité, j'avais compris. Nous longions la palissade du quartier sacré, celui où Caius Julius Magnus m'avait, avec diplomatie, dissuadé d'entrer. Cette fois, je franchis la porte, largement ouverte. Presque aussitôt, surgit Lubia..., Julia, sur une monture à la robe curieuse, un mélange de roux et de brun. Nous nous saluâmes cérémonieusement. J'avais le cœur qui battait. En apercevant le gamin devant moi, elle sourit.

– Alors, Caturix, la route est libre?

– Personne ne suivit le Chevalier, je montai sur un arbre élevé, je ne vis nul qui approchât.

– Tu as bien rempli ta mission, Caturix... Je te remercie. Tu peux descendre.

Sans trop d'illusion, il demanda:

– N'auriez-vous besoin que je vous accompagnasse?

– Non, merci beaucoup, continue de t'instruire, c'est plus important.

Je me tournai vers Julia. Elle aussi était enveloppée d'un grand manteau – le sien était en cuir –, sa tête portait une espèce de coiffe bizarre. La présence du petit me… comment dire? … me rassurait.

– Cet endroit est consacré au dieu Subjonctif? À la déesse Grammaire?

Pour la première fois, je la vis rire. Son visage se transforma, elle me parut toute jeune – pourtant, on m'avait dit qu'elle avait vingt-huit, vingt-neuf? Je n'osais penser au nombre d'années qui nous séparaient.

– Caturix étudie beaucoup, je lui ai donné des auteurs à lire, c'est sa passion. Mais il est un peu… isolé.

– Alors, pourquoi ne pas le prendre avec nous?

Il ne réagit pas, n'osant espérer une réponse favorable. Moi-même, j'ignorais quel motif m'avait poussé. La peur de me retrouver seul avec elle? Elle m'adressa un sourire chaleureux. Sans le vouloir, je l'avais touchée. Le petit attendait.

– Ça te plairait vraiment, Caturix?

– Oh oui!

– Eh bien, puisque le Chevalier le propose… Mais va t'habiller correctement, mets de bonnes chaussures, et n'emporte pas ta collection de tablettes.

Tous les trois mîmes pied à terre. Elle s'approcha.

– Tu as eu le coup de foudre pour ce petit? À cause des subjonctifs?

J'avalai ma salive, surmontai ma certitude de me rendre ridicule, la fixai dans les yeux.

– Le coup de foudre, pas pour lui, Julia. Lubia…

– Comment m'as-tu appelée?… Où as-tu appris ce nom?

– Il m'est venu en rêve, cette nuit, alors que je songeais à toi.

Elle détourna les yeux.

– Comme Caturix, cet endroit est un peu… spécial. Veux-tu le visiter?

En réalité, il n'y avait pas grand-chose à voir. Des arbres, des bosquets et, plantés au milieu de trouées, deux énormes bâtiments de bois, des sortes de halles ouvertes, supportées par des poteaux, sans murs. Seul, le toit semblait assez élaboré, constitué d'espèces de tuiles, elles aussi en bois. Je m'étais attendu à découvrir des autels, des statues, mais non, on ne voyait rien, sinon de petites pierres dépassant du sol.

– Je ne puis t'expliquer vraiment, dit Lubia. Je sais seulement que ces temples sont très vieux, qu'on y sacrifiait au nom de Notre Peuple, que les cailloux délimitent les fosses où l'on a enfoui le produit de sacrifices. Moi, j'aime ce lieu, j'y viens souvent. Je suis à peu près la seule, sauf quelques vieilles gens qui savent simplement que leurs ancêtres faisaient de même. Une fois par an, tous les hauts dignitaires s'y rendent solennellement, dans un grand concours de foule.

– Mais... pourquoi?

– Je crois qu'ils l'ignorent eux-mêmes, qu'a seulement été préservée la mémoire du... du caractère sacré. On honore la ou les divinités du lieu, sans pouvoir les nommer.

– Vous allez conserver ces machins en bois?

– Sûrement pas. Mon frère...

Elle s'interrompit.

– Ton frère?

– ... avait le projet de faire construire des édifices plus modernes. Son idée sera reprise, tôt ou tard. Moi-même, si je conserve nos biens...

– Il y a des prêtres?

– Une vingtaine de malheureux ou malheureuses qui prétendent perpétuer d'anciennes traditions.

Elle haussa les épaules.

– À quoi bon les priver de leurs illusions? Ils entretiennent les lieux. D'ici peu, ils s'éteindront d'eux-mêmes. La cité reprendra la main.

– Caturix, dans tout ça?

Elle se remit à rire.

– C'est une histoire pour toi, Chevalier de Rome. La louve, Romulus et Rémus. Il a été découvert, tout bébé, devant ce bâtiment. Un enfant abandonné comme d'autres, mais, au lieu de le déposer dans la rue, les parents l'ont amené ici, va savoir pourquoi. Je me suis intéressée à lui, à chacune de mes visites, je m'en occupe. Je l'ai... suivi. J'avais peur que les autres en fassent un demi-barbare. Il m'est tout dévoué, je suis à la fois sa maman, sa grande sœur, sa patronne, enfin, tu vois. Mais je n'arrive pas à l'extirper d'ici, il refuse d'aller habiter ailleurs. Cela viendra plus tard, j'imagine.

Elle marchait à grands pas.

– Tu ne crois pas... à tes dieux?

– Qu'est-ce que tu racontes? Je crois aux dieux. Ça veut dire quoi « les miens »? Tu as « les tiens », toi? J'honore tous les dieux. Je porte une tendresse particulière, comme toi, à tel ou tel que je puis nommer. À la déesse Bibracte, mais aussi à la déesse Rome, à laquelle nous devons tant. Ceux d'ici, je ne les nomme pas, mais je les salue. Ils ont compté pour mes ancêtres, ils comptent donc pour moi.

Le retour de Caturix nous dispensa de continuer sur ce thème. Il traînait un énorme sac. Julia lui fit les gros yeux.

– Qu'est-ce que tu trimballes?

– Des vêtements. Et puis, ils ont voulu que j'emportasse de la nourriture, des cadeaux.

– Montre.

Le gamin sortit de son sac un énorme jambon, une tête de mouton (ou de chèvre) soigneusement emballée, deux cruches scellées, une miche de pain et un bocal de verre contenant un produit indéfinissable.

– Va leur rendre.

– Oh non, s'il te plaît!

– Alors, nous en faisons offrande aux dieux. Dépose-les dans le temple.

Il s'exécuta, pas vraiment satisfait.

– Tu montes avec qui? Avec le Chevalier ou avec moi?

– Permettrais-tu que j'allasse avec le Chevalier?

Nous éclatâmes de rire.

– Je te permisse.

– On ne dit pas comme cela, tu te moques de moi, dit-il, l'air vexé.

Cette fois, vu la longueur du trajet, je le fis monter derrière moi, lui enjoignant de s'accrocher solidement à mon manteau.

– Chevalier, je t'aurais bien proposé un galop pour commencer, mais avec le petit...

– Si, si, un galop, je m'accrocherai bien, je promets, dit le Roi des Combats.

– Julia, je ne me rends pas compte, Bibracte, c'est très loin?

– Une dizaine de lieues*. En trottant calmement, on y sera au milieu de l'après-midi. Tu as mangé, j'espère?

– Non.

– Vous voyez, on aurait dû prendre les aliments qui me furent donnés.

– Tu ne perds rien pour attendre.

Nous nous mîmes en branle sous un ciel agité, les éclaircies succédant aux nuages. Je suivais Julia, qui avait fait adopter à sa monture un rythme assez rapide mais sans problème pour mon passager et

* La lieue gauloise, selon les régions, correspond à 2400-2500 m.

pour moi. Caturix mit quelque temps à s'habituer, puis il trouva la position qui lui convenait, chacun de ses mouvements se répercutant dans mon dos! Il m'abreuvait de commentaires qui parvenaient plus ou moins clairement à mes oreilles. J'étais éberlué par sa connaissance de la nature. Il me montrait des plantes dont il savait l'usage, il me faisait remarquer les traces d'un passage de sangliers, il connaissait les fleurs, les arbres, tout.

– Chevalier, je m'intéresse beaucoup aux châtaigniers. Sais-tu qu'il y a dix-neuf façons de se servir des châtaignes?

Il me les énuméra.

– Vois-tu ces clôtures avec ces branches horizontales?

Il m'expliqua comment on forçait de jeunes arbres à adopter ces formes qui constitueraient des barrières infranchissables. J'avais le sentiment d'être l'enfant apprenant une « leçon de choses », lorsqu'il m'interrogea brusquement.

– Comment fait-on pour devenir Chevalier? Il me plairait tant que je le devinsse.

– Il faut beaucoup travailler, peut-être t'engager dans l'armée de Rome…

– Julia, elle n'apprécie pas beaucoup l'armée de Rome, elle aurait voulu que son frère restât ici et l'aidât davantage.

– Ah bon, il l'aurait aidée à quoi?

– Je ne sais pas, mais elle a dit souvent qu'il… qu'il aurait… pardon… qu'il eût dû être là plus souvent. Au fait, je te remercie de m'avoir pris avec toi, avec vous. Au début, j'ai eu peur qu'elle refusât. Mais, comme elle t'aime, il n'y avait pas de risque.

– Pourquoi tu dis qu'elle m'aime?

Il se mit à rire, je sentais son corps tressauter.

– Quand je vois un lièvre ou un hibou, je sais les reconnaître.

Je tentai de dissimuler mon émotion.

– Tu me compares à un lièvre ou à un hibou?

– Moi aussi, je l'aime, Chevalier. Mais c'est toi qu'elle préfère, c'est normal.

Après un long silence, nos entretiens changèrent de sujet. Il m'interrogea sur mon pays et sur ceux que j'avais vus dans ma vie. Son vocabulaire châtié, tout en m'amusant, m'impressionnait car il laissait deviner une étonnante maturité.

– Les Germanies ne m'attirent pas. Mais l'Italie, Rome! Et la Grèce!

– Tu pourrais aller étudier aux Écoles. Après, tu voyagerais.

– Il faut être très riche.

Nouveau silence. Je n'avais pas vu passer le temps. Après avoir suivi un parcours assez accidenté, mais sans trop de difficultés, cette fois, nous abordions une montée abrupte. Mon cheval se mit au pas.

– On arrive à Bibracte, dit Caturix. J'y suis venu deux fois, à pied. Aujourd'hui, c'est mieux!

Nous avions mis plus de temps que je n'avais pensé. Le soleil pâlissait, les hauteurs de la montagne le feraient bientôt disparaître. La température avait sérieusement baissé, Caturix frissonnait. Je passai sur lui un pan de mon manteau.

La pente que nous gravissions ne laissait voir que de maigres boqueteaux. Une passerelle de bois nous fit franchir un vaste fossé dominé par l'un de ces remparts de terre que construisent encore aujourd'hui les barbares des Germanies. Le fossé était à moitié comblé, le haut du rempart s'étant écroulé.

– On est entrés dans Bibracte?

– Non. Je crois me souvenir qu'on m'informa (il abandonna la phrase, trop complexe!)... c'est un très vieux rempart, construit par la déesse Bibracte elle-même avec l'aide de Géants qui portaient des bois de cerf sur le front.

La pente s'accentua encore. De part et d'autre, des murs en ruines, ceux de petites cahutes si j'en jugeais par leur taille.

– Ah, voici la Porte, annonça avec respect le Roi des Combats.

C'était mieux, en tout cas vu de loin. De nouveau, un fossé et un rempart, apparemment en meilleur état. La voie s'élargissait, les sabots des chevaux résonnaient sur une surface plus ferme, même si elle était recouverte d'herbes folles et parfois de ronces.

La Porte avait jadis été équipée de deux solides vantaux de bois. L'un était sorti de ses gonds, le haut disloqué et finissant de pourrir, le bas encore attaché mais tout de guingois. L'autre vantail avait été bloqué en position ouverte et semblait tenir le coup. J'observai le rempart, à l'abandon, lui aussi. La nature reprenait le dessus, des arbrisseaux commençaient à le recouvrir.

– Ici, à droite, il y a des terriers de blaireaux, je me rappelle, Sacrovir me les avait montrés. Ces bêtes sont rigolotes.

L'enthousiasme modifiait son vocabulaire et sa syntaxe.

– Tu as connu Sacrovir?

– Évidement. C'est – enfin, c'était – le frère de Julia. Tu ne savais pas? Malheureusement, il aimait chasser le gros gibier, et il ne voulait pas que je l'accompagnasse, j'étais trop petit.

La voie continuait de monter. Cette fois, des signes de vie. Cinq ou six cheminées fumaient. Mes narines reconnurent les odeurs qui les avaient atteintes quand je parcourais les rues d'Augustodunum: le travail du métal. Devant nous, Julia faisait adopter à sa monture un rythme plus rapide. Nous longeâmes de vastes bâtiments difficiles à identifier, car la pénombre s'accentuait.

Elle arrêta son cheval devant le porche d'une *domus* d'assez belles dimensions. Deux hommes sortirent, l'aidèrent à mettre pied à terre, puis nous accordèrent le même service.

– Entrons vite, dit Julia, je grelotte et je meurs de faim. Pas vous?

Quand elle me fit visiter les lieux, je crus me retrouver dans ma maison d'Italie. Mon atrium était peut-être un peu plus grand, mais, moi aussi, j'avais muni de portes ou de lourdes tentures les pièces qui ouvraient sur lui. Son jardin à colonnades était décoré de quelques parterres de fleurs, mais – comme chez moi! – plusieurs bacs étaient consacrés aux plantes aromatiques – je reconnus la coriandre que j'aime tant! Et des cheminées dans les salles de réception.

– Cela, te va, Chevalier?

– J'ai l'impression d'être revenu... dans ma propre *domus*!

– Viens choisir ta chambre.

Nous montâmes à l'étage. Elle me montra une porte.

– Moi, je dors ici. Celle-ci appartenait à mon frère. Si tu n'es pas... superstitieux... C'est la plus belle.

Elle ouvrit. Une grande pièce, très sobre, décorée de panneaux peints unis. Des tapis sur le sol. Des coffres, deux tables, un grand lit et un superbe candélabre en bronze, le pied figurant des ceps de vigne, la tige décorée de feuilles, et les bras supportant des grappes de raisin au centre desquelles étaient dissimulées les lampes.

– Je ne suis pas superstitieux.

– Installe-toi tranquillement. Un peu de toilette ne me fera pas de mal.

Je balançai mon sac près du lit et décidai de redescendre. Les multiples passages toge, tunique, toge, tunique, de ces derniers jours m'avaient lassé. Du repos! Revenu sous les portiques du jardin, j'aperçus par une baie vitrée la lueur d'un feu de bois. Une porte latérale donnait dans une vaste pièce rectangulaire. Au fond, une cheminée aux montants sculptés. À son linteau, étaient suspendus des boucliers, des épées et des lances. Je m'approchai: ils étaient couverts d'ornementations. Les boucliers portaient des motifs peints que je ne comprenais pas: figures vaguement humaines, signes courbes ou linéaires d'une incroyable complexité. Les épées de bronze, ou plutôt leurs fourreaux, le bois des lances témoignaient d'une richesse artistique qu'eût appréciée le... Superbe Légat de Germanie Supérieure! Je me retournai. La grande table de chêne massif avec ses bancs, c'était la sœur de celle que m'avait fabriquée mon artisan préféré, Albinius. Les quatre fauteuils avec leurs coussins, j'avais à peu près les mêmes. Je m'assis.

– Tu me permets d'entrer, Chevalier? dit une petite voix.

– Je ne sais pas, Caturix, je ne suis pas chez moi.

– Si tu veux, Julia voudra.

– Tu n'es pas fatigué, Roi des Combats?

– Fatigué, non, j'ai seulement très mal aux fesses de mon cul.

Il me fixa avec anxiété:

– On peut dire cela, n'est-ce pas?

Je n'avais pas envie de me lancer dans une discussion littéraire.

– Rends-toi utile. Moi, je ne connais pas cette *domus*. J'ai soif. Demande à boire, et aussi quelques trucs à grignoter en attendant le repas.

Il avait tiqué sur le mot « trucs », mais il fila. Peu après, je vis apparaître la jeune servante, celle qui avait fait le coup-de-poing (ou de pied) avec mes légionnaires.

– Chevalier, boire tout ce que veux. Vin chaud ou frigide?

– Normal.

Caturix revint, l'air préoccupé.

– Chevalier, tu connus Tarinca?

– Non.

– Une vieille. Son nom veut dire « le clou ». Elle a toujours été très maigre.

Je compris.

– Elle s'occupe d'herbes, de... pommades?

– Pas du tout. Elle fait la cuisine. Elle voudrait que tu lui accordasses de la recevoir.

– Eh bien, qu'elle vienne.

Alors se déroula une scène que j'ai souvent repassée dans ma mémoire, tant elle revêtait un aspect irréel. Parut la vieille, suivie de la jeune – qui m'apportait une cruche de vin (en argent) et des coupes (également en argent). Caturix fermait la marche. Tous les trois m'entourèrent.

La vieille m'adressa ce qu'elle pensait être un sourire agréable et prononça deux phrases que la jeune traduisit.

– La mater dit Maîtresse souria pas depuis Maître bousillé. Toi arrivé, elle sourit.

– Tu as compris, Chevalier, me demanda Caturix avec anxiété?

– Laisse-les parler.

Nouveau baragouinage, nouvelle traduction.

– Mater, quand elle sut tu venir, a fait super-cuisine. Tout très bon.

La mater s'approcha de moi, me prit la main et la baisa. J'étais stupéfait.

– Mater dit elle reconnaît.

– Elle reconnaît quoi?

La vieille fit un geste et m'adressa une espèce de clin d'œil qui m'épouvanta.

– Te serait-il agréable que j'intervinsse, dit Caturix?

Je réussis à garder mon sérieux le temps que les deux femmes quittent la pièce. Me prit alors un fou rire inextinguible. Le « clou » avec son jargon, la jeune et son latin approximatif, le petit maniant le subjonctif aussi bien que Cicéron! Caturix dut comprendre, car il se joignit à moi. Julia nous trouva en pleine crise.

– Eh bien, on ne s'ennuie pas en mon absence!

Elle était... sublime. Une robe vert pâle, agrafée par des fibules ornées d'émail et de corail. Pour cacher son crâne rasé, elle avait choisi un bandeau orné de perles.

– Dis donc, Caturix, fit-elle, j'ai l'impression que tu t'incrustes, non?

– Je tente de me rendre utile au Chevalier.

Nous nous sentions vivre un moment privilégié qui pouvait se rompre par une parole maladroite. Que l'un de nous quittât la pièce, ce fragile équilibre s'évanouissait. Au fond, c'était simple: tous les trois, nous nous aimions.

Caturix s'approcha de Julia, très cérémonieusement, pour lui tendre une coupe de vin. Ses yeux brillaient. Je les regardais l'un et l'autre. L'évidence. Le front, les yeux, la bouche, le menton. La manière dont elle le remerciait, le sourire qu'elle lui adressait. Et le bonheur du gosse. C'était son enfant!

L'esprit humain est bizarrement fabriqué. Mon premier réflexe fut de calculer. Caturix, je lui donnais dix ans. Lubia, on m'avait dit vingt-huit. Donc, elle l'aurait eu à dix-sept, dix-huit? Évidemment, question suivante: qui était le père, et pourquoi l'abandon?

– Chevalier, dis à Caturix qu'il doit se retirer, je ne parviens pas à le convaincre.

Je levai la main.

– Surtout pas. J'ai besoin de lui. S'il accepte.

Il me regarda avec gravité.

– Un Chevalier de Rome mène une vie dangereuse. Souvent, on lui tend des pièges, on cherche à le tuer.

Du coin de l'œil, je vis Julia baisser la tête. Je continuai :

– Il doit sans cesse se tenir sur ses gardes. Sais-tu que, onze ou douze fois, des ennemis ont essayé d'introduire du poison dans ma nourriture ? J'ai toujours à mes côtés un soldat qui goûte les plats que l'on me sert.

Il me fixait bouche bée.

– Ici... tu ne risques rien !

– J'en suis persuadé, mais je dois observer le règlement. J'ai juré. Risquerais-tu ta vie pour moi ?

Les yeux de Lubia pétillaient.

Le dîner fut... curieux, je veux dire au plan gastronomique. Les plats qu'avait préparés la mater reproduisaient sans doute de très anciennes recettes, mais ils ne correspondaient pas trop à mes habitudes, encore moins à mes goûts. Un potage très acidulé dans lequel flottaient des escargots, une viande rôtie servie avec une bouillie agrémentée d'herbes horriblement piquantes. Caturix – qui goûtait les plats avant de me les passer – et Lubia se régalaient. Je les faisais parler de tout et de rien, ils m'interrogeaient sur mes campagnes. Le temps s'écoulait, mais j'avais l'impression qu'il était suspendu. Julia intervint.

– Allez, file, Caturix, va te coucher !

Le Roi des Combats s'inclina devant moi et me souhaita une bonne nuit. Nous restâmes seuls.

– Chevalier...

– Ne pourais-tu m'appeler autrement?

– Un peu plus tard, sans doute. Je reprends: Chevalier, tu m'as procuré une soirée de bonheur comme je ne croyais plus pouvoir en connaître.

Elle hésita.

– Je sais que nous aurons à parler de sujets... sérieux. Pas ce soir, s'il te plaît.

J'acquiesçai. Nous reprîmes quelques coupes de vin, sans dire un mot. Instants magiques. Puis, les choses se firent simplement. En quittant la salle, je lui pris la main. Arrivés devant sa chambre, elle dit:

– Non, chez toi, s'il te plaît.

Plus tard, nous tentions de reprendre notre souffle. Mes doigts parcouraient son visage. Elle me sourit.

– Tu penses à quoi?

– Caturix, c'est ton fils, n'est-ce pas?

– Tu le sais. J'ai senti quand tu as deviné. Je l'ai fait ici-même, dans ce lit. Tu voudrais savoir avec qui?

Je fermai les yeux.

– Avec celui qui était à ta place, contre moi. Sacrovir.

– 18 –

Durant une grande partie de la nuit, se mêlèrent confidences, tendresse, passion. Elle et son frère, ils s'étaient aimés depuis toujours. Les parents morts, eux brinquebalés, finissant par tomber chez un oncle et une tante. Lui, plutôt sympathique mais pas vraiment intéressé par ces petits qui débarquaient. Elle, convaincue que les dieux l'inspiraient, qu'elle représentait en ce bas monde la déesse Raison, que sa loi devait régner. Ils s'étaient créé des refuges pour échapper à cette tyrannie. Une tyrannie qui adoptait les pires formes, celles qui vous culpabilisent, les références implicites aux bontés dont vous avez bénéficié, aux bienfaits dont on vous a comblés.

Quand même, ils avaient reçu une éducation privilégiée. Enfin, lui. Mais Sacrovir la lui faisait partager. Lorsque venaient les professeurs pour lui donner des cours, elle se dissimulait derrière un rideau. Quand il fréquenta les Écoles, elle lisait ses tablettes. Et puis, ils s'entraînaient l'un contre l'autre pour tout ce qui était exercice physique ou maniement d'armes. Elle allait chasser avec lui.

J'eus une intuition.

– Tu ne l'aurais pas… remplacé à certains moments lors des… événements?

– Ça, c'est déloyal, mon chéri. Tu veux m'extorquer des confidences sur l'oreiller?

Je posai mes lèvres sur les siennes.

– Ça m'est arrivé souvent. Avec son uniforme et ses armes, tout le monde me prend pour lui. Enfin… me prenait.

Je lui caressais les seins. Quel bonheur! Les horribles conventions romaines ne s'étaient pas encore imposées ici, elle trouvait naturel de se montrer entièrement nue.

– Avec mon frère, c'est arrivé comme ça. Aujourd'hui encore, je ne sais pas si c'est bien ou mal. J'ai lu des traités, les opinions divergent. En revanche, l'enfant, oui, c'était un scandale. J'ai refusé de me marier précipitamment. Remarque, je n'aurais pas eu de mal, même enceinte.

– Le Préteur.

– Je t'en supplie, ne me parle pas de lui. Donc, le petit Caturix, je l'ai confié à une famille qui vit... là où tu sais (c'est eux qui lui ont donné ce nom). Je m'en occupe du mieux que je puis. Mais le reconnaître, impossible.

– C'est un enfant attachant. Pas seulement pour la grammaire !

– J'ai été si heureuse que tu le prennes avec toi !

– Il te ressemble.

– Toi, tu ressembles à mon frère.

Lesbius est pulcher... Lesbius, Lesbia. Sacrovir, Lubia. Et Valérius ? J'étais moi ou un autre ? Ou le substitut d'un autre ? Nous finîmes par nous endormir.

Je me réveillai brusquement, on me tirait par les pieds. C'était elle, dans une tunique courte. Ses jambes...

– Alors, Très Noble Chevalier, tu veux faire courir le bruit que les délégués de César Auguste sont payés grassement pour dormir jusqu'à midi ?

– Viens me dire cela de plus près, si tu l'oses, horrible Gauloise !

Elle s'assit auprès de moi. Je l'attirai.

– Embrasse-moi.

– À une condition.

– Dis.

– La même qu'hier soir. On s'accorde une journée à nous. Pas d'interrogatoire. Demain, je te raconterai ce que je sais.

– Oui, ma Lubia. Viens, s'il te plaît.

Par bonheur, il lui plut.

Comment décrire cette journée, qui aurait été la plus belle de ma vie si elle s'était terminée différemment? J'avais fait le vide dans ma tête. Ma mission..., on verrait plus tard. Lubia m'aimait, et, si je lui rappelais son frère, peu importait. Une fois ou deux, j'eus envie de lui parler de Catulle, mais je m'abstins.

Nous dégustions des œufs, du jambon, des champignons frits, je ne sais plus quoi encore, lorsqu'entra Caturix qui se frottait les yeux.

– Je vous salue. Dormîtes-vous bien?

Nous éclatâmes de rire. Je lui fis signe de s'asseoir.

– Allez, Roi des Combats, pose les fesses de ton cul, mange. Oui, pour te rassurer, nous... dormîmes bien.

– Comment le sais-tu pour elle?

– Parce que je lui ai demandé, évidemment.

Il m'adressa un sourire faussement... innocent et se servit. Je remarquai qu'il portait, sur le petit doigt de la main gauche, un anneau en bronze.

– C'est quoi, le décor de ta bague?

– Je l'ignore, Chevalier. On me donna le bijou lorsque j'étais petit, me dit-on.

– Il me rappelle quelque chose. Ah oui!

Je m'approchai de la grande cheminée. J'avais repéré le même motif sur l'un des fourreaux d'épée. Une croix assez bizarre.

Tout en dévorant, il demanda:

– Quand repartons-nous?

– Je ne sais pas, dit Julia. Aujourd'hui, le Chevalier et moi, nous avons à discuter. Il veut aussi connaître Bibracte. Nous serons très occupés. Et toi?

– Lorsque je vins ici, il y a deux ans, je visitai un homme qui fabriquait la cervoise mais je ne compris pas. Je souhaiterais le revoir. Il vit toujours en ce lieu.

Il nous regarda l'un et l'autre.

– Ce pourrait être un bon métier pour moi.

Julia ne dit rien. J'intervins.

– Je t'accompagnerai volontiers, Caturix. Moi aussi, je me suis toujours interrogé sur la manière dont on fabrique cette… boisson (j'allais dire: cette abomination).

Ses yeux brillèrent.

– C'est un ami de Tarinca tu seras bien accueilli.

– Pourquoi, dit Julia?

– Tarinca aime beaucoup le Chevalier. Elle dit que c'est le nouveau maître. Non… ce n'est pas exactement ce qu'elle me fit savoir (Il réfléchit). « C'est l'ancien maître qui est revenu », telles furent ses paroles, que me rapporta la bécasse, euh… sa petite-fille.

Il devint tout rouge. Lubia et moi éclatâmes de rire.

– C'est toi qui lui as donné ce petit nom, la bécasse?

Il baissa la tête, horriblement confus. Julia intervint.

– On va voir ton fabricant de cervoise, mais après tu te débrouilles tout seul. Entendu?

– Oui. J'espère qu'il me proposera de rester auprès de lui.

– Tu as fini de manger? File te laver et habille-toi proprement.

Il fila. Je pris les mains de Lubia. Elle me sourit.

– Tu t'intéresses à la cervoise?

– Depuis toujours. Souvent, la nuit, je me réveille en sursaut, taraudé par une question « comment fabrique-t-on la cervoise? »

– Ne laisse pas ce gosse s'attacher à toi.

Je haussai les épaules.

– Ça te va bien! Toi-même, comment vas-tu t'en tirer avec lui?

Elle ne répondit pas, me pressant la main avec force. Mes yeux tombèrent, par hasard, sur la cheminée.

– Ces armes, elles appartenaient à tes ancêtres?

– Oui. Mon frère et moi nous sommes souvent affrontés avec ces épées. Elles sont encore en parfait état.

Elle alla en décrocher une, la tira de son fourreau. Superbe lame. Je passai un doigt sur le fil, avec précaution heureusement, sinon le sang coulait.

– Un petit assaut, Chevalier?

Elle tenait l'épée à deux mains, comme j'avais vu faire à mes auxiliaires gaulois. Je l'imaginais avec une cotte de mailles, une armure, un casque.

– Non merci. J'ai toujours combattu avec le glaive.

Elle alla replacer l'épée.

– Sans rompre ma promesse, d'ailleurs tu y as fait allusion toi-même, cela t'est arrivé souvent de te faire passer pour… Sacrovir?

Elle rit.

– Depuis toujours. Si je te racontais les coups que nous avons montés tout gamins, moi m'habillant en garçon, lui, avec ses cheveux longs, piquant une de mes robes!… Bien sûr, ce n'est pas ce qui t'intéresse. Lorsqu'il a décidé de s'engager dans… l'affaire que tu sais, je l'ai évidemment aidé.

Les Gaulois avaient conservé des croyances un peu bizarres. Ils attribuaient aux chefs des dons… quasiment magiques. Le dieu César s'était trouvé, au même moment, à Gergovie et à Ravenne, le divin Auguste avait été vu en Ibérie par des témoins dignes de foi, alors que d'autres combattaient à ses côtés en Afrique.

Son frère et elle avaient recouru aux stratagèmes de leur enfance pour doter Sacrovir du don d'ubiquité. Ubiquité ! Je revis ce malheureux... Vibenna interrogé par Aviola, l'Illustre Gouverneur de Lyonnaise, et l'autre, celui qui revenait de convalescence, dont j'avais oublié le nom.

– Tu étais avec les Turons, tu as participé à la bataille ?

– La seule erreur que nous ayons commise. Un courrier perdu. Nous nous sommes retrouvés presque face à face.

Évidemment, je lui devais la fausse alerte qui avait interrompu mon repas à l'Auberge du Colosse... Éloquent !

Nos mains se séparèrent. Caturix revenait, tout propre, vêtu d'une tunique jaune impeccable, de jolies bottes au pied. Lubia me demanda :

– Chevalier, toujours désireux de t'informer sur la cervoise ?

– Plus que jamais.

– Moi, je vais rester ici. Caturix, tu goûtes avant lui, et tu me le ramènes en pleine santé, je compte sur toi.

Elle me glissa à l'oreille :

– Reviens vite !

Il faisait un temps superbe. Le vent de la veille avait faibli. De rares nuages, mais température frisquette. Caturix glissa sa main dans la mienne.

– Tu aimes le lièvre ?

– Beaucoup. Avec des oignons et du thym, de la poitrine de porc. Délicieux.

– Si tu veux, après, je pourrais t'emmener à des endroits que me montra Sacrovir, où les lièvres se capturent facilement.

– Caturix, mon esprit est totalement occupé par la cervoise. Tu sais où tu vas, au moins?

– Je m'informai, n'étant pas sûr de me souvenir. C'est tout près.

Heureusement, car le spectacle ne méritait pas… le détour. Dans quelques cuves, mijotaient (« fermentaient » pour employer le terme exact) des graines de céréales. Je ne saisis à peu près rien aux explications que me donna un vieux bonhomme. J'avais du mal à ne pas suffoquer, des vapeurs nauséabondes m'emplissant les poumons.

– Roi des Combats, je te laisse.

Il surmonta sa déception.

– À plus tard, Chevalier.

Je retrouvai Lesbia dans sa chambre à l'étage, la pris dans mes bras.

– Si nous restions ici?

– Tu surestimes peut-être tes… possibilités, Chevalier de mon cœur!

Elle se fit pardonner par un long baiser.

– C'est un jour idéal pour visiter Bibracte. J'aimerais te la faire apprécier, elle est tellement plus belle, plus attachante qu'Augustodunum.

À peu près les paroles prononcées par le décurion… mon grand-oncle – qui était sans doute aussi le sien!

– On part à pied, à cheval?

– À cheval. C'est très grand. Tu m'attends en bas, le temps que je m'équipe? Au fait, la cervoise?

– Un enchantement. Je lui consacrerais bien le reste de mon existence, mais me retrouver en concurrence avec le Roi des Combats? J'aurais perdu d'avance.

– Il est resté là-bas?

– Il s'intéresse au moindre détail, la… syntaxe de la cervoise le passionne.

Je regagnai le rez-de-chaussée. La veille au soir, tout à mon exaltation, je n'avais prêté qu'une vague attention à l'état des lieux. Cette fois, j'apercevais des signes qui trahissaient leur relatif abandon – disons qu'ils n'étaient pas fréquentés régulièrement. Des traces de poussière, certaines peintures qui s'écaillaient, des bronzes un peu ternis, le jardin pas trop entretenu. D'ailleurs, la *domus* n'abritait pas la troupe de serviteurs qu'on aurait attendue. Lubia ne devait y faire que de brefs séjours. Lorsqu'elle descendit, je lui posai la question.

– Tu ne viens pas souvent ici?

– Hélas non, alors que c'est la *domus* que je préfère, celle qu'avaient construite mes grands-parents, que mes parents eux-mêmes ont fait réaménager avant de s'installer à Augustodunum. Nous avons seize *villae*. Mon frère ne s'y intéressait pas. Je passe mon temps à courir de l'une à l'autre. Ici, c'est mon refuge, lorsque j'ai un instant de répit.

– Tu la fais... surveiller?

– Avec les voisins les plus proches, nous payons quelques gardiens.

– Personne n'habite plus ici? Je veux dire, à part les fabricants de cervoise ou les artisans dont tu m'as montré les ateliers?

– De manière permanente, non. Les décurions vivent à Augustodunum, sauf un ou deux originaux qui sont au moins octogénaires. Quelques-uns ont transformé les *domus* de leurs parents, les rénovant à grand frais, elles sont devenues des résidences luxueuses où ils reçoivent des personnages de haut rang. C'est dépaysant, pittoresque, disent-ils.

Elle eut une moue dégoûtée.

– On y va?

Les chevaux nous attendaient. Elle se mit en selle avec une rapidité et une souplesse que je lui enviai. Nous parcourûmes un quartier « résidentiel ».

Manifestement, elle ignorait tout de ma parenté éduenne car elle me désigna sans sourciller la *domus* qui appartenait probablement à la famille de ma mère (« un très vieil homme... »).

– Et votre Préteur? Il a conservé une maison ici?

Pas de réponse.

– Tu ne veux pas me parler de lui?

– Sûrement pas!

Assez rapidement, je perdis tout sens de l'orientation. Dès que l'on quittait la grande voie que j'avais empruntée la veille, on se trouvait soit en pleins champs, soit au milieu d'un hameau, soit, brusquement, devant un morceau de ville avec un ou deux grands édifices apparemment abandonnés. Durant cette fin de matinée, si j'ai croisé une quarantaine d'êtres humains, c'est bien le maximum. Nous chevauchions, sans que je comprenne la logique. Lubia me précédait, menant sa monture à une allure assez vive. Nous nous retrouvâmes devant sa *domus*, elle mit pied à terre, entra, je la suivis jusqu'au salon aux armes, où la table était dressée. Je pris place auprès d'elle, un peu essoufflé. La bécasse nous apporta de quoi nous restaurer.

– Alors, dit-elle, en levant une coupe?

– Alors quoi?

– Ton impression?

Elle me prenait au dépourvu.

– Euh... j'ai vu tellement de... choses, je ne sais que dire.

– Tellement de choses? Tu plaisantes. Tu as vu ce qui reste d'un animal lorsque les vautours se sont acharnés sur lui. Un animal..., allez, soyons sentimentale, la plus belle des génisses, ou une adorable brebis. Ou une jument, car tu aimes les chevaux.

À la fois de l'exaltation et une sorte... de chagrin, d'amertume, de blessure. Oui, le mot blessure convenait le mieux.

– Mon frère et moi avons perdu nos parents tout jeunes. Nous avons été recueillis par un oncle et une tante pas vraiment... agréables (suis-je bête, je te l'ai déjà dit). Mais, comme ils étaient très vieux, ils nous ont pas mal laissé la bride sur le cou. Une de leurs esclaves, la vieille Tarinca...

– Celle qui t'a guérie?

– Qui m'a... guérie (elle me lança un regard perçant, que je ne compris pas). Elle vivait avec un homme extraordinaire, cinquante ou soixante ans quand on l'a connu, mon frère et moi. Il revenait, après trente années de service comme auxiliaire dans je ne sais quel corps d'armée. Elle et lui avaient passé leur enfance à Bibracte. Il nous a appris à monter à cheval, elle nous a montré Bibracte, nous a raconté les légendes, nous a menés aux lieux sacrés. Alors que tous abandonnaient la montagne pour s'installer à Augustodunum, deux petits – Sacrovir et moi – y allions le plus souvent possible. C'est toute mon enfance, mon adolescence.

– Tu ne m'en as rien fait connaître?

– Ce matin, je voulais que tu prennes conscience...

Je levai la main:

– Lubia, je t'en supplie, pense à Caturix: « je voulais que tu *prisses* conscience »! De quoi?

– De l'abomination actuelle.

– C'est réussi. Mais je me sens assez... frustré.

– Tout à l'heure, je vais te montrer la Bibracte que j'aime. La mienne. La nôtre.

(« La nôtre »: Sacrovir et elle, me dis-je, sans jalousie aucune).

Nous dégustions un plat de champignons (je commençais à me lasser des champignons) agrémentés de minuscules morceaux de volaille (me semblait-il), lorsque Lubia, d'une voix émue mais très monocorde, les yeux à demi fermés, prononça ces phrases.

« Voici ce que me racontait Tarinca, dans mon enfance. Il y a des siècles et des siècles, le Roi des Éduens, un être sanguinaire, après avoir tué ses propres enfants et les avoir dévorés, s'en était pris aux autres. Il envoyait des soldats dans les campagnes, qui lui ramenaient des petits. Les dieux se fâchèrent. Un jour, la foudre tomba sur sa résidence, faisant brûler vifs le Roi et ses proches. Les Éduens furent condamnés à de longues errances, les dieux leur interdisant de posséder un territoire à eux. Alors qu'ils se trouvaient dans cette situation désespérée, un de leurs chefs eut l'idée de se rendre dans un sanctuaire et d'implorer la miséricorde divine. L'oracle qui leur fut rendu disait ceci : "Trouve les cendres".

Il fallut deux générations pour qu'un prêtre comprît qu'il pouvait s'agir des cendres de l'ancien Roi et de sa famille. Quatre générations pour que les Éduens retrouvent l'endroit de l'ancienne résidence, dont il ne restait presque rien. Un jour, une jeune fille creusait un trou pour enterrer un petit animal, qu'elle aimait beaucoup. Elle découvrit une urne pleine de cendres. Retentit un coup de tonnerre qui fracassa le pays. De la petite, ne demeura aucune trace. Les prêtres retournèrent à l'oracle, qui, cette fois, parla davantage. Les Éduens, désormais, pouvaient se fixer. Leur capitale s'établirait à l'endroit où l'urne avait été découverte. Elle prendrait le nom de la jeune fille ».

J'adorais ces légendes.

– La jeune fille s'appelait Bibracte, je suppose? Elle a été rangée parmi les dieux, enfin les déesses?

– Exactement. Tu ne vois pas une autre énigme?

Je réfléchissais.

– Ah oui, l'animal, c'était quoi?

– Un castor. Il y en a beaucoup ici. Bibracte, c'est la déesse et la ville au castor.

Je n'en avais jamais vu de ma vie, même dans les Germanies où pourtant ils abondent, je crois.

– Voilà les récits dont nous a abreuvés Tarinca. La montagne magique, la jeune Bibracte, les castors.

– Moi aussi, ces contes me fascinent. Ils vous aident à vivre, à comprendre, à imaginer.

– Oui. Mais ils peuvent aussi t'inspirer une crédulité… regrettable.

Elle hésitait, transportée dans un autre monde.

– Je ne devrais pas t'en parler maintenant, mais… Sacrovir, mon frère, c'est sans doute ce genre de récits qui l'a mené à sa perte. Les légendes, les paroles, les promesses…

Je fermai les yeux. Elle poursuivit :

– Comment peut-on croire ces choses-là? Moi, la légende de Bibracte, elle m'enchante, mais je sais que c'est une espèce de rêve. Lui…

Je lui pris la main.

– Lorsque… les autres lui ont dit que les légions romaines allaient s'insurger et le suivre, il l'a cru. Moi, dès le début, je savais que c'était impossible.

Elle repassait dans sa tête une scène qui avait dû y tourner souvent.

– Rien à faire pour l'empêcher. Je me rappelle, juste avant la bataille. Je lui avais hurlé « Tu es cinglé, arrête! ». Lui avec ces gladiateurs minables, ces malheureux équipés n'importe comment, et les légions de Germanie qui allaient les massacrer méthodiquement. Non, comme pour Bibracte, les dieux devaient intervenir, retentirait un grand coup de tonnerre, les Éduens deviendraient les Maîtres du monde! Après quoi, les cendres, ce furent les siennes!

Je lui tenais toujours la main. Elle me regarda.

– Pardon d'avoir craqué. Je ne suis toujours pas… remise. Pensons à autre chose. On va visiter ma Bibracte ?

Je l'embrassai, m'étonnant de l'avoir sentie si fragile. Peut-être « craquait-elle » pour la première fois depuis… les événements. Quant à cette confidence (Sacrovir certain que les légions allaient se rebeller) comment l'insérer dans l'idée du complot ?

– Bien sûr, on y va !

J'ajoutai sur un ton qui exprimait une once de regret :

– … Puisqu'il faut profiter d'un si beau jour !

Elle vint contre moi en souriant.

– Le soir tombe vite, surtout en altitude. Je ne saurais abuser de la patience d'un Chevalier de Rome.

– Dégage, Sorcière, emmène-moi voir tes castors, tes cendres, je ne sais quoi !

Cette fois, ce fut *sa* Bibracte. Des lieux choisis, chargés de signification soit pour elle-même (des souvenirs d'enfance), soit pour la mémoire du peuple éduen. Quelques sources, deux fontaines, encore bien aménagées, entretenues, un petit bois avec des offrandes accrochées aux arbres (surtout des tissus). Tout en haut, un temple très modeste, édifié à l'endroit où avait été trouvée la fameuse urne aux cendres. Aux alentours, des ateliers, des boutiques, une auberge. Pas mal de gens y venaient certains jours. Dans les temps anciens, ajouta-t-elle, les grandes assemblées de la Cité se tenaient sur ce sommet, pour décider de la guerre ou de la paix, mais c'était bien avant sa naissance. En revanche, le premier mercredi du mois de mai, paysans, éleveurs, commerçants affluaient de partout pour vendre ou acheter, l'endroit était couvert de tentes et de bicoques. Les magistrats d'Augustodunum offraient un grand sacrifice. La manifestation durait trois jours. Trois jours ! Bien peu pour faire revivre une ville dont les bâtiments publics s'écroulaient, que tous les artisans et boutiquiers – ou presque – avaient quittée, ne laissant que de rares cultivateurs et éleveurs.

Elle me conduisit ensuite à un endroit extraordinaire. À la lisière de la ville, puisque je distinguais, à ma droite et à ma gauche, des pans du rempart en train de s'ébouler. C'était une grande roche d'une blancheur étonnante, le sommet d'une falaise escarpée. Le ciel était d'une telle limpidité que le regard semblait porter aux limites de... l'univers ! Un paysage de montagnes, de collines, de petites plaines. Superbe !

– C'était notre endroit favori. Sur cette roche, Sacrovir et moi avons passé des journées à jouer, à nous poursuivre en courant, à nous affronter à l'épée !...

– Vous étiez complètement fous ! Et si vous étiez tombés ?

– La déesse nous protégeait. Et puis, rien de mieux pour développer les réflexes !

– La déesse autoriserait-elle un baiser en ces lieux sacrés ?

– Tu vois qu'ils favorisent les réflexes !

Au moment de la prendre dans mes bras, j'entendis un bruit de cavalcade. Nous nous tournâmes. La... la bécasse arrivait à cheval, au galop.

– Enfin... enfin... je trouve toi ! Homme venu, dire porter chose toi urgente !...

Elle tendit un sac en tissu, fermé par une cordelette cachetée – mais le cachet ne portait aucun signe. Lubia en sortit un petit coffret de bois qu'elle ouvrit. Je vis ses yeux se révulser, elle s'affaissa dans mes bras.

Je pris le coffret. À l'intérieur, un objet bizarre, oblong, de petite taille. Je reconnus la bague que portait Caturix. On lui avait tranché le petit doigt. Julia murmurait des mots indistincts. Elle se redressa et me fixa dans les yeux.

– Tu peux retrouver le gosse?

– Je ne sais pas, Lubia, mais je remuerai ciel et terre.

– Tu le jures? Tu le sauveras?

– Je le jure.

– Alors, c'est bien. Tu me pardonneras plus tard, j'espère.

Sans que je puisse faire un geste, elle courut vers l'extrémité de la roche blanche, et se jeta dans le vide.

La servante et moi nous précipitâmes vers le bord. Elle m'agrippa le bras, me serrant jusqu'au sang.

– Peux faire rien. Pas chemins. Rocher déesse. Venir oiseaux sacrés.

Elle prononça des paroles que je ne compris pas, en s'inclinant plusieurs fois.

– Le petit, tu l'as vu dans la journée?

– Non.

Je la fis me conduire chez le fabricant de cervoise. Nous le découvrîmes, ou plutôt son cadavre, flottant à la surface de l'une de ses cuves, égorgé. Les cris de la bécasse ameutèrent trois voisins qui finirent par admettre avoir vu quelques hommes à cheval approcher de l'atelier. Eux-mêmes s'étaient réfugiés dans leurs masures. Ce qui avait pu se passer, ils l'ignoraient.

Il me fallait regagner Augustodunum dans les plus brefs délais. Je pris ma monture et fis galoper à ses côtés celle de Julia que je tenais à la longe. Je m'arrêtais de temps en temps pour passer de l'une à l'autre. À la *domus*, les légionnaires de garde n'eurent pas le temps de me saluer. J'entrai en trombe, tombai sur le centurion:

– Où est Egnatius?

– Egnatius? J'ignore, Chevalier, il est allé consulter des archives, je crois. Que se passe-t-il?

Je le mis au courant en quelques mots. Il me regardait, l'air paniqué.

– Mais… où veux-tu que nous allions rechercher cet… enfant? Tu as des pistes?

– Non, je n'en ai pas. Débrouille-toi, avertis Probus, qu'on quadrille la campagne, faites des perquisitions! Enfin, c'est ton métier, non?

Je me mis à hurler.

– Bouge-toi, par tous les dieux!

Moi, j'entrai dans le salon. Durant ma chevauchée, combien de fois m'étais-je traité d'imbécile, d'incapable! Si j'avais suivi la recommandation d'Egnatius, si j'avais couché par écrit le rapport qui était tout prêt dans ma tête, au lieu de me laisser emporter par cette stupide réaction d'amour-propre qui avait causé la mort de ma Lubia!

Je pris des tablettes et me mis à écrire. Je m'adressai à Notre Impérator, César Auguste Tibérius, fils et petit-fils de dieux. Je ne cherchai aucun effet de style, emporté par l'émotion et l'indignation. Je fis savoir que, moi, Chevalier de Rome, après avoir mené mon enquête, avais acquis la conviction que les mouvements séditieux des Gaules étaient la conséquence d'une machination. Je donnai la liste des témoignages. J'écrivis le nom de Caius Trébonius Optatus. Je reproduisis certaines déclarations de témoins, à savoir que, si le Très Noble Germanicus n'avait jamais suggéré de manœuvres illégales, il ne semblait pas en avoir été de même de la part d'un... « très haut personnage... de sa parenté, que nul n'avait osé me nommer ». Presque en tremblant, j'assemblai les tablettes, les ficelai, puis, prenant ma boîte à sceaux, cachetai le tout avec ma signature. J'appelai le centurion.

– Je te confie ces tablettes. Tu ne les perds pas de vue.

– Chevalier, compte sur moi. J'ai envoyé une estafette au camp pour... pour les informer à propos de ce... garçon. Quand même, je voulais te signaler: on a recherché Donnius Flavus. Tout le monde prétend qu'il est mort il y a six mois ou davantage.

– Peu importe. Je sors quelques instants. Si Egnatius revient, dis-lui de m'attendre.

– À tes ordres, Chevalier.

L'idée m'était venue d'aller me renseigner au quartier sacré, là où vivait Caturix. Je dévalai la Grande-Rue. Arrivé, j'eus du mal à mettre la main sur être qui vive. Puis, j'en extirpai un qui cria, en faisant venir d'autres qui m'entourèrent. Encore une fois, je hurlai :

– Caturix a été enlevé, la faute à qui ? À vous, bande de fous, d'irresponsables, vous allez répondre ou je suis capable de vous massacrer, je vous assure que ça me ferait plaisir, ne serait-ce que pour venger Julia... Lubia ! Vous ne savez pas qu'elle est morte ?

Une espèce de vieux cloporte s'approcha en claudiquant. Bien sûr, ils ne s'étaient pas conduits de manière irréprochable, mais...

– Ta gueule, raconte, vite !

Des militaires s'étaient présentés sous les ordres d'un personnage très important, avec plein d'insignes. Ils avaient demandé l'enfant. Eux avaient répondu qu'il était parti avec Julia et un cavalier. Alors, ils avaient posé des questions sur l'enfant. Eux avaient été obligés de dire ce qu'ils savaient.

Quels sombres crétins ! Je retournai lentement à la *domus*. Mon cheval était épuisé par ces courses incessantes. Et, je l'avoue, moi aussi. J'entrai. Les lieux étaient entièrement vides. Dans ma chambre, mes bagages n'avaient pas bougé, mais, partout ailleurs, plus la moindre trace de vie.

Je sortis, complètement désemparé, accueilli par quelques salutations. Les gens me demandaient si je partais moi aussi. Ils me remerciaient de la dégustation de champignons que je leur avais offerte la veille (Par Jupiter, cela me paraissait si lointain !). Est-ce que le Préteur allait regagner la *domus* ? Je leur fis bonne mine. Non, une mission (je fis planer le mystère) nous obligeait à nous éloigner, très provisoirement. Moi-même étais venu vérifier que chacun était parti accomplir sa tâche – mais chut! Au fait, ma monture étant fatiguée, l'un d'entre eux l'échangerait-il contre un cheval frais? Dix ou douze propositions se firent concurrence. Je choisis la jument qui ressemblait le plus à la mienne.

– À bientôt!

Je partis sous des cris enthousiastes.

Le soir allait tomber, j'avais peur de ne pouvoir retrouver le chemin menant au camp. De fait, je m'égarai plusieurs fois, pas de beaucoup heureusement. Aux légionnaires qui gardaient la porte, je demandai:

– Annoncez-moi à Probus.

L'un d'entre eux, qui m'avait reconnu, me dit:

– Publius a repris le commandement. Nous l'avertissons, Chevalier.

Il s'élança au pas de course.

Je me dirigeai vers la tente du commandant, faisant souffler ma monture. Des lampes brillaient à l'intérieur. J'entrai.

Au fond, accoudés à une table, se tenaient Publius et un officier qui portait les insignes de la garde prétorienne. Publius guéri, quel bonheur! Je lui adressai un grand sourire.

Je tournai mon regard vers l'officier. La garde prétorienne dans les Gaules? J'allais le saluer, lorsque mon cœur s'arrêta.

C'était Egnatius.

J'étais complètement perdu. Mon regard passait de Publius à Egnatius. Publius avait baissé la tête et fermé les yeux. Egnatius me dit d'une voix sèche :

– Décidément, tu es increvable, Chevalier.

– Egnatius, vas-tu…

– Egnatius, c'est fini. Je me nomme Quintus Propertius Clemens.

La foudre tombait sur moi.

– J'appartiens à une famille… disons renommée, pour ne pas dire illustre…

Il fit une moue.

– … dont tu n'as évidemment jamais entendu parler.

Je n'arrivais pas à reprendre mes esprits.

– Mais… pourquoi m'as-tu… ? Pourquoi…

Je ne savais que prononcer le mot « pourquoi ? ». Aujourd'hui encore, je me rappelle ces instants de totale incompréhension, et même de panique.

– Publius, dit Egnatius (enfin… Propertius), les dieux ont sans doute voulu que le Chevalier échappât à la petite embuscade que je lui avais fait tendre. Fais apporter des coupes.

Il me sourit. Presque le sourire de l'Egnatius que j'avais tant apprécié.

– Je te reconnais un don, Valérius Priscus. Quoique te comportant presque toujours comme on l'attend, il t'arrive, consciemment ou inconsciemment, d'emprunter des chemins inattendus. Par exemple, pour venir ici, tu t'es probablement trompé ?

– Oui, deux ou trois fois, mais…

– C'est ainsi que tu es encore vivant.

On nous apporta des cruches de vin, des coupes, et des plateaux chargés de nourritures diverses.

Egnatius – enfin... l'autre – me considérait avec calme.

– Tu es un homme très sympathique, Chevalier. Durant ces semaines, j'ai apprécié ta conduite à mon égard, je veux dire à l'égard d'un simple esclave. Finalement, je suis assez content de te retrouver. Tu ne méritais pas de mourir dans l'ignorance.

– Attends, Egnatius... euh, pardon... mon rapport, où est-il?

– À des milles d'ici. Il file vers Rome, où il arrivera probablement après-demain. J'ai eu du mal à te l'extorquer. Beaucoup plus que je n'aurais cru!

La tête me tournait toujours. La mort de Lubia, l'enlèvement du petit, et... cet incroyable retournement de situation... Avais-je vraiment envie de savoir? Je tournai mon regard vers Publius, je lus dans ses yeux toute la compassion et toute l'amitié du monde.

– J'aimerais que tu m'expliques.

Il se tourna vers Publius.

– Sors, je te prie.

– Pourquoi? dis-je. Publius est mon ami!

– S'il entend, c'est un homme mort.

L'exposé qu'il me fit, tout en dégustant avec distinction les petits rognons, les escargots et les figues, en levant régulièrement sa coupe, cet exposé me liquéfia littéralement. Une intrigue avait été conçue pour discréditer auprès de César Auguste Tibère son propre fils, Drusus. Par qui? Il ne me le dit pas, mais la réponse allait de soi: par Séjan, dont il était le complice, la créature. Pourquoi? Je n'en avais nulle idée. La révolte des Trévires et des Éduens était tombée à pic: on allait la faire passer, aux yeux de César Auguste, pour l'aboutissement d'un complot, fomenté par... son parent le plus proche – la paranoïa poussait l'Impérator à ces soupçons obsessionnels (Germanicus l'avait payé de sa vie).

– Attends, la révolte…?

– Le Gouverneur de Lyonnaise t'a tout expliqué. Que des types comme ce Florus en aient profité pour régler des comptes, que Sacrovir ait lui-même obéi à certaines… exaltations, ce n'est pas impossible. Mais, le complot, nous l'avons créé, monté de toutes pièces.

Comment ai-je pu me résoudre à écrire ces lignes qui constituent pour moi l'humiliation… la plus terrible? À mesure que son récit se déroulait, je devenais une espèce de jouet manié par des esprits subtils. Je prenais conscience de ma stupidité – et encore, le terme est faible! Ils avaient cherché – Séjan et lui – un « rapporteur » dont l'objectivité ne saurait être contestée. Après avoir dépouillé des centaines de dossiers, le mien leur avait semblé le plus adapté à leurs desseins. Un Chevalier de mère éduenne, à la retraite depuis longtemps, totalement à l'écart des affaires politiques. Le profil idéal. On m'avait mis le nez, à Rome, dans des milliers de tablettes (dont certaines avaient été fabriquées à mon intention) en espérant que j'en retirerais l'idée du complot. Egnatius m'aiderait, s'il le fallait, à m'en convaincre.

– Caius Trébonius Optatus… il existe vraiment?

– Bien sûr. Plus pour longtemps! À mon avis, dans trois jours, il aura quitté le monde des mortels, sur ordre de César Auguste. Et sur la foi de ton rapport, évidemment.

– Il est…, il… était… innocent?

Egnatius haussa les épaules.

– Innocent! Qu'est-ce que ça veut dire? Il n'a rien à voir dans notre affaire, mais il a dû tremper dans bien d'autres. Ne pleure pas sur lui. Buvons à sa santé, qu'il profite bien de ses dernières heures.

« Jadis, ont brillé pour lui des jours lumineux » (*Fulsere quondam candidi soles*), comme dit ton ami Catulle.

Il rit en levant sa coupe. Catulle! Egnatius... l'Ibère aux dents blanches... Lesbia... Pourquoi Catulle?

Lucius Aelius Sejanus était un homme exceptionnel. Non seulement le plus fin politique qu'il eût rencontré, mais aussi un esthète. Catulle – il ne m'avait pas menti – Catulle était son poète préféré, son idole, devrait-on dire. En peaufinant le plan qui me mettait en jeu, en action, Séjan avait ajouté une touche subtile. Catulle m'accompagnerait, non pour guider mes pas, mais en imprégnant ma sensibilité.

– Tes histoires de dents blanches, l'esclave en Étrurie...

– Pure invention. Ma famille est d'Assise. Remarque, ce n'est pas très loin de Volsinii.

– Lesbia?

– Nous avons soigneusement sélectionné certains poèmes, juste après t'avoir rencontré. Séjan t'avait jaugé. Tu étais prêt à... donner dans le sentiment.

Une espèce de haine m'envahit.

– Vous êtes ignobles.

– Chevalier, contrôle-toi. Nous avions parfaitement raison. La meilleure preuve, tu nous l'as donnée avec Julia.

– Vous attendiez que je tombe amoureux d'elle?

– Mange un peu. Garde ton calme.

Les propos qui suivirent, quelle horreur! Tout avait été machiné pour que j'écrive le rapport... que j'avais en effet rédigé et qui « filait » vers Rome.

– Le Préteur était dans le coup, évidemment.

– Cet imbécile? Non, pas du tout. Il subodorait vaguement des manœuvres. Il t'a dit ce qu'il savait. Sauf pour Julia, mais c'est une autre affaire, un service qu'il m'a rendu. Qui lui vaudra l'anneau de Chevalier, l'ambition de toute sa vie.

Je retenais dans ma tête l'allusion à Julia (Lubia, Lubia!), mais ne voulais pas lâcher l'argument.

– Les listes sur les tablettes? Les décurions avec les sommes d'argent?

Il me considéra d'un air apitoyé. Il les avait lui-même confectionnées.

– Le décurion qui m'a parlé de Trébonius Optatus que Sacrovir lui avait demandé de loger?

– Authentique.

Il mangeait et buvait calmement. J'enrageais.

– Donnius Flavus, qui m'a tout avoué?

– Un de nos meilleurs comédiens. Ce soir, je crois, il se produit à Lugdunum. Il excelle dans les pièces de Térentius. Donnius est mort l'année dernière.

Il lut dans mon regard que j'avais envie de le tuer.

– Nous parlons, Chevalier, ne nous excitons pas. Tu as du mal à admettre que nos relations se soient inversées. Je comprends. Je te consacre du temps par… amitié, reconnais-le.

Lubia, Lubia, c'est elle qui m'obsédait. Ma Lubia, la falaise…

– Mais… Julia, dans la cave?

– Un stratagème tout bête. Elle n'avait pas le choix: soit elle obéissait, soit elle perdait tous ses biens. Caius Julius Magnus s'est prêté à cette petite comédie.

– Comédie? Elle était rouée de coups, quasiment morte.

Il soupira.

– Valérius, les hommes se laissent tromper par l'improbable. Pour toi, ce furent les coqs, la salamandre, l'arbre. Une guérison en une nuit! On ne croit qu'à l'impossible.

Avec certains produits, m'expliqua-t-il, on pouvait couvrir un corps de fausses blessures, de traces de coups, d'hématomes. À la lueur d'une torche, l'illusion était parfaite.

– Non! Pas Diodotos!...

– Diodotos a besoin d'argent. Il en a reçu... Il a suffi, le lendemain, de nettoyer Julia, toutes les traces avaient disparu. La magie gauloise avait opéré.

Je fixai Egnatius dans les yeux.

– Tu me considères comme un imbécile? Tu me méprises, n'est-ce pas?

– Pas du tout, Chevalier, loin de là. Certaines de tes réactions m'ont pris au dépourvu. Par exemple, lorsque tu as quitté la *domus* où le Préteur t'avait logé, que tu t'es... emparé de la sienne. Je n'ai eu que quelques heures pour changer mes plans, enfermer Julia, etc. Je t'ai même parfois admiré. Ton départ pour le temple, à pied... Les grains de sable ne sont pas venus de toi, enfin pas directement.

– Les grains de sable?

– Oui. Les deux... accidents qui ont failli anéantir notre belle... construction.

Il remplit sa coupe.

– D'abord, Publius, qui a refusé de prononcer le moindre mot susceptible de t'induire en erreur. J'aurais dû le faire supprimer, mais... le commandant du camp... Il a préféré se déclarer malade. Évidemment, sans ignorer vos relations anciennes, je n'imaginais pas une si profonde complicité. On ne pense pas à tout.

– Et les autres... grains de sable?

Il me regarda avec gravité.

– Nous t'avions préparé pour tomber amoureux de Julia. Catulle, Lesbia. La découvrir blessée, à moitié nue, la sauver. Elle devait te tomber dans les bras, te racontant comment Sacrovir avait été trompé par cet horrible Trébonius. Et puis, il est advenu – Diodotos m'a décrit ce moment qu'il qualifiait d'incroyable, non, d'« impalpable » – qu'elle a été saisie (comme toi) de tremblements. Le coup de foudre, le vrai. Comment prévoir? Elle nous échappait.

Ma Lubia, ma Lubia…

– J'ai joué à quitte ou double. De toutes façons, tu l'aurais rejointe. J'ai misé sur le fait que, comme toute femme amoureuse, elle renverrait les aveux au dernier moment.

– Espèce de salaud, tu as fait enlever le petit? Tu lui as tranché le doigt?

– Chevalier, pas d'insulte. Je dois avouer que ce fut un coup de chance, une espèce d'intuition, lorsque l'on m'a informé que tu étais parti avec elle en emmenant un gamin.

Évidemment, même si nous n'avions rien repéré, nous avions été suivis de près.

– Tu sais, j'éprouve pour toi… de l'affection. Tu es un chic type. Je regrette que te soit tombée dessus cette… avanie. Mais nous ne pouvions choisir que quelqu'un… qui te ressemble.

Il leva sa coupe en me regardant.

– Sois sûr que je m'en attriste. Mais…

Au légionnaire qui gardait l'entrée de la tente, il fit un signe.

– Appelle ton commandant.

Publius entra.

– Commandant, l'entretien est terminé. Au nom de César Auguste, je t'intime l'ordre de faire exécuter cet homme. Immédiatement.

Publius le regarda calmement.

– C'est toi qui vas mourir.

– 21 –

La scène est ancrée à tout jamais dans ma mémoire. Egnatius… enfin, l'officier de la garde prétorienne, bien calé sur son siège, la coupe à la main. Publius, debout. L'un et l'autre se toisant.

– Tu répètes, s'il te plaît? J'ai dû mal entendre.

– J'ai dit que, si quelqu'un devait être exécuté, ce serait toi. Il suffit que j'en donne l'ordre. Ici, c'est moi qui commande.

– Tu as oublié ton serment?

– J'ai prêté serment à César Auguste, pas au Préfet du Prétoire.

Egnatius… Propertius but une gorgée de vin.

– Encore des grains de sable, soupira-t-il.

Il nous considéra l'un et l'autre.

– Me tuer vous causerait les pires ennuis, vous ne l'ignorez pas.

– Toi, tu n'en aurais plus, dit Publius.

Egnatius sourit.

– Alors, que faisons-nous? Nous traitons?

Publius me regarda.

– Moi, dit-il, je le supprimerais, sans état d'âme. Un malheureux accident. Je peux l'organiser.

– Egnatius… euh… pardon… tu tiens à la vie?

– Comme tout le monde.

– Condition *sine qua non*. Je veux le gamin. On discutera après. Où l'as-tu enfermé?

– Pas très loin d'ici, dans une des *villae* du Préteur.

Il donna les indications.

– Publius, tu t'en occupes? demandai-je.

Il sortit. Egnatius m'observait.

– Chevalier, puis-je te poser une question?

– Pose.

– Qu'est-il arrivé à Julia? Je sais qu'elle est morte, mais j'ignore comment.

Je lui racontai.

– Désolé, dit-il.

Il se tut longuement, puis reprit:

– Elle s'est jetée du haut d'une falaise blanche?

– Tu l'as entendu.

Il avait un drôle d'air.

– Valérius... Lorsque nous avions parlé de Catulle, il y a longtemps, entre Lugdunum et ici, j'avais évoqué Sapho, la grande poétesse de Lesbos, l'inspiratrice de Catulle, tu te rappelles?

– Et alors?

– Tu ne connais pas sa fin... tragique?

– Pas du tout.

– Elle était follement amoureuse d'un homme dont j'ai oublié le nom, Phaon, je crois. Un amour impossible. Elle s'est précipitée du haut d'une falaise, sur les rivages d'une île qui s'appelle Leucade, la Blanche. La falaise blanche.

Notre ancienne intimité se réveillait.

– Chevalier, tu ne connais pas Platon?

– Pas trop.

– Le mythe de la caverne?

– Non.

Il résuma en quelques phrases. Des hommes, le regard fixé sur le fond d'une grotte, ne voyant que les ombres, les reflets de ce qui se passe derrière eux au grand jour – et encore, n'en décelant qu'une minime partie. Pour eux, la réalité c'était cela.

– Que veux-tu dire, Egnatius – oh pardon!...

– Pas d'importance. Je t'ai obligé à vivre dans le monde de la caverne. Avec des faux-semblants. Un théâtre d'ombres. Mais je me demande si la vraie vie est tellement différente. J'ai vécu deux mois dans la peau d'un esclave – assez privilégié, il est vrai –, ce soir je redeviens officier de la garde prétorienne mais je me trouve menacé de mort. J'ai quasiment oublié mon vrai nom : suis-je Egnatius ou Quintus Propertius Clemens ? Je croyais pouvoir te... t'éliminer, Publius peut me faire tuer. Je songe à ces tablettes, parfaitement authentiques mais entièrement fallacieuses que les courriers portent à Rome...

Je pouvais ajouter : Julia se faisant passer pour Sacrovir, moi me croyant investi de pouvoirs dont j'étais en réalité dépourvu, Bibracte elle-même, glorieuse et dépouillée...

De longs silences ponctuaient nos échanges, en fait plutôt son monologue. Publius réapparut.

– Le gosse vient d'arriver, en bonne santé apparemment. La plaie à la main est propre.

Egnatius bailla.

– Il est tard, je me sens épuisé. Si vous devez m'exécuter, allez-y. Sinon, parlons peu mais bien.

Publius me regarda.

– Tu penses pouvoir lui faire confiance ?

– S'il donne sa parole, oui.

– Écoutez, dit... Propertius, Valérius est complètement grillé. Sa vie tient à un fil. Sa seule chance, c'est de disparaître.

– Comment cela, disparaître ?

– À ta place, je descendrais au plus vite vers Narbo ou Massilia. Je m'embarquerais vers des horizons nouveaux, les plus lointains possible.

– Je quitterais tout, ma propriété, mes serviteurs ? Merci à César Auguste ! ou plutôt à Séjan ! Fugitif, à mon âge !...

Egnatius me fixa.

– Parlons affaires. J'ai des lettres de change, en blanc, valables partout.

– Le petit, je le prends avec moi.

– Pas de problème.

– Et mes serviteurs ? ma *villa* ?

– Ne m'emmerde pas avec ces détails. Tu te débrouilleras plus tard. Tu en auras les moyens.

Il me proposa une somme qui me coupa le souffle.

– Mais tu pars demain.

– J'aurais voulu... Julia...

– Tu pars à l'aube. On va faire prendre tes bagages à Augustodunum.

Publius, manifestement soulagé, espérait que j'accepte. J'acceptai.

– En contrepartie, ajouta Egnatius, tu promets le silence absolu. Jusqu'à la fin de ta vie.

Je jurai. Egnatius... Propertius me sourit :

– Je préfère...

[*que les choses se terminent ainsi (?)*]

> La fin du manuscrit est illisible, comme il arrive souvent avec les *volumina* dont les derniers enroulements souffrent le plus des agents extérieurs, humidité ou dessiccation. La lacune n'est pas très importante, l'équivalent de trois ou quatre pages. Valérius devait évoquer le voyage qui le mena à Alexandrie, où il dut commencer une nouvelle vie.
>
> Terminait-il par des considérations politiques, philosophiques ou... personnelles ? Mystère. On peut supposer que les « héritiers » auxquels il s'adressait étaient Caturix (qu'il adopta probablement) et – peut-être – un ou plusieurs enfants de celui-ci. À moins que Valérius n'eût pris femme en Égypte ? L'auteur de cette traduction préfère exclure une telle hypothèse, quitte à être qualifié – comme Valérius – d'incorrigible sentimental.

Épilogue

Le Caire, octobre 2003

Le professeur Ihsan Idris et le docteur Ahmed Shain étaient affalés sur les sièges de la Mercedes noire que la famille Barakat avait mise à leur disposition pour les raccompagner chez eux. Les vitres étouffaient les bruits de la circulation et les coups de klaxon que donnait, à peu près toutes les trois secondes, le chauffeur en uniforme gris et casquette galonnée.

Tous deux baignaient dans une douce béatitude. La fête avait revêtu une somptuosité qui les avait ébahis, d'autant plus que, en tout cas au début, ils avaient été traités en héros – disons, en hôtes d'honneur. Les livres avaient été distribués, chacun des invités s'extasiant sur la beauté de la reliure en cuir, sur l'admirable portrait de Hassan Barakat, une miniature en couleurs réalisée – d'après des photographies – par une artiste réputée.

Le docteur Shain tâta la poche intérieure de sa veste. Comme l'artiste et quelques autres, au moment du départ, le professeur Idris et lui même avaient reçu des remerciements éperdus, et... une enveloppe que leur avait glissée un personnage à la mine sévère, qui devait être l'Intendant de la famille Barakat. Ahmed n'avait pas osé l'ouvrir. Évidemment, c'était un chèque ou l'équivalent. De combien?

– Alors, conservateur, tu émerges des vapeurs du formol ou plutôt de l'alcool?

– Je vous laissais le temps de récupérer.

– Pas d'insolence, je te prie. Content de ta journée? Te voilà une célébrité, tu vas faire un mariage fabuleux – la petite… je ne sais quoi… cousine, celle avec la robe jaune et verte, que tu dévorais des yeux. Gloire, amour, richesse. Tu peux remercier Valérius Priscus!

Le docteur Shain rougit légèrement et changea de conversation.

– Vous, professeur, vous n'avez pas été déçu?

– De quoi?

– Personne n'a parlé du livre, de son contenu, de…

– Ils s'en fichent éperdument. Pour eux, c'est un objet commémoratif, qu'ils exposeront en bonne place dans une vitrine. Ils n'en liront pas une ligne. Tu t'attendais à autre chose?

Le chauffeur avait bloqué l'avertisseur.

– On n'est pas sorti d'affaire. Je ne suis pas pressé, mais, toi, je ne sais à quelle heure tu retrouveras ton fichu musée d'Alexandrie. Puisque tu es réveillé, parlons un peu. Je ne t'ai pas vu depuis des siècles!

Effectivement, l'été s'était déroulé de manière bizarre. Ahmed envoyait chaque semaine l'un de ses assistants chez le professeur qui lui remettait un ou deux chapitres traduits en français. Son amie bilingue transposait en arabe, mais, ne connaissant rien à l'Antiquité, elle lui posait mille questions sur l'interprétation d'un mot ou d'une phrase. La plupart du temps, il pouvait régler le problème, mais combien de fois avait-il dû téléphoner à Ihsan Idris, qui, soit ne répondait pas, soit l'incendiait, lui reprochant de l'interrompre dans son travail par pure ignorance ou imbécillité congénitale. Ils ne s'étaient revus que le matin même.

– Toi, tu as lu – et même plus que cela! Alors, que penses-tu des aventures de notre ami Valérius?

– D'abord, je voulais vous dire, professeur, combien j'ai apprécié votre traduction. Je ne sais comment écrivait Valérius, mais j'ai trouvé le récit... très vivant.

– Ahmed, je commence à te connaître ! Tu soupçonnes ma traduction d'un peu trop de... liberté ? C'est cela que tu as en tête ? Eh bien, tu as parfaitement raison, mon garçon. La traduction « savante », celle qui viendra plus tard, par rapport à la mienne, elle risque de paraître – comment dire ? – un peu « coincée ». Moi, en quelques semaines, je ne pouvais peser chaque mot, je me suis laissé aller – disons que je ne me suis pas bridé. Le ton eût paru « familier » à Cicéron. D'un autre côté, le Valérius ne brille pas par la finesse, les effets de style lui pas trop connaître. Ça vaut ce que ça vaut. En réalité, je me reproche une chose, une seule.

– Laquelle ?

– Beaucoup de ses développements me paraissaient indigestes. Du genre « il me dit que..., je répondis que..., il ajouta que..., etc. ». J'ai transposé en style direct, en dialogues. L'influence pernicieuse des médias ! J'ai sans doute forcé la dose, parfois j'ai même aussi « brusqué » le texte pour donner un peu d'entrain. Bof, d'autres feront mieux.

La Mercedes roulait à une allure raisonnable, presque celle d'un piéton.

– Dis-moi, docteur Shain, si nous parlions un peu du fond ? De « l'affaire Sacrovir » – si j'avais osé, j'aurais donné ce titre au manuscrit de Valérius ?

Le conservateur s'était évidemment informé, avait relu Tacite, désireux d'apprendre la suite. Le rapport de Valérius avait-il influé sur l'histoire de Rome ? Non, en apparence puisque, en 22, Tibère avait fait revêtir son fils, Drusus, de la puissance tribunicienne. Mais le fils mourut empoisonné l'année suivante. Les soupçons se portèrent sur son épouse, dont on murmurait qu'elle était la maîtresse de… Séjan. Quel imbroglio ! Toujours est-il que l'influence, la puissance de Séjan connurent leur apogée. Tibère avait-il fait disparaître Drusus, comme il avait fait auparavant (peut-être) de Germanicus ?

– Le rapport de Valérius eut des conséquences, non ? Au moins, la mort de Drusus, Tibère opéra comme il avait fait pour Germanicus : le combler d'honneurs puis le mettre à mort. Vous ne partagez pas mon avis ?

Le professeur avait les yeux mi-clos.

– Je ne sais pas. On ne saura jamais. Dis-moi, dans le récit de Valérius, tu n'as pas rencontré quelques… énigmes ?

– Pour moi, deux choses restent inexpliquées. D'abord, lorsqu'il se rend en Gaule, l'attaque dans les Alpes.

Idris haussa les épaules.

– Il s'agissait de tuer le secrétaire. Egnatius voulait prendre sa place pour contrôler les interrogatoires, les entretiens, continuer son… intoxication. La preuve : les fausses tablettes qu'il prétend trouver chez le Préteur.

Ils dépassaient une file de voitures à bras chargées de ballots.

– Ah, le chariot avec les pierres de taille qui dévale la Grande-Rue d'Augustodunum ?

– Vraisemblablement un accident. Tu t'attaches aux détails, docteur Shain !

Ahmed se sentit vexé.

– Que souhaitez-vous ?

– Ton impression sur l'ensemble du manuscrit.

– Je… je… dirais une… « manipulation ». Vous-même avez employé le mot « intoxication ».

– Tu crois ?

Tel Valérius découvrant Egnatius portant l'uniforme d'officier de la garde prétorienne, Ahmed se sentait perdu.

– Cher conservateur, je vais te communiquer le fond de ma pensée. Si jamais tu le révèles, tu périras dans les plus cruels supplices. Moi, à mesure que j'avançais dans ma traduction, j'étais pénétré par un sentiment d'incrédulité. Ça n'était pas possible. Les poèmes de Catulle organisant cette... machination? Lubia-Julia. Elle se donnant la mort comme Sapho?

Le docteur Shain n'osait ouvrir la bouche.

– Valérius sauvant sa peau, partant (je transpose!) avec un énorme chèque (comme nous, j'espère!), Publius refusant d'obéir?

Il haussa les épaules.

– Surtout, les échanges sur le théâtre d'ombres, le mythe de la caverne, les fausses apparences.

La Mercedes approchait du quartier où habitait le professeur.

– Je me suis demandé si, en réalité, ce manuscrit n'était pas un roman, comme on en produisait des centaines à l'époque. Un roman assez original, je le reconnais, surtout pour l'Antiquité.

Ahmed se taisait, stupéfié.

– Bien sûr, on garde ça entre nous. Laissons Valérius entre les pattes des historiens qui vont le hisser sur un piédestal, tirer de sa prose je ne sais quelles sublimes leçons sur l'Empire de Rome. Moi, peut-être parce que les jours me sont comptés, je suis plutôt sensible aux... fausses apparences, à l'ambiguïté des...

La Mercedes stoppa.

– Tu viens boire un coup à la Sorbonne?

Ahmed hésita.

– Merci de votre offre, mais mieux vaut que je rentre à Alexandrie. Je ne suis pas sûr de pouvoir supporter un ou deux verres de plus.

– Ah, ces jeunots ! Je transmettrai tes excuses à la Présidence. On essaie quand même de se revoir un de ces jours ?

– Avec plaisir, professeur ! J'ai encore mille questions à vous poser.

– Conserve-toi, conservateur.

– Encore merci.

Au bout de quelques minutes, Ahmed Shain sombra dans un profond sommeil.

– Nous sommes arrivés, Monsieur, disait le chauffeur.

Il se secoua. La Mercedes s'était arrêtée. Il consulta sa montre : à peine onze heures du soir, il avait l'impression de s'être réveillé au milieu de la nuit. Le chauffeur lui ouvrit la portière, l'aida à descendre, s'inclina, regagna sa place. La voiture s'éloigna.

Ahmed se dirigeait vers la porte latérale du musée qui donnait accès à son modeste appartement, lorsque, d'une grosse limousine, sortirent trois hommes. Le premier lui rappelait quelque chose. Un grand type d'une cinquantaine d'années, le visage émacié, avec des lunettes curieuses, dont les branches portaient de petites pierres incrustées, probablement des diamants. Bien sûr, c'est ce midi même qu'il l'avait rencontré, lors de la fête chez les Barakat ! Les deux autres, de vraies armoires à glace, le suivaient de près.

– Docteur Shain, puis-je solliciter un entretien ?

La question était de pure forme.

Ahmed eut du mal à introduire la clé dans la serrure. Sa main tremblait.

– Vous m'attendez dans la voiture, dit le grand type aux deux sbires.

Ahmed remarqua son costume, de la plus extrême élégance. Il le fit entrer dans son studio, se félicitant d'avoir toujours tenu deux fauteuils libres de tout empilage de bouquins, de revues, voire de linge ou de vaisselle. Non sans répugnance, le visiteur consentit à s'asseoir.

– Monsieur le conservateur, si j'ai tenu à vous rendre cette visite, c'est parce que la passion de l'Antiquité m'habite depuis toujours.

Le docteur Shain ne savait que dire.

– Dans ma jeunesse, j'ai fait des études d'histoire et d'archéologie. Je me suis particulièrement intéressé à l'histoire de Rome. Mon père m'a offert un long séjour en France.

Ahmed, instinctivement :

– À la Sorbonne ?

– Peu importe. Je dus les interrompre pour reprendre, à la mort subite de mon père, sa modeste entreprise.

Il lui lança un regard perçant.

– Nous en arrivons à un point... délicat. Puis-je vous suggérer de m'écouter sans m'interrompre ?

En recourant à des périphrases, à des euphémismes et toutes figures de rhétorique équivalentes, il fit comprendre que la « modeste entreprise » se livrait au trafic des œuvres d'art et des pièces archéologiques, à la fabrication de faux, aux contrefaçons de papyrus, etc. Elle avait prospéré grâce à l'entregent de son père et à la complicité qu'il avait entretenue avec un personnage extraordinaire : le grand-père Barakat. Ahmed traduisit : ce dernier se chargeait du recel et de la revente. Lorsque, selon la tradition familiale, le grand-père Barakat avait remis la direction de ses affaires à son fils Hassan, il s'était arrangé pour continuer le trafic de manière clandestine. Puis, il était mort. Hassan avait découvert le pot-aux-roses.

Il avait fallu le supprimer. Choc de mentalités! Lui-même, évidemment, avait trouvé d'autres collaborations, d'autres canaux, mais il avait éprouvé... comment dire? quelque ressentiment à l'égard des jeunes générations Barakat, trop empreintes des principes occidentaux qui, tôt ou tard, allaient priver l'Égypte d'une source de revenus considérable. Il avait donc décidé d'en tirer une petite vengeance.

Le docteur Shain écoutait, médusé.

– De faux manuscrits égyptiens, grecs, latins, coptes, etc., j'en ai fait fabriquer des dizaines, avec l'aide de savants universitaires qui jouissent de la plus haute réputation. Certains ont eux-mêmes publié, dix ou vingt ans plus tard, des textes écrits de leur propre main, que mes « artistes » avaient transcrits sur les supports adéquats, fait « vieillir » avec les méthodes appropriées et qui avaient ressurgi « du plus lointain passé ».

Donc, pour régler ce compte avec la famille Barakat, non content de faire assassiner Hassan (mais c'était une... urgence), il avait mis en scène une (« bien petite ») mystification: ces céramiques antiques et le coffret à *volumina* dans le sous-sol de l'entrepôt où reposait la dépouille. Naturellement, il avait « orienté » les flics qui avaient fait la... trouvaille. La suite s'était déroulée comme il l'avait souhaité.

– Évidemment, je ne redoute de vous nulle... dénonciation. Les preuves vous feraient défaut.

– Excusez-moi de vous interrompre, mais... votre vengeance, je ne comprends pas?

– Demain, la famille Barakat sera informée que le sublime ouvrage qu'elle a célébré et distribué est le résultat d'un faux fabriqué par mes soins. Ils comprendront aussitôt que, si j'en répands le bruit, ils perdront la face, deviendront l'objet de la risée générale – eux, les fameux antiquaires! Nous traiterons. D'anciens... liens pourront renaître.

– Mais... pourquoi... me mettre au courant?

– Difficile à dire. Une espèce de scrupule? Je conserve de mes études une grande considération pour les... scientifiques comme vous, ou comme ce vieux professeur que vous avez déniché. J'aurais éprouvé du regret à l'idée de vous avoir trompés. J'ajoute que ce texte a été rédigé par... – je ne vous dirai pas le nom – par un de vos... collègues qui ne jugeait pas improbable le scénario qu'il a écrit.

Il se leva.

– Docteur Shain, merci de m'avoir reçu.

La porte refermée, Ahmed se précipita sur le téléphone et appela son ami du Caire, Mohamed Ibrahim Tantaoui. Douze, quinze sonneries...

– Belle inconnue, je me précipite dans votre lit, donnez-moi l'adresse!...

– C'est Ahmed.

– Qu'est-ce qui te prend? Tu as vu l'heure?

– Il faut qu'on se voie. Immédiatement.

– Tu es complètement malade.

– Écoute, je ne suis pas en état de conduire. Viens.

– Ok, mais je couche chez toi. Sors les flacons.

Deux heures plus tard, Ahmed lui racontait tout.

Mohamed Tantaoui avait, évidemment, été invité à la fête chez les Barakat. On l'avait remercié pour le rôle d'intermédiaire qu'il avait joué, rôle bien mince – affirmait-il –, qu'il ne devait qu'à la modestie extrême de son ami Ahmed Shain. Il n'avait pas détesté certains compliments et – encore moins – les relations qu'il avait commencé à nouer avec tel ou tel (telle), qui pourraient s'avérer utiles ou... agréables. Il bénéficiait d'un avantage – dont il avait usé avec discrétion. À part le professeur, la traductrice et le docteur Shain, il était le seul à avoir lu le « Rapport de Valérius ».

Le docteur Shain l'accueillit par un déluge de paroles. Il s'affala dans l'un des fauteuils.

– Ahmed, je n'ai rien compris. Donne-moi un verre, et reprenons calmement. À deux heures du matin, mes neurones fonctionnent au ralenti. Il me faut un coup de fouet.

Le docteur Shain déboucha une bouteille de « Rubis ».

– Tu n'as rien de plus fort? Oui, ça, je préfère. Merci. Maintenant, tu te calmes, tu m'expliques les choses dans l'ordre.

Ahmed lui exposa l'hypothèse du professeur: le manuscrit serait, non pas un document historique, mais un roman, une œuvre d'imagination.

– Et après? Qu'est-ce que ça peut faire? Il garde la même valeur!

Le docteur Shain raconta l'étrange visite, le type aux lunettes incrustées de diamants, les... confidences qu'il lui avait faites. Mohamed Tantaoui fut pris d'un fou rire.

– Merveilleux!... Toi et moi, on s'est fait avoir dans les grandes largeurs!... Allez, refile-moi un verre. Superbe! Ton gangster, il fait tuer le Barakat qui a mis le nez dans ses affaires. Après il monte ce coup avec le manuscrit... Ah, ah!... Pour emmerder le reste de la famille... Génial. Ah! ah... j'aurais voulu voir ta tête quand ton mec et les deux autres sont sortis de la Chevrolet! Extra!...

Le docteur Shain ne partageait pas l'euphorie de son camarade.

– Tu ne t'es pas trouvé en face de lui. J'avais plutôt les chocottes!

– Comme Valérius face à Séjan, ou, à la fin, quand il retrouve Egnatius sous sa vraie identité. Redonne-moi de ton poison.

Mohamed Tantaoui réfléchissait, les yeux levés vers le plafond, ou au-delà.

– Ahmed, tu es dépourvu du sens de l'esthétique.

– Toi, qui en es... pénétré, quel message sublime vas-tu me délivrer?

– Ne te vexe pas. Écoute, c'est quand même pas banal. Une « manipulation » d'aujourd'hui qui... qui met en scène une « manipulation » de l'Antiquité. Ce type – ton bandit – est vachement doué, non?

Mohamed Tantaoui but une gorgée et se tut longuement. Puis:

– Non, impossible.

– Quoi, impossible?

– Non, le manuscrit ne peut pas être un faux. Les restaurateurs s'en seraient aperçus. Le professeur a eu des doutes sur la nature du récit, mais il n'a jamais contesté son antiquité. Un « faux » moderne, en latin, il l'aurait repéré, il l'aurait « senti ». Moi, je « sens » le faux papyrus, la fausse inscription, lorsque l'on m'en propose.

Ahmed se sentait perdu.

– Que ton... mafieux ait laissé le coffret, pas de doute. Qu'il veuille aujourd'hui s'en servir contre les Barakat, ce n'est pas notre affaire. Laissons-les se débrouiller entre eux, mais le manuscrit est authentique, c'est sûr.

Un long silence s'installa.

– Quand même, dit Ahmed, toutes ces... complications, les faux-semblants, les illusions, les... tromperies, les... manipulations..., depuis que nous nous sommes lancés dans cette affaire, je me suis trouvé dans un monde... étrange.

– Je vais te dire quelque chose, une impression qui m'est venue en lisant Valérius. Ces Gaulois qui... qui deviennent Romains? Ça veut dire quoi? Toi comme moi, nous sommes tiraillés entre des... forces pas faciles à maîtriser. Mets-toi à leur place.

Tu changes de langue, de culture, mais les mentalités subsistent forcément. Tu te retrouves dans la caverne de Platon. Quant aux « intoxications » que montent les puissants…

Le docteur Shain commençait à se sentir épuisé.

– Valérius, tu en penses quoi?

– Un brave type, pas très intelligent, choisi par Séjan en raison de ces… qualités.

Ahmed, en dépit de la confusion qui régnait dans son esprit, dit à son ami:

– Un mec comme moi, au fond? Pas du tout subtil, mais à qui il arrive de comprendre?

– Pourquoi tu dis ça?

Avec une grande tristesse, le docteur Shain fixa son ami dans les yeux.

– À cause de la Chevrolet. Comment le savais-tu, Mohamed? Et les deux gardes? Je ne t'en avais rien dit.

Mohamed Ibrahim Tantaoui sortit un petit automatique et lui logea une balle entre les yeux. Puis, il composa un numéro sur son portable. Avec affection, il considéra Ahmed.

– Docteur Shain, tu n'étais pas fait pour ce monde compliqué.

En attendant que les autres arrivent, il remplit son verre. D'un ton méditatif:

– À ta santé, Valérius, toi qui ressemblais tant à Ahmed. Et inversement.

La garde prétorienne, habillée de noir, emporta le cadavre du docteur Shain pour le déposer dans un entrepôt, dont la porte baillait à tous vents. Mohamed Ibrahim Tantaoui avait renâclé à suivre. Pas plus que Hassan Barakat, il ne sentit le stylet qui, traversant son cerveau, lui fit rejoindre en moins de deux secondes le royaume des ombres.

Éclaircissements

Comme il a été dit dans la *Présentation*, les pages qui précèdent se fondent sur un passage de l'historien Tacite (qui écrivait au début du IIe s.), *Annales*, III, 40-47, dont voici la reproduction *in extenso*:

Cette même année, les Gaulois, écrasés de dettes, firent une tentative de révolte. Les plus ardents instigateurs de ce mouvement furent Julius Florus chez les Trévires, et Julius Sacrovir chez les Éduens, tous deux distingués par leur naissance et par les belles actions de leurs ancêtres, qui étaient devenus citoyens romains dans un temps où cette récompense se donnait rarement, et toujours au mérite. Ces deux hommes, après de secrètes conférences, après s'être associé les caractères les plus entreprenants, tous ceux à qui la misère et la crainte des supplices ne laissaient de ressources que le crime, conviennent entre eux de soulever, Florus les Belges, Sacrovir les Gaulois de son voisinage. Se mêlant donc dans toutes les assemblées générales et particulières, ils se répandaient en discours séditieux sur la perpétuité des impôts, sur l'énormité de l'usure, sur l'orgueil et la cruauté des gouverneurs. « Le soldat romain, disaient-ils, était en proie aux dissensions, depuis qu'il avait appris la mort de Germanicus; jamais l'occasion n'avait été plus favorable pour recouvrer leur liberté; ne voyaient-ils pas combien eux-mêmes étaient florissants, l'Italie dénuée de ressources, le peuple de Rome efféminé, les étrangers faisant seuls la force de ses armées? »

Il n'y eut presque pas de cité où ils n'eussent semé les germes de la révolte. Les Andécaves et les Turons éclatèrent les premiers. Le Légat Acilius Aviola, avec une cohorte qui tenait garnison à Lyon, fit rentrer les Andécaves dans le devoir. Les Turons furent défaits par un corps de légionnaires que le même Aviola reçut de Visellius Varron, gouverneur de la Germanie Inférieure, et auquel se joignirent des nobles gaulois, qui, en attendant une occasion plus favorable, masquaient ainsi leur défection. On vit même Sacrovir combattre pour les Romains, la tête découverte, afin, disait-il, de montrer son courage; mais les prisonniers l'accusaient de ne s'être fait ainsi reconnaître des siens que pour n'être point en butte à leurs traits. On consulta Tibère, qui dédaigna l'avis, et, par son irrésolution, fomenta la rébellion.

Cependant, Florus poursuivait ses projets. On avait levé à Trèves un corps de cavaliers, qu'on disciplinait suivant la méthode romaine. Il mit en œuvre la séduction pour les engager à massacrer les négociants romains et à commencer la guerre. Quelques-uns se laissèrent corrompre; la plupart restèrent fidèles. Mais la foule des débiteurs et des clients de Florus prit les armes; et ils cherchaient à gagner la forêt des Ardennes, lorsque des légions des deux armées de Visellius et de C. Silius, arrivant par des chemins opposés, leur fermèrent le passage. On avait aussi envoyé en avant, avec un corps d'élite, Julius Indus, concitoyen de Florus, son ennemi personnel, et, par là même, plus ardent à nous servir. Celui-ci eut bientôt dissipé cette multitude, qui n'était encore qu'un attroupement. Florus, à la faveur de retraites inconnues, trompa quelque temps les recherches du vainqueur. Enfin, voyant toutes les issues tenues par les soldats, il se tua de sa propre main. Ainsi finit la révolte des Trévires.

Celle des Éduens fut plus difficile à réprimer, parce que cette nation était plus puissante, et nos forces plus éloignées. Sacrovir, avec des troupes armées, s'était emparé d'Autun, leur capitale, où les enfants de la noblesse gauloise la plus distinguée étudiaient les arts libéraux: c'étaient des otages qui attacheraient à sa fortune leurs familles et leurs proches. En même temps, aux habitants en âge de se battre, il distribue des armes fabriquées en secret. Ils étaient quarante mille, dont le cinquième était armé comme nos légionnaires; le reste avait des épieux, des coutelas et toutes les autres armes qu'on emploie à la chasse. Il y joignit les esclaves destinés au métier de gladiateur, et que dans ce pays on nomme cruppellaires. *Une armure de fer les couvre tout entiers et les rend impénétrables aux coups, bien qu'elle les gêne pour frapper eux-mêmes. Ces forces étaient accrues par le concours des cités voisines, car, sans attendre qu'elles se déclarassent officiellement, des individus offraient leur concours, et par la rivalité de nos deux généraux, qui se disputaient la conduite de cette guerre. Varron, affaibli par la vieillesse, la céda bientôt à Silius, qui était dans la vigueur de l'âge.*

Cependant, à Rome ce n'étaient pas seulement les Trévires et les Éduens qu'on disait soulevés, mais les soixante-quatre cités des Gaules; elles avaient entraîné les Germains, et l'Espagne chancelait; comme à l'ordinaire, la rumeur publique avait exagéré tout, et l'on croyait tout. Les gens de bien s'affligeaient pour la république. Beaucoup, en haine du présent et par désir de changement, se réjouissaient de leurs propres périls, et s'indignaient que, parmi de tels troubles, Tibère consumât son temps à lire des accusations: « Citerait-il Sacrovir devant le sénat comme criminel de lèse-majesté? Il s'était enfin trouvé des hommes qui allaient arrêter par les armes le cours de ses messages sanglants. Mieux valait même la guerre qu'une paix misérable. » Tibère, affectant plus de sécurité que jamais, passa ces jours d'alarmes dans ses occupations ordinaires, sans changer de résidence ni visage. Était-ce fermeté d'âme? ou savait-il que le danger était mince et moins grave que ce que l'on rapportait?

Pendant ce temps, Silius, ayant fait prendre les devants à une troupe auxiliaire, marche avec deux légions et dévaste le territoire des Séquanes, qui étaient les plus proches voisins, les alliés des Éduens, et qui avaient aussi pris les armes. De là, il gagne Augustodunum à grandes journées, les porte-enseigne rivalisant de vitesse; les moindres soldats s'indignant du repos accoutumé, des longues haltes de la nuit: « qu'ils vissent seulement l'ennemi, disaient-ils, qu'ils en fussent aperçus, c'était assez pour vaincre. » À douze milles d'Augustodunum, on découvrit dans une plaine les troupes de Sacrovir. Il avait placé en première ligne ses hommes bardés de fer, ses cohortes sur les flancs, et, par derrière, des bandes à moitié armées. Lui-même, sur un cheval superbe, entouré des principaux chefs, parcourait tous les rangs, rappelant à chacun les anciens exploits des Gaulois et les coups qu'ils avaient portés aux Romains; combien la liberté serait glorieuse après la victoire, et la servitude plus accablante après une nouvelle défaite.

Il ne parla pas longtemps et ne fut pas écouté avec enthousiasme: nos légions s'avançaient en ordre de bataille, et ces citadins sans discipline et sans expérience de la guerre ne pouvaient plus rien voir ni rien entendre. De son côté, Silius, à qui l'assurance du succès aurait permis de supprimer les exhortations, s'écriait cependant « qu'un ennemi comme les Gaulois devait faire honte aux vainqueurs des Germains. Une seule cohorte vient d'écraser le Turon rebelle; une seule aile de cavalerie le Trévire, quelques escadrons de notre armée les Séquanes; plus riches et plus adonnés aux plaisirs, les Éduens sont encore moins redoutables. Remportez la victoire, poursuivez les fuyards. » L'armée répond par un grand cri. La cavalerie investit les flancs, les fantassins attaquent de front. Il n'y eut point de résistance sur les ailes; mais les hommes de fer, dont l'armure était à l'épreuve de l'épée et du javelot, tinrent quelques instants. Alors, le soldat, saisissant la hache et la cognée comme s'il voulait faire brèche à une muraille, fend l'armure et le corps qu'elle enveloppe; d'autres, avec des leviers ou des fourches, renversent ces masses inertes, qui restaient gisantes comme des cadavres, sans faire aucun effort pour se relever. Sacrovir regagna d'abord Augustodunum; puis, craignant d'être livré, gagna, avec les plus fidèles de ses amis, une maison de campagne voisine. Là il se tua de sa propre main; les autres s'ôtèrent mutuellement la vie; et la maison, à laquelle ils avaient mis le feu, leur servit à tous de bûcher.

Alors seulement, Tibère écrivit au sénat pour lui annoncer le commencement et la fin de la guerre.

*

L'idée du complot que j'ai développée dans ce livre correspond non seulement à l'obsession qui, selon les auteurs anciens, habitait l'Empereur Tibère, mais aussi à des faits précis. Ainsi, en 24, un jeune noble dénonça son père, « *parlant de complots formés contre le prince, d'émissaires envoyés dans les Gaules pour y souffler la révolte, accusant l'ancien préteur Caecilius Cornutus d'avoir fourni l'argent* », et mettant en cause des amis intimes de l'Empereur (Tacite, *Annales*, IV, 28).

Concernant Séjan, voici – toujours d'après Tacite – les étapes principales de sa carrière et les soupçons qui, à tort ou à raison, pesèrent sur lui. Originaire de Volsinii (aujourd'hui Bolsena) en Étrurie, fils de chevalier, il devint préfet du Prétoire en 14. « *Il enchaîna si bien Tibère qu'il rendit confiant et ouvert pour lui seul ce cœur impénétrable à tout autre. (...) Son corps était infatigable, son âme audacieuse. Habile à se déguiser, il noircissait les autres* » (Tacite, *Annales*, IV, 1). Il fit de la préfecture du Prétoire un instrument puissant, destiné – en théorie – à assurer la protection de l'Empereur. Son influence s'accrut. Tacite l'accuse d'avoir tenté de discréditer aux yeux de Tibère sa famille la plus proche. De fait, les décès se succédèrent. Germanicus (neveu et fils adoptif de l'Empereur) mourut en 19. Drusus II (le fils) aurait été empoisonné par sa propre femme, Livilla, maîtresse de Séjan. Celui-ci rêvait de l'épouser, de s'intégrer à la famille impériale, de prétendre au trône impérial. Mais Tibère s'opposa au mariage, au moins momentanément. Après la retraite de celui-ci à Capri, en 27, Séjan disposait d'un pouvoir exorbitant – toujours selon Tacite. Il continua son œuvre systématique de « démolition » de la famille impériale, s'en prenant notamment à la femme et aux enfants de Germanicus. Mais il alla trop loin. En 31, Antonia, la veuve (soixante-quatre ans) du frère de Tibère (Drusus, disparu depuis quarante ans) se décida à le dénoncer. Séjan fut condamné à mort par le Sénat et exécuté. Son corps fut jeté sur les Gémonies. La populace le traîna par les rues de Rome, mit son cadavre en pièces et en précipita les morceaux dans le Tibre.

*

Un mot sur Catulle, l'un des poètes les plus fascinants du Ier siècle avant J.-C. Il naquit à Vérone, vers 84 av. J.-C. La date de sa mort est controversée. Une indication de saint Jérôme, la plaçant en 54, paraît contestable : il a dû vivre davantage. Prise au premier degré, son œuvre semble marquée par les poètes grecs de l'époque hellénistique mais aussi par des « lyriques » plus anciens, notamment la grande poétesse Sapho, de Lesbos. Il exprimerait admirablement les tourments de l'amour, tout en écrivant des pièces cruelles à l'égard de tel ou tel de ses contemporains. Son aimée, Lesbia, aurait été Claudia, sœur (et amante) de Publius Clodius Pulcher, femme d'un consul de Rome. Cependant, certains exégètes (que je suivrais volontiers) soupçonnent Catulle d'avoir « crypté » ses œuvres, jouant sans cesse de l'ambiguïté et de l'équivoque, semant ses vers d'allusions qui souvent nous échappent, pour recréer une sorte de « théâtre d'ombres » où les contemporains reconnaissaient de grands personnages (comme Pompée et César). Ambivalence affichée de la sexualité, alliances « contre nature »: il ne s'agirait pas des expériences personnelles d'un amoureux tourmenté, mais d'allusions très précises, organisées sciemment, camouflées par le syle élégiaque.

*

Le texte est parsemé de citations poétiques. En voici les références précises:

- p. 57: Catulle, Poème 5, v. 4-5.
- p. 111-112: Catulle, Poème 5, v. 1 et v. 6-10.
  Catulle, Poème 51, v. 1-12.
- p. 112: Catulle, Poème 39, v. 1-21.
- p. 137: Horace, *Odes*, IV, v. 15.
- p. 140: Catulle, Poème 68, v. 161-162.
  Catulle, Poème 70, v. 1-4.
- p. 160: Virgile, *Bucoliques*, I, v. 24-25.
- p. 201: Catulle, Poème 79, v. 1-2.
  Catulle, Poème 86, v. 1-6.
- p. 235: Properce, *Élégies* IV, I, v. 56-60.
- p. 267: Catulle, Poème 85, v. 1.
- p. 269: Virgile, *Bucoliques*, III, v. 93.

Pour les extraits de Catulle, j'ai généralement utilisé la traduction que vient d'en donner Danièle Robert (collection *Thesaurus*, Actes Sud, 2004).

*

Ce sont les fouilles de ces dernières années – notamment celle d'une nécropole – qui m'ont conduit à situer à Alexandrie la découverte du coffret contenant le manuscrit de Valérius. Pour les besoins de ce livre, j'ai attribué à cette ville des traits qui ne sortent que de mon imagination. Quant au rôle peu glorieux que j'ai fait jouer à des antiquaires égyptiens – qui ne méritent sûrement pas un tel sort –, il ne repose évidemment sur nul fait précis. Au cas bien improbable où ils en seraient informés, je fais appel à leur sens de l'humour.

Pour finir, j'exprime le souhait que, ce livre refermé, mes lecteurs éprouvent l'envie d'aller visiter *Augustodunum* (Autun) et Bibracte (le Mont-Beuvray). La ville romaine fréquentée par Valérius était en train de se créer. Sous peu, elle serait l'une des cités les plus splendides des Gaules. Nombre de monuments prestigieux (rempart, portes, théâtre, amphithéâtre) ou de vestiges (mosaïques extraordinaires, œuvres d'art de toutes sortes, inscriptions, etc.) sont encore visibles aujourd'hui sur le terrain ou dans le Musée Rolin. Au Mont-Beuvray (Bibracte), des fouilles ont été entreprises au XIXe siècle (1867-1904). De nouvelles campagnes ont repris en 1985 et sont toujours en cours, menées par des équipes venant de nombreux pays d'Europe. Un Centre Archéologique Européen y a été créé, ainsi qu'un Musée de la Civilisation celtique. Ces recherches font revivre un peu la Bibracte gauloise, celle dont Julia déplorait qu'elle eût été abandonnée, et dont Valérius n'aperçut qu'« un corps dépecé ».

BABEL

Extrait du catalogue

779. SIA FIGIEL
La Petite Fille dans le cercle de la lune

780. RUSSELL BANKS
American Darling

781. ALBERT SÁNCHEZ PIÑOL
La Peau froide

782. CÉLINE CURIOL
Voix sans issue

783. AKI SHIMAZAKI
Hamaguri

784. ALEXANDRE GRIBOÏÉDOV
Du malheur d'avoir de l'esprit

785. PAUL AUSTER
Brooklyn Follies

786. REZVANI
L'Eclipse

787. PIERRETTE FLEUTIAUX
Les Amants imparfaits

COÉDITION ACTES SUD – LEMÉAC

Achevé d'imprimer en février 2013 par Normandie Roto Impression s.a.s. 61250 Lonrai sur papier fabriqué à partir de bois provenant de forêts gérées durablement (www.fsc.org) pour le compte d'ACTES SUD, Le Méjan, Place Nina-Berberova, 13200 Arles.
Dépôt légal : 1re édition : février 2007
N° impr. : 130825
(Imprimé en France)